非常

嫌疑犯

MICHAEL ROBOTHAM
邁可・洛勃森 著

THE SUSPECT

蘇雅薇 譯

獻給我生命中的四個女人：

薇薇安、艾莉珊卓、夏綠蒂和伊莎貝拉

致謝

感謝馬克・盧卡斯（Mark Lucas）和ＬＡＷ團隊的輔導、智慧和理智。感謝娥蘇拉・麥坎錫（Ursula Mackenzie），以及與她一同豪賭的人願意領頭相信我。

感謝艾斯沛・李斯（Elspeth Rees）、喬納森・馬戈利斯（Jonathan Margolis）和馬汀・佛瑞斯特（Martyn Forrester）的招待和友誼——謝謝這三位親友回答我的問題，傾聽我的故事，與我共享這段旅程。

最後感謝薇薇安（Vivien）的愛與支持，謝謝她與我所有的角色同住，忍受我失眠的夜晚。若她不是這麼好的一位太太，應該早就丟下我去睡客房了。

第一部

我的記憶說，「我做的。」
我的自尊堅持說，「我不可能做這種事。」
最後——記憶退讓了。

弗里德里希·尼采，《善惡的彼岸》

第一章

站在皇家馬斯登醫院傾斜的石板屋頂上，如果從煙囪管帽和電視天線之間看過去，會看到更多煙囪管帽和電視天線，就像電影《歡樂滿人間》裡掃煙囪工人轉著掃把在屋頂上跳舞的場景。

我在屋頂上剛好可以看到皇家亞伯特音樂廳的圓頂。假如天氣晴朗，我搞不好可以一路看到漢普斯特德荒野，不過我想倫敦的空氣不可能那麼乾淨。

我說，「風景真不錯。」我瞥向蹲在我右邊大約三公尺的少年。他叫麥肯，今天滿十七歲。他又高又瘦，深色雙眼顫抖著看我，肌膚白得像拋光紙。他身穿睡衣，毛帽遮住禿頭。化療這個理髮師真殘酷。

氣溫攝氏三度，但吹著冷風感覺低於零度。我的手指早已發麻，隔著鞋襪幾乎感覺不到腳趾。麥肯光著腳。

要是他跳下去或跌下去，我搆不到他。即使伸長手，緊貼著排水溝，我要抓住他還是差了快兩公尺。他也知道，他算好了角度。麥肯的腫瘤科醫生說他的ＩＱ高得驚人，他會拉小提琴，會講五國語言——但他不肯用任何一種語言跟我說話。

過去一小時，我不斷問他問題，跟他說故事。我知道他聽得見，但我的聲音對他來說只是背景噪音。他全神貫注於內心對話，爭辯他應該死還是活。我想加入討論，但我得先收到邀請。

國民健保署針對挾持人質和威脅自殺事件有一大堆指南。目前已成立重大事件團隊，成員包括高階官員、警方和一名心理師——我。我們的首要目標是盡可能了解麥肯，進而判斷他行為背後的原因。我們訪問了醫生、護士和病患，還有他的親友。

任務金字塔的頂點由首席談判員領頭，一切都落在我頭上。所以我在這兒，凍得四肢末端發紫，他們卻在室內喝咖啡，訪談員工，研究掛圖。

我有多了解麥肯？他的右後顱長了一顆原發性腫瘤，貼近腦幹，極為危險。腫瘤導致他身體左側部分癱瘓，一耳失聰。他的第二輪化療進行了兩週。

今天早上他的父母來探病。腫瘤科醫生有好消息，麥肯的腫瘤看來縮小了。一小時後，麥肯寫下「對不起」三個字的紙條。他離開病房，從五樓一扇老虎窗爬上屋頂。一定有人忘了鎖窗戶，或他想辦法撬開鎖。

就這樣——這名少年比同齡孩子經歷多了很多，但我只知道這些。我不知道他有沒有女友、喜歡的足球隊或景仰的電影明星。比起他本人，我更了解他的病，所以我才難以突破。

我的安全帶繫在毛衣下很不舒服，像父母套在幼兒身上阻止他們亂跑的裝置。假如我跌下去，安全帶應該能救我，但前提是要有人記得綁好另一端。聽起來很蠢，但緊急事故發生時，偶爾就是會忘記這種細節。或許我應該縮回窗邊，請人檢查一下。這樣很不專業嗎？沒錯。很理智嗎？也沒錯。

屋頂鴿糞四散，地衣和苔蘚長滿在石板磚上，形成的圖案看來像植物化石壓進石頭，實際上觸感卻濕滑危險。

「麥肯，我講了你可能覺得沒差，但我想我稍微了解你的感受。」我再次試著跟他溝通。「我也生病了。不是癌症，不是。拿兩者比較就像比較蘋果和橘子，但至少都是水果吧？」

我右耳的接收器開始沙沙響。「你到底在搞什麼？」有個聲音說，「別再講什麼水果沙拉，快把他弄進來！」

我扯下耳機，讓機子垂在肩膀上。

「大家不是常說，『別擔心，不會有事』？那是因為他們不知道還能說什麼。麥肯，我也不知道能說什麼，我甚至不知道要問什麼問題。

「大多數人不知道怎麼面對別人的病，可惜市面上沒有教人的禮儀書或行為準則。他們要不露出淚眼汪汪、『我受不了要哭了』的表情，或者硬講笑話和勵志演講，不然就是徹底拒絕承認事實。」

麥肯沒有回應。他的視線越過屋頂，彷彿從灰色天空高處的小窗子往外看。他的白睡衣質料單薄，袖口和領子邊緣有藍色刺繡。

我從膝蓋間往下看到三台消防車、兩台救護車，還有五六台警車。其中一台消防車的轉盤架著雲梯，之前我沒怎麼注意，但現在梯子緩緩轉動，開始往上伸。他們在幹嘛？這時麥肯背靠傾斜的屋頂，挺起身子。他蹲在邊緣，腳趾懸在排水溝上，像鳥站在樹枝上。

我聽到有人尖叫，接著意識到是我。我叫得可大聲了，瘋狂比手勢要他們挪開雲梯。我看來才像要跳樓自殺，麥肯則非常冷靜。

我笨拙地抓起耳機，聽到一陣騷動。重大事件團隊朝消防隊負責人大叫，他則朝副手大叫，他又朝另一個人大叫。

「麥肯，別跳！等一下！」我聽起來很急迫。「你看雲梯縮下去了。你看？縮下去了。」我耳中聽到血液狂嘯。他仍蹲在邊緣，縮起伸展腳趾。我從側面看他深色的長睫毛緩緩眨動，他的心臟像小鳥的心在狹窄的胸口鼓動。

「你看下面那個戴紅色安全帽的消防員？」我試著闖進他的腦袋，「肩膀上很多黃銅釦子那個。你覺得我從這兒朝他的安全帽吐口水，吐中的機率多高？」

短短一瞬間，麥肯往下瞧。他第一次注意到我的話或動作。門開了一條小縫。

「有人喜歡吐西瓜籽或櫻桃籽。非洲人則會吐大便，挺噁的。我讀過吐大彎角羚糞便的世界紀錄是大概九公尺。我想大彎角羚是一種羚羊，但我不能保證。我喜歡老派的吐口水，而且重點不是距離，是準頭。」

他現在看著我了。我一甩頭，吐出冒泡的白色小球，畫著弧線往下飛。口水乘風飄向右邊，打中警車的擋風玻璃。我靜靜思考剛才哪裡做錯了。

麥肯說，「你沒考慮到風。」

我睿智地點頭，幾乎沒理會他，但我體內尚未凍僵的一塊暖了起來。「沒錯，這些大樓形成了風洞。」

「你在找藉口吧。」

「那換你試試看啊。」

他往下看，考慮起來。他抱著膝蓋，看似想取暖。不錯。

一會兒後，一滴口水往外飛旋落下。我們一起看口水墜落，幾乎用上念力想維持方向。口水直直打中一名電視記者的眉心，我和麥肯同聲哀嘆。

我的下一口落在門前階梯上，毫無殺傷力。麥肯問能不能改變目標，他想再吐中電視記者一次。

他把下巴靠著膝蓋說，「可惜我們沒有水球。」

「如果你能拿水球砸任何人，你會想砸誰？」

「我爸媽。」

「為什麼？」

「我不想再做化療，我受夠了。」他沒有多說，但也沒必要了。少有治療的副作用比化療嚴重，嘔吐、噁心、便祕、貧血和過度倦怠都很難受。

「你的腫瘤科醫生怎麼說？」

「他說腫瘤縮小了。」

「很好呀。」

他諷刺一笑。「他們上次也這樣說。其實醫生只是把癌症在我身上趕來趕去，病不會消失，只是找到地方躲起來。他們從來不說治癒，都說緩解。有時醫生甚至不跟我說，只跟我爸媽咬耳朵。」他咬住下唇，血湧向凹陷處，露出犬齒痕跡。

「爸媽覺得我怕死，但我不怕。你真該看看這邊有些住院的小孩。我至少活過了，能再活五十年當然不錯，但我說過了，我不怕死。」

「你還要做幾次化療？」

「六次，然後就等著看了。我不介意掉頭髮，很多足球員都剃光頭。你看大衛．貝克漢；他很討人厭沒錯，但球技沒話說。沒有眉毛有點慘就是了。」

「我聽說有人幫貝克漢拔眉毛。」

「他老婆高貴辣妹嗎？」

「對啊。」

他差點笑了。一片沉默中，我聽到麥肯的牙齒打顫。

「如果化療沒效，我爸媽會叫醫生繼續嘗試，他們永遠不會放手。」

「你年紀夠大，可以自己做決定了。」

「你去跟**他們**說啊。」

「你要的話，我可以幫你說。」

他搖搖頭。我看他眼眶開始泛淚，他想忍住，但長睫毛下擠出大顆大顆的淚珠，他用前臂擦掉。

「你能找誰談談嗎？」

「我喜歡其中一個護士，她對我很好。」

「她是你的女朋友嗎？」

他紅了臉。慘白肌膚襯上紅暈，看來好像頭充血了。

「你進來，我們再多聊聊吧？我得先喝點東西，不然沒有口水了。」

他沒有回答，但我看他的肩膀垮了下去。他又在聽內心的對話了。

「我有一個女兒叫查莉，今年八歲。」我試著抓住他的注意力。「我記得她大概四歲的時候，我們去公園，我推她盪鞦韆。她對我說，『爸爸，如果把眼睛閉得很緊，緊到看見白色星星，等你張開眼睛，就會看到全新的世界。』聽起來不錯吧？」

「又不是真的。」

「可以是呀。」

「除非你假裝。」

「為什麼不行？誰阻止你了？大家都以為悲觀厭世很容易，但其實非常辛苦。懷抱希望容易多了。」

他不可置信地說，「我有一顆無法手術切除的腦瘤。」

「嗯，我知道。」

我自己都覺得這番話很空洞，不知道麥肯是否也有同感。以前我可是真心相信呢。人在十天內能產生的改變真多。

麥肯打斷我。「你是醫生嗎？」

「我是心理師。」

「再說一次我為什麼應該下去？」

「因為外面又冷又危險，而且我看過人從大樓摔下去是什麼樣子。進來吧，我們去暖暖身子。」他瞥了一眼下方聚集的救護車、消防車、警車和媒體採訪車。「我贏了吐口水比賽。」

「嗯，沒錯。」

「你會跟我爸媽說？」

「當然。」

他試著站起來，但他的腿凍僵了。他癱瘓的左側使左臂幾乎失能，可是他需要兩隻手臂才能起身。

「別動，我叫他們升雲梯上來。」

他趕忙說，「不要！」我看到他臉上的表情。他不想在刺眼的電視採訪燈中下去，讓記者問問題。

「好吧，我過去找你。」我很訝異自己聽起來多勇敢。我屁股貼地橫滑過去——我不敢站起來。我沒忘了安全帶，但我仍堅信沒有人記得綁好帶子。

我沿著排水溝緩慢前進，腦中充滿可能出錯的畫面。如果是好萊塢電影，麥肯會在最後一刻滑跤，我會撲出去在半空中抓住他。或者我會摔下去，他會拯救我。

然而也有可能——畢竟這是真實世界——我們都會摔死，或者麥肯會活下來，我這個勇敢的救難者則墜樓而死。

雖然他沒有動，我在麥肯眼中看到新的情緒。幾分鐘前，他毫不猶豫準備要跳下屋頂。現在他想活下去，腳下的空氣便成了深淵。

美國哲學家威廉·詹姆士（幽閉恐懼患者）在一八八四年寫了一篇文章，探討恐懼的本質。他舉例：有人碰到熊，他是因為害怕才逃跑，還是開始跑了才感到害怕？換言之，人有時間思考某項事物可不可怕嗎？還是反應會早於思考？

自此以來，科學家和心理學家就陷入類似雞生蛋、蛋生雞的辯論。何者為先——是對恐懼的清楚認知，還是猛跳的心臟和狂噴的腎上腺素驅使我們反擊或逃跑？

我現在知道答案了，但我太害怕，都忘了問題。

我離麥肯只有幾公尺。他的臉頰發紫，身體不再發抖。我背靠著牆，一腳撐住身體，站起身來。麥肯看著我伸出的手一會兒，才向我緩緩探出手。我抓住他的手腕，拉他起來，直到我的手臂摟住他纖細的腰。他的皮膚摸起來好冰。

我解開安全帶前端，拉長帶子，繞過他的腰再穿回扣環，把我們綁在一起。他的毛帽摩擦我的臉頰。

他用沙啞的聲音問，「你需要我做什麼？」

「你可以禱告這條安全帶的另一端有綁好。」

第二章

我在馬斯登醫院屋頂上大概比跟茱麗安在家還安全。我不記得她確切罵我什麼，但我隱約記得包括不負責任、粗心大意、幼稚，還有為父失職。開罵之前，她還用《美麗佳人》雜誌打我，要我保證再也不做這麼蠢的事。

查莉倒是緊黏著我。她身穿睡衣在床上跳來跳去，問我屋頂多高，我害不害怕，消防員有沒有準備好大網子接我？

「我終於有好玩的故事可講了。」她捶捶我的手臂。我很慶幸茱麗安沒聽見。

每天早上我拖著身子下床後，都會進行一個小儀式。每當我彎腰綁鞋帶，我大概就知道今天會過得如何。如果那週剛開始，我有好好休息，那要左手手指配合沒什麼問題。釦子能對到扣眼，皮帶能穿過皮帶環，領帶甚至能打溫莎結。今天這種狀況不好的日子就完全不同了。我在鏡中看到的男子需要兩手才能刮鬍子，下樓吃早餐時會有一點衛生紙黏在脖子和下巴。這種早上，茱麗安會對我說，「浴室裡有全新的電動刮鬍刀。」

「我不喜歡電動刮鬍刀？」

「為什麼？」

「因為我喜歡皂沫。」

「皂沫有什麼好**喜歡**的？」

「唸起來很好聽，妳不覺得嗎？挺性感的——**皂沫**。有點頹廢。」

她咯咯笑了，但仍努力假裝生氣。

「在身上塗**皂沫**；像塗**皂沫**一樣在身上塗沐浴乳。我覺得我們應該像塗**皂沫**一樣替司康塗果醬和奶油。暑假也可以像塗**皂沫**一樣塗防曬油……如果真有夏天的話。」

查莉從麥片碗抬起頭說，「你好蠢喔，爸爸。」

「謝謝，我的小斑鳩。」

茱麗安從我的臉上挑掉衛生紙，一面說，「真是搞笑天才。」

我在餐桌坐下，舀了一匙糖倒進咖啡攪拌。茱麗安在看我。杯子裡的湯匙停了下來。我集中注意，要左手開始動，但再怎麼強烈的意志都沒有用。我不著痕跡把湯匙換到右手。

她問，「你什麼時候要去看蘇格蘭佬？」

「禮拜五。」**拜託別問別的事**。

「他會有檢驗結果嗎？」

「他的答案我們早就知道了。」

「可是我以為——」

「他沒說！」我討厭自己語氣這麼尖銳。

茱麗安連眼睛都沒眨。「我惹你生氣了，我比較喜歡你耍蠢。」

「我是很蠢，大家都知道。」

我看穿了她。她覺得我想裝大男人，藏起情緒，或想表現得無比正向，但其實我快崩潰了。我媽媽也一樣——她成了該死的業餘心理學家。為什麼她們不能讓專家搞錯就好？

茱麗安轉過身，撕碎舊麵包留在外面給鳥吃。同情是她的嗜好。

她身穿灰色慢跑裝和運動鞋，棒球帽蓋住剪短的深色頭髮。她看來像二十七歲，不是三十七歲。我們沒有一起優雅變老，她找到了青春永駐的秘訣，我則從沙發起身都要試兩次。週一是做瑜珈，週二是皮拉提斯，週四和週六是循環訓練。其餘時間她要打理家務，照料小孩，教西班牙文，還有時間試著拯救世界。她甚至讓分娩看起來很容易，不過除非我想死，我絕不會告訴她。

我們結婚十六年了。每當有人問我為什麼當心理師，我都會說，「因為茱麗安，我想**知道**她真的在想什麼。」

沒有用，我還是不知道。

週日上午通常是**我的**時間。我會用四份報紙的重量埋住自己，喝咖啡喝到舌頭發毛。昨天出事後，我打算避開頭條，但查莉堅持要剪下頭條，放進剪貼簿。我想偶爾「耍酷」一次也滿酷的。昨天之前，她覺得我的工作比板球還無聊。

查莉穿著牛仔褲、高領毛衣和滑雪外套，因為我答應今天她可以跟我去。吞下早餐後，她不耐煩地看著我，擺明覺得我咖啡喝太慢。

要搬東西上車時，我們從花園小屋扛出紙箱，放在我的小車旁。茱麗安坐在門前階梯上，膝上擱著一杯咖啡。「你們都瘋了，知道嗎？」

「可能吧。」

「警察會逮捕你們。」

「那是妳的錯喔。」

「為什麼是我的錯？」

「因為妳不跟我們去，我們需要跑路車手。」

查莉插嘴，「媽，來嘛。爸爸說妳以前都會去。」

「當年我年輕愚蠢，而且還不是妳的校委會成員。」

「查莉，妳知道嗎？我跟妳媽媽第二次約會，她就因為爬旗桿摘下南非國旗被逮捕。」

茱麗安皺起眉頭。「別告訴她！」

「妳真的被逮捕嗎？」

「警察給了我警告，不一樣。」

車頂架上放了四個箱子，後車箱有兩個，後座還有兩個。細小的汗珠像拋光玻璃般妝點查莉的上唇，她脫下滑雪外套，塞在椅子之間。

我轉回頭看茱麗安。「妳確定不去？我知道妳想去。」

「不然誰保釋我們出來？」

「可以找妳媽媽。」

她瞇起眼，但把咖啡杯放進門內。「我是被迫的喔。」

「了解。」

她伸手跟我拿車鑰匙。「而且車給我開。」

她從走廊的衣帽架抓了一件外套，拉上門。查莉擠在後座的盒子間，興奮地往前傾。「再跟我說一次那個故事。」我們開進亞伯特王子路的流暢車潮，沿著攝政公園前進。查莉說，「不要因為媽媽在就省略內容喔。」

＊＊＊

我沒辦法告訴她整個故事，因為連我都不確定所有細節。故事主角是我的姨婆葛蕾西——我成為心理師的**真正**原因。她是我外婆最小的妹妹，足不出戶將近六十年後過世，享壽八十歲。

我在西倫敦長大，離她家大概一點五公里。她住在一棟雄偉的維多利亞式獨棟老宅，屋頂有迷你角樓，房子還有鐵欄杆陽台跟地底儲煤地窖。大門上有兩塊長方形花窗玻璃，我會把鼻子湊上去，看葛蕾西姨婆的影像碎成十幾片，急忙走過走廊來應門。她會微微開門，剛好夠我溜進去，接著趕快關上。

她身材高挑，可說瘦骨如柴，一雙藍眼澄澈，柔順的頭髮染上幾抹白色。她總是穿黑絲絨長洋裝，戴一串珍珠，襯著黑色布料看似會發光。

「芬尼根，過來！**快過來！**喬瑟夫來了！」

芬尼根是一隻不會叫的傑克羅素㹴犬，他的喉頭跟隔壁德國牧羊犬打架時壓壞了。他不會吠叫，只會呼氣吐氣，彷彿試鏡要在啞劇演壞壞大野狼。

葛蕾西說起話把芬尼根當人。她會唸地方報紙給他聽，問他對當地議題的看法。不管他呼氣、吐氣還是放屁回應，她都會點頭同意。芬尼根甚至在桌旁有自己的椅子，葛蕾西會偷塞小口蛋糕給她，同時責怪自己「用手餵動物吃東西」。

葛蕾西倒給我的茶有半杯是牛奶，因為我還太小，不能喝真的茶。我坐在餐椅上，腳幾乎碰不到地。如果往後靠，我的腿會直直伸到白色蕾絲桌巾下。

很多年後，即使我的腳能搆到地，必須彎腰才能親葛蕾西的臉頰，她還是會替我的茶加半杯牛奶。或許她不想要我長大。

如果我放學後直接過去，她會要我坐在她旁邊的貴妃椅，握住我的手。她想知道我一整天碰到的大小事，我在課堂上學了什麼，玩了什麼遊戲，三明治夾了什麼餡料。她專注聆聽所有細節，彷彿在想像每一步。

葛蕾西是標準的廣場恐懼症患者——她害怕開闊空間。有一次她受不了老是搪塞我的問題，便試著解釋給我聽。

她問，「你會不會怕黑？」

「會。」

「燈滅掉的時候，你害怕會怎樣？」

「怪物會抓住我。」

「你看過怪物嗎？」

「沒有，媽媽說怪物不存在。」

「沒錯，怪物不存在。所以你的怪物從哪兒來？」

「上面這裡。」我拍拍頭。

「沒錯。我腦袋裡也有怪物，我知道他不該存在，但他不肯消失。」

「妳的怪物長什麼樣子？」

「他三公尺高，帶著一把劍。如果我試圖離開房子，他會把我的頭砍下來。」

「妳在亂掰嗎？」

她笑了笑，試著搔我癢，但我推開她的手。我想要誠實的答案。

她厭倦了這段對話，緊閉起眼，把幾縷鬆脫的白髮塞進緊緊紮起的髮髻。「你有沒有看過那種恐怖片，主角想逃走，車子卻發不動？他一直轉鑰匙，猛踩油門，但引擎咳了幾聲就壞了。你看到壞人要來了，手裡拿著槍或刀。你不斷喃喃自語，『快走！出去！他要來了！』」

我瞪大眼睛點頭。「好，想像這種恐懼，」她說，「然後乘上一百倍，你就知道我想到出去外面的感受了。」

她站起身，走出房間。討論結束。我再也沒提過這件事，我不想惹她難過。

我不知道她怎麼過活。有一家律師事務所固定寄支票來，但葛蕾西會把支票放在壁爐上，每天盯著看，直到支票過期。我猜那是她繼承的錢，但她不想跟家人的錢扯上關係。我不知道原因……至少當時還不清楚。

她是裁縫師——做新娘和伴娘禮服。我經常看到客廳掛滿絲綢和硬紗，準新娘站在矮凳上，葛蕾西滿嘴咬著大頭針。小男生不適合待在那兒——除非他想穿洋裝走秀。

樓上房間裝滿葛蕾西所謂的「收藏品」。她指的是書、時尚雜誌、布料捲、棉線軸、帽盒、一袋袋毛線、相簿、軟玩具，還有許多未經探索的盒子箱子，簡直像寶藏窟。

大部分的「收藏品」都是回收或郵購買的。郵購目錄永遠攤放在茶几上，每天郵差都會送新東西來。

可想而知，葛蕾西看到的世界很有限。電視新聞和時事節目似乎放大了衝突和痛苦，她看到人們打仗，荒野消失，炸彈落下，整個國家陷入饑荒。即使這些不是她逃避世界的原因，卻肯定也無法鼓勵她重回世界。

「看你這麼小我就害怕。」她告訴我，「這年頭不適合當小孩。」她從凸窗往外瞧，打了個哆嗦，彷彿看到糟糕的命運等著我。我只看到久未整理、雜草叢生的院子，白蝴蝶在蘋果樹扭曲的枝幹間飛來飛去。

「妳不會想出去嗎？」我問她，「妳不會想抬頭看星星，沿河岸散步，欣賞花園嗎？」

「我很久以前就不想了。」

「妳最懷念什麼？」

「沒什麼。」

「總該有什麼吧。」

她想了一下。「我以前很愛秋天，樹葉轉紅開始落下的時候。我們會去邱園，我會沿著大道奔跑，踢起落葉試著抓住。捲起的葉子會左右搖晃，像乘風的小船，靜靜落在我手上。」

我提議，「我可以替妳蒙眼。」

「不要。」

「或在妳頭上套箱子？妳可以假裝在室內。」

「我看算了吧。」

「我可以等妳睡著，把妳的床推到外面？」

「要先推下樓耶？」

「嗯，有點難。」

她伸手摟著我的肩膀。「你別擔心我了，我在這兒很快樂。」

從此之後，我們有了共通的笑點。我不斷建議帶她出去的新方法，還有懸掛式滑翔和機翼行走等新的娛樂。葛蕾西會裝得震驚，跟我說我才是**真的**瘋子。

查莉不耐地說，「她的生日呢？」我們穿越聖約翰森林區，正好經過羅德板球場。襯著單調外牆，紅綠燈明亮閃爍。

「我以為妳想聽整個故事？」

「對，但我不年輕了，沒時間。」

茱麗安咯咯狂笑。「我跟你說，她冷嘲熱諷的個性都遺傳到你。」

「好吧。」我嘆了口氣。「我就來講葛蕾西的生日。她從來不承認年齡，但我翻她的相簿，查到一些日期，知道她要七十五歲了。」

查莉說，「你說她很漂亮。」

「對。看老照片有點難判斷，因為大家都不笑，女生看起來超恐怖。可是葛蕾西不同，她眼睛閃閃發光，看來總是快笑出來了。而且她會把腰帶束緊一點，站得讓陽光照穿她的襯裙。」

茱麗安說，「她喜歡撩人。」

查莉問，「撩人是什麼？」

「當我沒說。」

查莉皺起眉頭，抱住膝蓋，下巴擱在牛仔褲的膝蓋補丁上。

「要規劃驚喜給葛蕾西很難，因為可想而知，她從來不離開家。」我解釋，「我都得等她睡了才能——」

「那時候你幾歲？」

「十六歲，我還在念查特豪斯公學。」

查莉點點頭，把頭髮高高夾在頭上。她這樣看來跟茱麗安一模一樣。

「葛蕾西不用車庫，她不需要車。車庫的木頭大門往外開，還有一扇內門通往洗衣間。我先把車庫清乾淨，丟掉垃圾，刷洗牆面。」

「你一定很安靜。」

「沒錯。」

「你掛了聖誕燈？」

「幾百顆，看起來像一閃一閃的星星。」

「然後你弄來大袋子。」

「沒錯，花了我四天。我得背著麻布袋騎腳踏車，大家一定以為我是掃地工人或公園巡邏員。」

「他們大概以為你瘋了。」

「沒錯。」

「就像我們也瘋了？」我偷瞥茱麗安一眼，她可沒有上鉤。

查莉問，「然後呢？」

「嗯，生日當天早上，葛蕾西下樓，我要她閉上眼睛。她扶著我的手臂，我帶她穿過廚房，走進洗衣間，再到車庫。她打開門，葉子像雪崩一樣滾到她的腰旁。我說，『生日快樂。』妳真該看她的臉。她看看葉子，又看看我。一開始我以為她生氣了，但她朝我露出好美的笑容。」

查莉說，「我知道接下來怎麼了。」

「對，我跟妳說過了。」

「她衝進那堆落葉。」

「沒錯，我們一起拋落葉，高高踢腿。我們打葉子戰，堆葉子山。最後我們玩得太累，癱倒在落葉的絨毯上，仰望星星。」

「不過不是真的星星吧？」

「嗯，但我們可以假裝。」

肯薩爾綠野公墓的入口在哈洛路，很容易錯過。茱麗安沿著窄路開，把車停在一圈樹之間，盡量遠離警衛小屋。我從擋風玻璃往外瞧，看到一排排整齊的墓碑，小徑和花壇穿插其中。

查莉悄聲說，「我們會犯法嗎？」

茱麗安說，「會。」

「未必。」我一面反駁，一面把盒子扛下車，交給查莉。

她宣稱，「我可以拿兩盒。」

「好，我拿三盒，再回來拿剩下的。除非媽媽想——」

「我待在這兒就好。」她沒有離開駕駛座。

我們出發，首先緊貼著樹走。長長的草地隔開墳墓，我小心翼翼避免踩到花朵，或小腿撞到較矮的墓碑。哈洛路的車聲消失，化為鳥鳴和城際高速火車定期的怒吼。

查莉微微喘氣，從我身後問，「你知道我們要去哪裡嗎？」

「就在運河附近。妳需要休息嗎？」

「我沒事。」她的口氣變得懷疑。「爸？」

「嗯？」

「你不是說葛蕾西喜歡踢落葉嗎？」

「對。」

「由於她死了，她沒辦法真的踢這些落葉吧？」

「對。」

「她不能死而復生，死人不會活過來吧？因為我看過殭屍和木乃伊活過來的恐怖卡通，但這種事不會真的發生吧？」

「不會。」

「現在葛蕾西在天堂吧？她升天了。」

「對。」

「所以我們拿這些落葉要做什麼？」

通常這時候我會請查莉去找茱麗安。她會直接叫查莉回來找我，還說，「妳爸爸是心理師，他很懂這些。」

查莉在等我回答。

我說，「我們做的事有象徵意義。」

「什麼意思？」

「妳聽過別人說『心意比較重要』嗎？」

「每次我不喜歡別人送的禮物，你都這麼說。你說即使禮物很爛，我還是應該感恩。」

「我不是在講這個。」我改變策略。「葛蕾西姨婆沒辦法真的踢這些落葉，但不管她在哪兒，如果她看著我們，我想她一定在笑，我們的舉動會讓她非常感動。這才重要。」

查莉補上一句，「她會在天堂踢落葉？」

「當然。」

「你覺得她會在室外，還是天堂也有室內？」

「我不知道。」

我把盒子放在地上，接過查莉抱的盒子。葛蕾西的墓碑是一塊簡單的方形花崗岩，有人在黃銅銘牌旁擱了一把泥濘的鏟子。我想像盜墓小偷去喝茶休息，不過最近他們都用機器，不用蠻力了。我把鏟子丟到一邊，查莉用滑雪外套的袖子擦亮刻字。我偷偷溜到她後面，把一整盒落葉倒在她頭上。

「嘿！不公平！」查莉撈起一整手的葉子，從我的毛衣後領塞進去。很快葉子就到處翻飛，葛蕾西的墓碑完全消失在我們的秋日供品下。

我身後有人大聲清喉嚨，我聽到查莉嚇得稍微驚叫。

警衛的身影站在蒼白的天空前，雙手叉腰，雙腿微彎。他身穿豆綠色夾克，腳踩的泥濘雨鞋感覺太大了。

他語氣平淡地問，「可以麻煩解釋一下你們在做什麼嗎？」他靠近幾步。他的臉又扁又圓，額頭寬闊，沒有頭髮，令人想到湯瑪士小火車。

我弱弱地說，「說來話長。」

「你在褻瀆墳墓。」

他的話太荒謬，害我笑出來。「不是吧。」

「你覺得好笑？你這叫破壞公物，公然犯罪，亂丟垃圾——」

「嚴格來講，落葉不是垃圾。」

他結巴說，「別跟我玩文字遊戲。」

查莉決定介入。她邊喘氣，邊侃侃解釋，「今天是葛蕾西的生日，但我們沒辦法幫她慶生，因為她死了。她不喜歡出門。我們帶了一些落葉給她，她喜歡踢葉子。別擔心；她不是殭屍或木乃伊，不會起死回生。她在天堂，你覺得天堂有樹嗎？」

警衛非常不悅地看著她，隔了一會兒才意識到她最後那個問題是在問他。他幾乎說不出話，嘗試開口數次都失敗，最後落得啞口無言。他徹底繳械，蹲下來對上她的視線高度。

「小妹妹，妳叫什麼名字？」

「查莉・露易絲・歐盧林。你呢？」

「墓送先生（Mr. Gravesend）。」

「真好笑。」

「我想也是。」他笑了。

他看向我，眼中的暖意蕩然無存。「你知道我花了多少年想逮到在這塊墓地亂灑落葉的混蛋嗎？」

我猜測，「大概十五年？」

「我本來要說十三年，不過姑且相信你吧。我跟你說，我算出你什麼時候來，記下日期。兩年前我差點逮到你，不過你一定是開了不同的車。」

「我太太的車。」

「然後去年我休假——那天是星期六。我要小懷提注意你，但他覺得我走火入魔，說我不應該為了一堆葉子這麼激動。」

他用雨靴鞋尖推推討人厭的落葉堆。「但我很認真看待這份工作。大家來這兒會想做各種事，例如在墳上種橡樹，或留下小孩的玩具。如果放任他們亂來，豈不是沒完沒了？」

我說，「這工作一定不好做。」

「媽的，當然不好做！」他瞥了查莉一眼。「小妹妹，我說髒話對不起啊。」

她咯咯笑。

越過他的右肩，我注意到運河遠端閃起警車藍光。兩輛車停下來，加入已停在曳船道的另一輛警車。陰暗的水面反射光線，閃爍照亮墓碑上像守衛站崗的冬日樹木。

幾名警察盯著運河旁的淺溝。他們看似僵在原地，直到其中一人在樹木和欄杆上綁起藍白色警示條，封起那塊區域。

墓送先生靜下來，不確定接著該怎麼做。他只計畫抓到我，沒往下規劃。而且他沒料到查莉在場。

我探進大衣口袋，拿出保溫瓶。另一個口袋有兩個鐵杯。「我們正要喝熱巧克力，你要喝嗎？」

「你可以用我的杯子，」查莉說，「我跟你分。」

他想了一下，判斷我們的提議是否構成賄賂。「就這樣嗎？」他用清楚輕柔的聲音說，「我要不逮捕你們，不然就跟你們喝熱巧克力。」

「媽媽說我們會被逮捕，」查莉插嘴，「她說我們瘋了。」

「妳應該聽媽媽的話。」

我把一個杯子交給警衛，另一個給查莉。

她說，「葛蕾西姨婆，生日快樂。」墓送先生嘟囔幾句聽起來合適的回應，仍很震驚他這麼快就敗下陣來。

這時我注意到兩個箱子搖搖晃晃靠近，下面露出黑色內搭褲和運動鞋。

查莉解釋，「那是我媽，她替我們把風。」

墓送先生回答，「看來她不太會把風。」

「嗯。」

茱麗安放下盒子，嚇得驚呼一聲，跟查莉的反應一模一樣。

「媽，別擔心，妳不會再被逮捕了。」

警衛挑起眉毛，茱麗安虛弱一笑。我們一起喝熱巧克力，閒話家常。墓送先生向我們介紹埋在墓園的作家、畫家和政治人物。雖然大部分都過世一百年了，他仍像在談他的朋友。

查莉踢著落葉，忽然停下來，看向通往運河的斜坡。弧光燈亮起，水邊搭起白色大帳蓬。閃光燈閃個不停。

「怎麼了？」她想下去看。茱麗安輕輕伸手拉她到身旁，手臂環著她的肩膀。

查莉看看我，又看看警衛。「他們在做什麼？」

沒有人回答。我們靜靜看，超越悲痛的情緒重重壓著大家。空氣變冷，聞起來潮濕腐敗。遠處貨運場傳來鋼鐵顫抖的刺耳摩擦聲，聽起來像吃痛的哭喊。

運河上有一艘船，身穿黃色螢光背心的人從船緣往外看，拿手電筒照亮水面。其他人排成一排，沿著河岸緩緩前進，低頭一吋一吋找。不時有人停下來彎腰，其他人會跟著等，不會打斷隊伍。

查莉問，「他們掉了東西嗎？」

我悄聲說，「噓。」

茱麗安的臉色明顯慘淡。她看著我。我們該走了。

驗屍官的車開到帳篷旁停下，後門打開，兩名穿連身衣的男子拉出摺疊式擔架。

一輛警車從我的右肩後方開進墓園大門，閃著警燈但沒開警笛。另一輛車跟在後面。

墓送先生已經回頭走向停車場和警衛小屋。

「來吧，我們該走了。」我倒掉冷掉的巧克力殘渣。查莉仍搞不清楚狀況，但她知道這時候要安靜。

我打開車門，她滑進去避寒。越過引擎蓋，我看到七十五公尺外警衛在跟警察說話，有人舉手指向運河，掏出筆記本，記起筆記。

茱麗安坐進副駕駛座，她要我開車。我的左臂顫抖，我抓緊排檔，希望止住顫動。我們開過警車旁，其中一名警探抬起頭。他約當中年，臉頰都是痘疤，鼻子看來經常挨揍。他身穿皺皺的灰色大衣，臉上掛著憤世嫉俗的表情，彷彿以前碰過這種事，但每次都不容易。

我們對上眼，他立刻看穿我。他眼中沒有光芒，沒有故事，沒有笑意。他挑起一邊眉毛，頭歪向一邊。不過我已經開走了，仍緊抓著排檔，努力想換到二檔。

我們開到入口時，查莉從漆黑的車窗往外看，問我們明年是否會再來。

第三章

平日早上我都走路橫越攝政公園去上班。每年這個時節，當溫度下降，我會穿上防滑鞋和毛圍巾，永遠皺著眉頭。說什麼全球暖化，我越長越大，世界只有越來越冷，這可是事實。

太陽像淺黃色的球浮在陰鬱的天上，慢跑者低頭跑過我身旁，運動鞋在濕的柏油路留下痕跡。園丁應該要為春天預種球莖了，但他們的手推車積滿水，我看到他們在工具間抽菸打牌。

橫越櫻草花丘橋時，我越過橋緣看向運河。一艘窄船停在曳船道旁，水面飄起捲捲水霧，像一縷煙。

警察在找什麼？他們找到誰？

昨晚我看了電視新聞，今早聽了廣播，但什麼消息都沒有。我知道這種好奇心很病態，但我心中有一塊總覺得我是目擊者——就算沒看到案發當下，也看到了後續發展。就像看犯罪實境秀《繩之以法》，警察會請大家出面提供資訊。永遠都是別人，絕不是我們認識的人。

我繼續走，輕柔的雨滴落下，黏在夾克上。英國電信塔映著越來越暗的天空。電信塔是少數能替人指路的地標，街道可能通往死路，或毫無道理左彎右拐，但高塔聳立於古怪的都市規劃之上。

我喜歡這兒看到的倫敦。這座城市看來依舊壯麗，非要近看才會看出頹敗。當然，我想我也一樣。

我的辦公室在大波特蘭街一棟白箱子堆疊起的大廈。建築師的靈感來自童年，一樓甚至像還沒完工，我老是覺得起重機會出現，再扛幾個箱子塞進空隙。

我走上門前階梯時，聽到有人按喇叭。我轉頭，看到一輛艷紅的法拉利開上人行道，駕駛芬威．斯賓德醫生揮揮戴手套的手。芬威看來像律師，但其實是倫敦大學醫院精神藥理學部門的主管，他在我的辦公室隔壁還有提供諮商的私人診所。

「老兄，早安。」他高聲叫道，把車留在人行道中央，逼行人繞道走到路上。

「你不擔心警察取締嗎？」

「我有這個。」他指指擋風玻璃上的醫生貼紙。「緊急醫療事故時超好用。」

他也走上階梯，推開玻璃門。「那天看到你上電視呢。你表現得真不賴，要我就不可能上去了。」

「我相信你也——」

「我得跟你講週末我做了什麼。我去蘇格蘭打獵，中了一隻鹿。」

「有**中鹿**這個說法嗎？」

「隨便啦。」他不當一回事揮揮手。「我一槍打穿那隻混蛋的左眼。」

櫃台替我們打開安全門，我們按了電梯。芬威用電梯內的鏡子檢查儀容，從昂貴西裝起皺的肩部拍掉一些頭皮屑。手工訂製西裝居然不合身，從這點就知道芬威的身材如何了。

他問，「你還在勾搭妓女嗎？」

「我是去演講。」

「這年頭都**這樣**說啦？」他大笑起來，從褲子口袋調整下襠。「你怎麼收費？」

如果說我不收費，他不會相信。「她們給我兌換券，可以拿去換口交服務。我整個抽屜都是。」

他差點嗆到，漲紅了臉。我得拼命忍笑。

芬威雖然是很成功的醫生，卻非常努力想成為別人。所以他開那輛跑車才看起來有些滑稽，就像看到比爾．蓋茲穿沙灘褲，或小布希在白宮，總覺得哪裡不對勁。

他問道，「你那個最近怎麼樣？」

「很好。」

「老兄，我完全沒注意到。是說輝瑞在追蹤一種新的雞尾酒藥物療法，有空過來，我給你文獻……」

芬威跟藥廠的關係無人不知。他的辦公室簡直是輝瑞、諾華和羅氏藥廠的祭壇；從鋼筆到濃縮咖啡機，幾乎每樣東西都是贈品。他的社交生活同樣充滿招待——去考斯搭帆船，蘇格蘭釣鮭魚，諾森伯蘭郡獵松雞。

我們繞過轉角，芬威瞥了我的辦公室一眼。一名中年女子坐在候診室，抓著橘色的魚雷狀救生圈。

芬威喃喃說，「老兄，我不知道你怎麼做的。」

「做什麼？」

「**聽**他們說話。」

「聽才能發現問題呀。」

「何必？就開一些抗憂鬱藥，叫她回家就好。」

芬威不相信心理疾病有心理或社會原因，他宣稱全都是生理因素造成，顧名思義，用藥物就能治療，只需找到正確的配藥組合。

每天早上（他下午不工作），病患一一走進他的辦公室，回答幾個敷衍的問題，接著芬威會給他們處方，收他們一百四十英鎊。病患可能想談症狀，但他只想談藥。如果他們提到副作用，他就更改劑量。

說也奇怪，他的病人愛死他了。他們來就是**想**領藥，也不在意拿到什麼藥，越多越好。或許他們認為這樣才划算。

現在聽病人說話很老套。患者期望我給出治百病的神奇藥丸，當我說我只想跟他們聊聊，他們看來都很失望。

「早安，瑪格麗特。很高興妳成功到了。」

她舉起救生圈。

「妳從哪邊過來？」

「普特尼橋。」

「那條橋很堅固，建好很多年了。」

她有過橋恐懼症。可惜她住在泰晤士河南岸，每天必須帶孩子過河去上學。她會帶著救生圈，以防橋樑坍塌或被浪沖走。我知道聽起來不合理，但簡單的恐懼症往往如此。

她半開玩笑說，「我應該住在沙哈拉沙漠。」

我跟她說也有沙漠恐懼症，她覺得我在亂講。

三個月前，瑪格麗特帶孩子去上學時，過橋途中恐懼症發作。一小時後才有人發現出事了，當時孩子哭個不停，仍抓著她的手。她嚇得動彈不得，無法說話或點頭。行人以為她可能要「跳橋自殺」，但事實上瑪格麗特是靠意念撐住那座橋。

自此以來，我們一起努力，試圖打破她伴隨不理性恐懼的思考迴路。

「妳覺得過橋會發生什麼事？」

「橋會垮掉。」

「為什麼橋會垮掉？」

「我不知道。」

「橋用什麼做的？」

「鋼筋、鉚釘和水泥。」

「橋建好多久了？」

「很多年。」

「有垮掉過嗎？」

「沒有。」

每次看診五十分鐘，我有十分鐘整理筆記，接著下一名病患就來了。我的秘書米娜就像原子鐘，分秒不差。

她會拍拍別在胸口的錶說，「一分鐘浪費掉，就永遠回不來了。」

她是印度裔英國人，但比草莓奶油還有英國味。她總是穿及膝裙、好走的鞋和開襟毛衣，讓我想起以前學校熱愛珍．奧斯丁小說的女生，老是幻想碰到她們的達西先生。

可惜我要失去她了，她和她的貓要去巴斯開民宿。我完全可以想像她的民宿——每個花瓶都有蕾絲墊，處處可見貓咪飾品，每顆煮三分鐘的蛋旁邊都整齊放著吐司條。

米娜在安排新秘書的面試。她已經篩選到最終名單，但我知道會很難抉擇。我一直希望她改變心意。要是我跟貓一樣會呼嚕叫就好了。

下午過了一半後，我瞥向候診室。「巴比呢？」

「他還沒到。」

「他有打電話來嗎？」

「沒有。」她避著我的視線。

「可以試著聯絡他嗎？已經兩週了。」

我知道她不想打電話，她不喜歡巴比。起初我以為是因為他不來看診，但沒那麼簡單。他害她神經緊張。或許是因為他的體型、糟糕的髮型，或憤恨的態度。她並不真的認識他，但又有誰真的認識呢？

說曹操，曹操就到。他出現在門口，一如往常拖著一隻腳，一臉焦慮。他身形高大過重，一頭亞麻褐色頭髮，戴著金屬框眼鏡。他像大布丁的身體彷彿想擠出長大衣，凸起的口袋搞得外套變形。

「抱歉遲到了，出了一點事。」他在候診室左顧右盼，仍不確定是否要進來。

「出事出了兩個禮拜？」

他對上我的視線，接著撇開臉。

我很習慣巴比封閉自我，處處防衛，但今天感覺不同。他不是在保密，反而開始撒謊，簡直像當著你的面拉下捲門，接著否認捲門存在。

我飛快打量他一番——他的鞋子擦亮，頭髮梳過。他今早刮過鬍子，不過鬍渣又長出來了。他的臉頰凍得通紅，但同時也在流汗。我猜想他在外頭待了多久，努力鼓起勇氣來見我。

「巴比，你去哪裡了？」

「我怕了。」

「為什麼？」

他聳聳肩。「我得離開。」

「離開去哪裡？」

「哪兒都沒去。」

我懶得指出矛盾之處，他常常這樣。他躁動的手想躲起來，便逃進口袋。

「你想脫外套嗎？」

「沒關係。」

「好吧，至少坐下來。」我朝辦公室點點頭。他走進門，站在我的書櫃前，打量書名。大部分都是心理學和動物行為學的書。他終於停下來，敲敲一本的書背。西格蒙德．佛洛伊德寫的《夢的解析》。

「我以為現在已經不採納佛洛伊德大部分的觀點了。」他有非常輕微的北方口音。「他分不出來歇斯底里和癲癇的差異。」

「他的確應該要判斷得更好。」

我指向椅子。巴比折起身子坐下，雙膝側對著門。

除了我的筆記，他的檔案沒什麼文件。我有原始的轉診單、神經內科掃描片，以及北倫敦家醫科醫師的一封信，信中提到「擾人的惡夢」和「失去控制」的感覺。

巴比二十二歲，沒有精神病史，沒有習慣用藥。他的智商高於平均，身體健康，與未婚妻奧琪穩定長期交往。

我知道他的基本背景——他生於倫敦，就讀公立學校，高中畢業考過普通程度考試，進了夜校，有一搭沒一搭當過配送員和店員。他和奧琪住在哈克尼區的一棟大廈，她在當地電影院的糖果販賣部工作，有一個小兒子。據說是奧琪說服他就醫。巴比的惡夢越來越嚴重，他會半夜尖叫著醒來，跳下床撞上牆，試圖逃離夢境。

夏天之前，我們似乎有所進展。然後巴比消失了三個月，我以為他不會回來了。五週前他再次出現，沒有預約也沒有解釋。他感覺快樂多了，睡得更好，惡夢沒那麼糟了。

現在哪裡不對勁。他坐著不動，但游移的視線綜觀一切。

「怎麼了嗎？」

「沒事。」

「家裡出事了嗎？」

他眨眨眼。「沒事。」

「不然怎麼回事？」

我讓沉默幫我。巴比坐立難安，搔抓雙手，彷彿皮膚發癢。幾分鐘過去，他越來越焦慮。

我拋出直球問題，讓他開口。「奧琪好嗎？」

「她讀太多雜誌了。」

「怎麼說？」

「她想活在當代童話裡。你也知道女性雜誌寫的那些鬼話——告訴她們怎麼享有多重高潮，掌握職涯，當完美的母親。全都是屁。真正的女人才不像時裝模特兒，真正的男人也不會從雜誌走出來。我不知道我該怎麼辦——是要當新好男人，還是大男人。你跟我說啊！我是要跟哥兒們喝得爛醉，還是看悲情電影看到哭？我是要聊賽車，還是這一季流行的顏色？女人以為她們想要男人，其實她們只想要自己的倒影。」

「你聽了感覺如何？」

「很挫折。」

「對誰？」

「隨你挑吧。」他聳起肩膀，外套領子擦過耳朵。他雙手放在大腿上，反覆折起攤開一張紙，折痕都破了。

「你寫了什麼？」

「一個數字。」

「哪個數字？」

「二十一。」

「我可以看嗎？」

他快速眨眼，緩緩攤開紙，在大腿上壓平，手指摸過表面。小小方正的筆跡寫了幾百個數字「21」，從中央往外擴散，畫出風機的扇葉。

「你知道嗎？乾的方形紙沒辦法對折超過七次。」巴比試圖轉移話題。

「我不知道。」

「我說真的。」

「你的口袋裡還有什麼？」

「我的清單。」

「哪種清單？」

「代辦事項，我想改變的事，我喜歡的人。」

「還有你不喜歡的人？」

「這也有。」

有些人的聲音和本人對不上，例如巴比。雖然身形高大，他卻顯得渺小，因為他的聲音不特別低，身體前傾時會縮起肩膀。

「巴比，你惹上麻煩了嗎？」

他猛然一抖，椅腳都翹了起來。他用力不斷搖頭。

「你在生誰的氣嗎？」

他握緊拳頭，看來難過極了。

「誰惹你生氣？」

他悄聲說了什麼，搖搖頭。

「抱歉，我沒聽見。」

他又無聲說了一次。

「你得大聲一點。」

他無預警暴走：「**別再亂搞我的腦袋了！**」

怒吼在密閉空間迴盪，走廊上的門紛紛打開，我的對講機開始閃爍。我按下按鈕。「沒事，米娜，完全沒事。」

一條小血管在巴比的太陽穴旁抽動，就在右眼上方。他用小男孩的聲音悄聲說，「我得懲罰她。」

「你得懲罰誰？」

他轉了右手食指的戒指半圈，再轉回來，好像在轉收音機的旋鈕，尋找正確的頻率。

「每個人都彼此相連——六度分離，有時更少。不管是在利物浦、倫敦還是澳洲發生的事，通通都有關……」

我不讓他改變話題。「巴比，如果你惹上麻煩，我可以幫忙。你必須告訴我怎麼了。」

他悄聲說，「現在她睡在誰的床上？」

「不好意思，你說什麼？」

「要她一個人睡只有安眠地下。」

「你懲罰了奧琪嗎？」

現在他比較清楚意識到我存在，對我一笑。「你看過《楚門的世界》嗎？」

「有。」

「好吧，有時候我覺得我是楚門。我覺得整個世界都在看我，我的人生依照別人的期許打造。一切都是假象，牆壁是三夾板，家具是紙漿做的。我想如果我跑得夠快，就能繞過下一個轉角，找到片場的外景空地。可是我永遠跑得不夠快，等我跑到，他們早就蓋了另一條街……又一條街。」

第四章

從房產來看，我們住在地獄的上一層。我的意思是，我們還沒進入櫻草花丘區綠葉如茵的涅槃，但至少我們從肯頓區南部畫滿塗鴉、鐵門深鎖的爛區爬出來了。

房貸很重，排水系統也不太妙，但茱麗安愛上了這棟房子，我得承認我也是。夏天如果風吹的方向對，打開窗戶就能聽到倫敦動物園的獅子和鬣狗叫，就像不用搭休旅車的獵遊行。

週三晚上，茱麗安在成人學習班教西班牙文，查莉去好朋友家過夜。全家只剩我一個人，通常沒問題。我用微波爐熱了湯，把法式長棍麵包撕成兩半。查莉在白板上寫了一首詩，就在香蕉麵包食譜的旁邊。我感到微微一絲孤獨。我希望她們都在，我懷念吵雜的聲響，大家的玩笑話。

我閒晃上樓，逐一查看每個房間的「工作進度」。窗台上擺著油漆桶，地上鋪滿舊床單，看來像抽象畫家傑克遜．波洛克的畫布。其中一間臥室成了儲藏室，放滿箱子、地毯和一些貓抓過的家具。查莉的舊嬰兒車和兒童餐椅塞在角落，等候進一步指示，她的嬰兒服封裝在塑膠桶裡，整齊貼上標籤。

過去六年，我們試著再生一個孩子。目前的成績是兩次流產和數不盡的眼淚。我不想繼續了——至少不要現在——但茱麗安仍在狂吞維他命，研究尿液樣本，量體溫。我們做愛像科學實驗，全都瞄準排卵的最佳時刻。

我跟她說的時候，她保證一旦生了老二，她會定期隨興撲倒我。

「到時候你絕對不會後悔現在的任何一刻。」

「我知道。」

「我們欠查莉的。」

「嗯。」

我想列出所有的「要是」給她，卻不忍心。要是我的病程加速呢？要是病會遺傳呢？要是我抱不住自己的孩子呢？我不是無病呻吟、自我中心，我很務實。一杯茶和幾片消化餅乾解決不了問題。我的病就像遠處的雨，橫越黑暗朝我們襲來，看來或許很遠，但確實要來了。

計程車六點三十分到，我們加入尖峰時段的車潮。尤斯頓路一路塞到過了貝克街，面對防撞柱、減速丘和單行道指標組成的障礙賽道，也沒必要找捷徑了。

司機抱怨非法移民偷偷穿越英法海底隧道，害交通問題惡化。由於非法移民都沒有車，我聽不懂他的邏輯，但我太憂鬱，不想跟他爭辯。

剛過七點，他放我在克勒肯維爾區的蘭頓樓下車——低矮的紅磚建築妝點著白邊窗戶和黑排水管，要不是門前階梯上亮著燈，看來就像空屋。我推開雙扇門，穿過狹窄的前廳，進入大廳。塑膠椅大致排成幾列，一旁的桌上放著熱水壺和幾排杯子跟茶碟。

現場大概來了四十名女子，年齡從少女到近四十歲都有。大多數人身穿大衣，有些人裡頭擺明穿著高跟鞋、短裙、熱褲和絲襪，準備上工。空氣中混雜香水和香菸的繽紛臭味。

伊萊莎．維拉斯科已在台上說話。她有一雙綠眼和一頭秀髮，講話腔調聽起來是個精神奕奕又不苟言笑的北方女子。她穿及膝直筒窄裙搭配緊身喀什米爾羊毛衣，看起來像二戰的畫報女郎。

她身後的白色螢幕投影出義大利畫家阿特蜜希雅．真蒂萊希畫的抹大拉馬利亞。圖片下方角落較小的字體寫著：「妓女也是人協會」。

伊萊莎瞥見我，看來鬆了一口氣。我試圖沿大廳邊緣悄悄前進，不想打擾她，但她敲敲麥克風，大家都轉過頭來。

「讓我介紹妳們**真正**要見的人。他剛登上報紙頭版，請熱烈歡迎喬瑟夫．歐盧林教授。」

一、兩個人嘲諷般拍拍手。這群聽眾很難搞。我走上舞台側的階梯，踏進明亮的光圈，感到湯在胃裡汩汩晃動。我的左臂顫抖，我抓住椅背穩住手。

我清清喉嚨，看向她們頭上的一點。

「我國未破的死亡案件中，妓女佔了最大比例。過去七年，有四十八人慘遭謀殺，每天在倫敦至少有五人被性侵，外加十幾人遭到毆打、搶劫或綁架。凶手找上她們不是因為長相誘人或咎由自取，而是因為她們容易接近，處境脆弱，是輕易得手的目標，又比社會上幾乎任何人都更無姓無名。」

我垂下眼，對上她們的臉，看到她們專心聆聽，不禁鬆了一口氣。前排一名女子身穿有紫色緞質領口的外套，手戴亮檸檬色手套。她翹著腿，大衣敞開露出雪白的大腿，鞋子的細黑綁帶交叉綁住小腿。

「可惜妳們未必能挑選顧客。他們各種體型都有，有些喝醉，有些惹人厭——」

一名染金髮的女子叫道，「有些很胖。」

戴深色墨鏡的少女附和，「還很臭。」

我等笑聲淡去。這些女人大多不信任我。我不怪她們，她們的任何關係都有風險，不管是跟皮條客、嫖客還是心理師。她們早學會不能相信男人。

我希望更具體呈現她們面對的危險。或許我應該帶照片來，最近有一名受害者的子宮被挖出來放在床上。但這些女人不**需要**別人告訴她們，因為危險無所不在。

「今晚我不是來訓斥妳們，我只希望讓妳們安全一點。妳們晚上在路上工作時，多少親友知道妳們在哪裡？如果妳們失蹤，多久會有人報警？」

我讓問題飄過她們之間，像屋椽上晃動的蜘蛛網。我的聲音變啞，聽起來太嚴厲。我放開椅子，走向舞台前方。我的左腳不肯擺動，踉蹌一下才矯正動作。她們互看一眼，心想該怎麼看待我。

「別待在街上，如果非去不可，就要保護好自己。採取夥伴制，確保妳上車時有人記下車牌號碼。只在採光良好的地方工作，準備好安全屋帶客戶去，不是在他們的車上……」

四名男子走進大廳，站在大門附近。他們明顯是便衣警察。女子們發現後，我聽到震驚和挫敗的低語，好幾個人怒目瞪我，彷彿是我的錯。

「各位請冷靜，我來處理。」我小心從台上爬下去，想趕在伊萊莎過去之前攔住她。

領頭的男子很好認，是我在肯薩爾綠野公墓看到的警探，同樣見多識廣的臉和歪曲的牙齒。他穿同一件皺大衣，上頭的污漬和潑灑痕跡記下他吃的食物。比薩斜塔造型的銀領帶夾夾住他的橄欖球隊領帶。

我喜歡他，他不在乎衣著。太在意外表的男人看來野心勃勃，卻也顯得虛榮。他開口時看向遠方，彷彿想看有什麼東西要過來。我在農人臉上看過同樣的表情，他們永遠不習慣專注看太近的事物，尤其是臉。他笑得一臉抱歉。

他對伊萊莎苦笑說，「很抱歉打擾您的活動。」

「那就給我滾啊！」她的聲音甜美，笑容惡毒。

「小姐，很高興認識您。或者應該叫您**老鴇**？」

我插進兩人之間。「你需要什麼嗎？」

「你是誰？」他上下打量我。

「喬瑟夫．歐盧林教授。」

「當真！嘿，大夥兒，是屋頂上的那個傢伙，他說服小孩下來。」他沙啞的聲音隆隆響。「我沒看過有人那麼害怕。」他的笑聲像彈珠掉進水溝。他想起另一件事。「你是研究阻街女郎的專家吧？你不是寫了一本書嗎。」

「研究論文。」

他隨便聳聳肩，示意手下散開走進走道。

他清清喉嚨，對整個大廳說話。「我是倫敦警察廳的督察長文森・盧伊茲。三天前，我們在西倫敦的肯薩爾綠野找到一名年輕女子的屍體，她大概十天前過世。目前我們無法確認她的身分，但合理推論她可能是妓女。現在我們會拿她的畫像給各位看，如果有人認得她，麻煩請告訴我們。我們想知道她的姓名、地址、同事、朋友——任何可能認識她的人。」

我飛快眨眼，聽到自己問，「你們在哪裡找到她？」

「淺埋在大聯盟運河旁邊。」

我腦中的畫面宛如回憶的快照。我仍能看見白色帳棚和弧光燈：犯罪現場警示條和閃光燈的明滅光線，剛從土中挖出的女子屍體。我在場，我看到警方找到她。

大廳感覺寬敞，聲音迴盪。畫像在每人手間交傳，噪音越來越吵。一隻悠閒的手腕伸到我眼前。畫像類似旅客在科芬園給畫家畫的炭筆畫。她很年輕，短頭髮，大眼睛。大廳內十幾個女生都長這樣。

五分鐘後，警探們回來，朝盧伊茲搖頭。督察長悶哼一聲，拿出手帕擦擦變形的鼻子。

「你知道這是非法集會吧。」他瞥向熱水壺。「讓妓女群聚共飲是有罪的喔。」

我說，「茶是給我喝的。」

他輕蔑地笑。「你一定喝很多茶，不然就是當我是傻瓜。」他在挑釁我。

我生氣地說，「我知道你是哪種人。」

「喔？別吊我胃口呀。」

「你是鄉下小孩，隻身來到大城市。你在農場長大，擠牛奶撿雞蛋。你打橄欖球，直到某次受傷結束你的球員生涯，但就算沒受傷，你也懷疑你能不能撐到底。自此以來，你就很難維持體重。你離婚或喪偶，所以襯衫需要好好燙一燙，西裝需要乾洗。你下班後喜歡喝啤酒，接著吃咖哩。你想戒菸，所以一直在口袋裡找口香糖。你覺得廢物才上健身房，除非有拳擊場和沙包。上次休假你去了義大利，因為有人跟你推薦，但你恨死那裡的食物、人和酒。」

我很意外自己聽起來多麼冷酷無情，彷彿受到周遭的偏見影響。

「真了不起。你會在派對表演嗎？」

「不會。」我喃喃說，突然害臊起來。我想道歉，卻不知從何開口。

盧伊茲在口袋翻找一陣，接著停下來。「教授，我問你喔，你光看我就能看出這麼多，那看一具屍體能知道多少？」

「什麼意思？」

「我的謀殺案死者。如果我讓你看她的屍體，你能告訴我多少？」

我不確定他是否在開玩笑。邏輯上不無可能，但我處理的是人的心理：我判讀他們的舉止和肢體語言；我看他們穿的衣服和互動方式；我聽他們聲音的變化、觀察眼睛的移動。屍體沒辦法告訴我這些，屍體讓我反胃。

「別擔心，她不會咬人。明天早上九點，我在西敏殯儀館等你。」他粗魯地把地址塞進我的外套內裡口袋。「結束後我們可以去吃早餐。」他補上一句，兀自咯咯笑了。

我還沒回答，他就轉身離開，其他警探隨侍在側。就在他走到門前最後一刻，他回頭看我。

「你有一點講錯了。」

「哪一點？」

「義大利，我愛死義大利了。」

第五章

我們站在外頭人行道上，伊萊莎親吻我的臉頰。「我很抱歉。」

最後一輛警車走了，我的聽眾也是。

「不是妳的錯。」

「我知道，我只是喜歡親你。」她揉亂我的頭髮，又煞有其事從包包拿出梳子，幫我梳整齊。她站在我面前，把我的頭稍微往下壓。從這個角度，我可以往下看進她的毛衣，看到蕾絲胸罩內的乳房，以及雙峰間的陰暗深谷。

她逗弄我說，「大家會說閒話。」

「沒什麼好說的。」我這話說得太突然，她微乎其微挑起眉毛。

她點燃菸，用打火機的蓋子滅掉火焰。短短一瞬間，我看到她綠眼中的金色斑點反射火光。伊萊莎的頭髮不管怎麼打理，總是像睡亂一樣狂野。她把頭歪到一邊，認真看我。

「我在新聞上看到你，你好勇敢。」

「我快嚇死了。」

「屋頂上的男孩——他沒事吧？」

「嗯。」

「你也沒事嗎？」

我沒料到她的問題，但我不知道如何回答。我跟她回到大廳，幫她疊起椅子。她拔掉懸掛式投影機的電源，交給我一盒傳單，封面上印著同樣的抹大拉馬利亞畫像。

伊萊莎把下巴擱在我肩膀上。「抹大拉馬利亞是妓女的守護聖人。」

「我以為她是獲救的罪人。」

她不悅地糾正我。「《拿戈瑪第經集》說她能看到聖靈。她也有『眾門徒的門徒』之稱，因為她把耶穌復活的消息告知其他門徒。」

「這些妳都相信？」

「耶穌消失三天後，第一個看到他活著的人是娼妓。我覺得這種狀況挺常見的吧！」她沒有笑，這不是笑話。

我跟她回到門前階梯，她轉身鎖上門。

「我有開車，可以送你回家。」她翻找車鑰匙。我們繞過街角，我看到她的紅色福斯轎車停在計費錶旁。

她解釋，「我選那幅畫還有一個原因。」

「因為畫家是女人。」

「對，不過她的遭遇也是原因。阿特蜜希雅．真蒂萊希十九歲時遭到老師塔西性侵，但他否認有碰她。出庭時，他說阿特蜜希雅畫技很差，出於忌妒才捏造性侵的謊言。他指控她是『慾求不滿的蕩婦』，還找來所有朋友給出不利她的證詞。他們甚至找產婆檢查她，看她是否仍是處女。」伊萊莎哀傷地嘆氣。「四百年過了也沒什麼改變，唯一的差別是現在我們不會用拇指夾折磨性侵受害者，確認他們是否說真話。」

她打開車上的收音機，示意她不想談了。我靠著副駕駛座椅背，聽菲爾．柯林斯唱起〈天堂的另一天〉。

我是一九八五年前後在賓福特一間兒童之家的簡陋訪談室第一次見到伊萊莎。當時我剛加入西倫敦衛生局，受訓成為臨床心理師。

她走進來坐下，點燃一根菸，完全把我當空氣。她才十五歲，卻已流露流暢的優雅，動作充滿自信，能吸引注意，抓住目光太久。

她一隻手肘撐在桌上，菸離嘴巴幾公分，視線越過我看向牆上高處的窗子。煙飄進她亂糟糟的瀏海。她的鼻子曾經斷過，一顆門牙缺了角，她不時伸舌頭舔過參差不齊的邊緣。

他們從「假青樓」救出伊萊莎——那間臨時妓院位在廢屋的地下室，大門經過改造，無法從內打開。她和另一名少女妓女被囚禁了三天，遭到十幾名願意與未成年少女性交的男子強暴。法官把她送去照護中心，但伊萊莎始終都在試圖逃走。她年紀太大，無法去寄養家庭，卻又不到能自己住的年齡。

第一次見面時，她好奇又輕蔑地看我。她很習慣跟男人打交道，知道男人可以操弄。

「伊萊莎，妳今年幾歲？」

「你早就知道了。」她指向我手中的檔案。「需要的話，我可以等你讀完。」她在戲弄我。

「妳的父母在哪兒？」

「希望是死了。」

根據檔案紀錄，伊萊莎跟母親和繼父住在里茲，十四歲生日後不久逃家。

她的回答大多非常簡單——一個字就能解決，何必說兩個字？她聽起來狂妄又冷漠，但我知道她內心在流血。終究我成功激怒她。「你怎麼能什麼都不懂？」她大叫，眼睛激動地閃爍。該冒險了。

「妳以為妳是女人吧？妳以為妳懂得操弄我這種男人。好吧，妳錯了！我不是長腳的五十鎊鈔票，想在後巷找人口交或火速打一炮。別浪費我的時間，我有更重要的事要做。」

她眼中燃起怒火，接著淚水湧上，澆熄了火焰。她開始哭。她的樣貌和行為終於符合年齡了。她一面啜泣，一面吐露她的故事。

她的繼父是里茲成功的商人，靠買公寓裝修賺了很多錢。對伊萊莎的單親母親來說，他是在好不過的對象。她們可以搬出國宅，住進有花園的好房子。伊萊莎有自己的房間，還去上重點中學。

她十二歲時，有天晚上繼父進到她房間。「大人都這麼做。」他把她的雙腿架在他肩膀上，伸手摀住她的嘴巴。

「事後他對我很好。」她說，「他會買衣服和化妝品給我。」

這個狀況持續了兩年，直到伊萊莎懷孕。母親罵她「亂搞」，要她說出孩子父親的名字。母親居高臨下，等待答案，這時伊萊莎瞥見繼父站在門口，用食指劃過喉嚨。

於是她逃家了。她的制服外套口袋裡有一家南倫敦墮胎診所的名片。她在診所碰到一名四十幾歲的和藹護士，名叫雪莉。她帶伊萊莎回家，讓她在手術後休養身體。

「別丟掉妳的學校制服。」

「為什麼？」

「以後可能有用。」

雪莉像母親照顧五、六名青少女。她們都很愛她，跟她在一起覺得安全。

「她的兒子真是混帳。」伊萊莎說，「他睡覺都把散彈槍放在床下，還以為能隨便跟我們上床。廢物！雪莉第一次帶我出去工作時，她說，『去吧，妳做得到。』我穿著學校制服站在貝斯沃特路上。她說，『沒關係，就問他們要不要女孩子陪。』我不想讓雪莉失望，我知道她會生氣。

「下次她帶我出去，我幫一些人打了手槍，但沒辦法性交。我也不知道為什麼，花了三個月才克服。學校制服變得太短了，但雪莉說我的腿好看，所以沒關係。我是她的『小小金雞母』。」

伊萊莎不叫跟她上床的男人「嫖客」，她不喜歡這個詞暗指他們拿錢在賭博。她可是真材實料。她也不鄙視他們，即使很多人背著妻子、未婚妻和女友偷吃。她純粹在工作，做簡單的商業交易；她有東西可賣，而他們想買。

隨著日子過去，她不再敏感。現在她有新的家人了。有一天，敵對的皮條客從街上抓走她，說想跟她合作一次。他把她鎖在房子的地下室，跟門外排隊的男子收錢。不同膚色的肌膚之河流過她身上，滲進她體內。「我是他們『雪白的性愛小玩具』。」她捻熄另一根菸。

「然後妳到了這兒。」

「沒有人知道該拿我怎麼辦。」

「妳想要做什麼？」

「我希望大家別管我。」

第六章

國民健保署的第一行事原則就是讓朽木往上漂。這是企業文化的一環，如果有人太無能或難以相處，比起開除他，晉升他是更簡單的做法。

西敏殯儀館的執勤主管頂著光頭，身材矮壯，有厚厚的雙下巴。他第一眼就不喜歡我。「誰叫你來的？」

「我跟盧伊茲督察長有約。」

「我沒聽說，沒有人預約。」

「我可以在這裡等他嗎？」

「不行，只有死者家屬可以進等候室。」

「那我可以在哪裡等？」

「外面。」

我聞到他身上的酸味，注意到他腋下的汗漬。他八成加班工作了一整晚，疲憊又毛躁。我通常很同情排班人員——就像我會可憐落單的人，還有總是沒人邀她跳舞的胖女孩。照料死人的工作肯定很糟糕。

我正要說什麼，盧伊茲就到了。主管又把同樣的話說了一遍。盧伊茲越過桌面，拿起電話。「聽好了，你這個自以為是的混蛋！我在外面看到十幾輛車旁邊的計費錶都超時了。等你的同事發現他們的車被鎖輪，你就吃不完兜著走了。」

幾分鐘後，我跟盧伊茲走過狹窄的走廊，天花板亮著日光燈，腳下是漆過的水泥地板。偶爾我們會經過裝有霧面玻璃窗的門，其中一扇開著，我瞥了一眼。房間中央擺著不鏽鋼桌，中間管道連到排水管，天花板掛著鹵素燈和麥克風導線。

我們沿走廊繼續走，看到三名穿綠色醫院工作服的實驗室技師圍著一台咖啡機。沒有人抬頭看我們。

盧伊茲走得快，話倒講得慢。「我們星期天早上十一點尋獲埋在淺溝的屍體。十五分鐘前，有人從離現場約四百公尺的電話亭匿名報案，宣稱他的狗挖到一隻手。」

我們推開壓克力雙扇門，躲開勤務員推的推車。我猜白色厚棉布下蓋著屍體，一盒裝滿血液和尿液的試管穩穩放在軀幹上。

我們來到接待室的大玻璃門前，盧伊茲敲敲窗戶，坐在桌邊的行政人員放我們進去。她一頭金髮，髮根是深色，眉毛拔得跟牙線一樣細。四面牆邊都是檔案櫃和白板，遠處有一扇不鏽鋼大門，寫著「閒人勿進」。

我突然想起就讀醫學院期間，第一次上大體實習課時我昏倒了，有人得把嗅鹽湊到我鼻子下叫醒我。後來講師挑我上台，在全班面前示範如何把一百五十公厘的針從腹部插進肝臟取檢體樣本。事後他恭喜我創下大學新紀錄，在單次手術以一根針戳中最多器官。

盧伊茲把一封信交給行政人員。

她問，「需要準備正式遺體瞻仰嗎？」

「冰櫃就可以了，」他回答，「但我需要嘔吐袋。」她給他一個褐色大紙袋。

沉重的門像解開高壓密封，嘶的一聲打開。盧伊茲站到一旁，讓我先進去。我以為會聞到甲醛味——我在醫學院看過的每一具屍體都有這種味道。然而房內只有輕微的消毒劑和工業肥皂味。

牆面是磨光金屬，十幾台推車整齊排成幾列。三面牆邊都是鐵製屍櫃，看起來像過大的檔案櫃，每一格都有雙手可抓的巨大方形把手。

我意識到盧伊茲還在說話。「病理學家說她被埋了九到十天。她全身赤裸，只穿了一隻鞋，脖子上掛著聖克里斯多福的金項鍊。我們還沒找到她的衣服。沒有性侵的跡象……」他查看其中一個抽屜的標籤，抓住把手。「你看了就知道為什麼我們能縮限死因了。」

抽屜在滾輪上滑順打開。我猛然往後甩頭，整個人踉蹌逃開。盧伊茲交給我褐色紙袋，我彎腰吐了起來。同時嘔吐和掙扎吸氣真難。

盧伊茲沒有動。「你應該看得出來，她的左臉嚴重瘀青，眼睛腫得完全閉上。有人毒打了她一頓，所以我們才公開畫像，不是照片。她身上有超過二十處刺傷——沒有一個超過二點五公分。重點來了——每一個傷口都是自殘得來的。病理學家找到遲疑痕跡，她必須鼓起勇氣才能把刀戳進去。」

我抬起頭，瞥見他的臉倒映在磨光的鋼鐵上。這時我看到了：恐懼。他一定偵查過數十起犯罪案件，但這次不同，因為他無法理解。

我的胃空了。我在冰冷的房內冒汗發抖，直起身子看向屍體。他們完全沒有維護可憐女子的尊嚴，她裸著身，雙臂擺在身側，雙腿併攏，躺在那兒。

黯淡的白色肌膚使她看來簡直像大理石雕像，只是這尊「雕像」慘遭破壞。她的胸口、手臂和大腿都是血紅和粉色的割傷。在肌膚緊繃的位置，傷口像空洞的眼窩張開，其他地方的傷口則正常閉合，微微滲血。

我在醫學院看過驗屍，知道流程。驗屍官會拍她的照片，用刀子和棉花棒採檢體，把她從脖子一路切開到下體，秤她的器官重量，分析胃部內容物，把體液、指甲下的死皮和塵土都裝進塑膠袋密封，或放上載玻片觀察。曾經開朗、活潑、神采奕奕的活人變成了物證A。

「她幾歲？」

「二十五到三十五歲之間。」

「你為什麼覺得她是妓女？」

「事發快兩週了，沒有人通報她失蹤。你比我更清楚，妓女經常移動，有時一離開就是幾天或幾週，然後出現在完全不同的紅燈區。有些跟著會展的路線走，其他在卡車休息站工作。如果這個女生有完善的親友網絡，現在總該有人通報她失蹤了。她可能是外國人，但國際刑警組織那邊沒查到什麼。」

「我不確定我能幫什麼忙？」

「**你**能看出她的什麼資訊？」

雖然我不忍看她浮腫的臉，我已觀察到許多細節。她細軟的頭髮剪成務實的短髮，容易洗又快乾，不需要經常梳。她沒有穿耳洞。她的指甲剪短，保養得宜。她沒有戴戒指，也沒有跡象顯示她平常會戴。她身材纖瘦，皮膚白皙，臀部大於胸部。她的眉毛修得整齊，最近才做過比基尼線除毛，留下整齊的三角形陰毛。

「她有化妝嗎？」

「一點口紅和眼線。」

「我必須坐下來讀她的驗屍報告。」

「我替你找一間空辦公室。」

十分鐘後，我獨自坐在桌前，盯著一疊扣環相簿和裝滿文件的資料夾，裡頭有驗屍報告和血液跟毒理學分析的結果。

我瞥了摘要頁一眼。

西敏市驗屍官
驗屍報告

姓名：未知　　驗屍編號：DX-34 468
生日：未知　　死亡日期／時間：未知
年齡：未知　　驗屍日期／時間：2000/12/10 0915
性別：女

解剖結果摘要：
1.胸部、腹部和大腿有十四處撕裂傷和割傷，深度三公分，寬度介於七點五到一公分。
2.左上臂有四處撕裂傷。
3.脖子左側和肩膀有三處撕裂傷。
4.銳器傷的方向多為往下，混有刺傷和割傷。
5.遲疑痕跡通常為直線，伴隨較深的割傷。
6.左顴骨和左眼眶嚴重瘀青腫脹。
7.右前臂輕微瘀青，右脛骨和右腳跟有擦傷。
8.口腔、陰道和直腸的採集樣本乾淨。

初步毒理學分析：
　血液酒精濃度——未偵測到

血液毒品篩檢——未偵測到毒品

死因：

死後X光顯示心臟右心室有空氣，表示有致死的巨大空氣栓塞。

我快速掃過報告，尋找特定細節。我對她**怎麼**死的枝微末節不感興趣，反而想找跟她生活有關的線索。她有舊的骨折嗎？有過往吸毒或感染性病的證據嗎？她最後一餐吃了什麼？她死前多久吃飯？

盧伊茲連門都沒敲。

「我猜你喝咖啡會加牛奶，不加糖吧。」

他把塑膠杯裝的咖啡放在桌上，拍拍口袋，尋找只存在幻想中的香菸。他選擇咬咬牙。「好吧，你發現什麼？」

「她不是妓女。」

「因為？」

「女性成為性工作者的年齡中位數只有十六歲，這名女子年紀已經二十五歲上下，還可能更大。她沒有長期性交的跡象，也沒有得過性病的證據。妓女墮胎很普遍，因為她們經常被迫不用保險套，但這個女生沒懷孕過。」

盧伊茲敲了桌面三下，像是輸入三個省略符號。他要我繼續說。

「高端妓女賣的是幻想，她們非常注重外表和呈現的樣貌。這名女子指甲剪短，留男孩子氣的髮型，幾乎不化妝。她穿好走的鞋，很少戴飾品。她不用昂貴的保濕霜，沒有塗指甲油。她的比基尼線除毛適中……」

盧伊茲又在房內走起來，嘴巴微張，眉頭深鎖。

「……她很照顧自己，規律運動，飲食健康，八成很在意體重。我敢說她的智商等於或稍微高於平均。她的學歷應該很紮實，出生背景極可能是中產階級。

「我不認為她是倫敦人，現在應該有人通報她失蹤了。這種女生不會隨便消失，她有朋友和家人。不過如果她來倫敦面試或度假，大家可能覺得一陣子沒她的消息很正常，但很快他們就會開始擔心了。」

我把椅子稍微往後推，卻沒有決心起身。我還能跟他說什麼？

「她的項鍊圖案不是聖克里斯多福，我想應該是聖嘉民。如果仔細看，他拿的是水壺和毛巾。」

「他是誰？」

「護士的守護聖人。」

這句話抓住他的注意。他把頭歪到一邊，我幾乎能看到他分類記下資訊。他右手翻開紙火柴又闔上，翻開又闔上。

我推開文件，瞥向完整的驗屍報告。我注意到其中一段。

她的左右前臂和大腿上截內側有舊的撕裂傷痕跡，結疤程度顯示她試圖自行縫合。這些傷口極可能是她自行造成，表示過去曾有意圖自殘。

「我需要看照片。」

盧伊茲把扣環資料夾推向我，同時宣布，「我得去打電話。我們可能有一名失蹤女子的情報，利物浦一位X光技師兩週沒聽到室友的消息。她符合我們無名女屍的年齡、身高和髮色。而且你看巧不巧，大偵探？她是護士。」

他離開後，我打開第一本相簿，快速翻過。我看她的屍體時，她的手臂放在身側，我看不到她的手腕或大腿內側。自殘患者身上有多處刺傷，全都由自己造成……一定只是巧合吧。

第一張照片是室外空曠的廣角照，地上散落生鏽的四十四加侖鐵桶、好幾捲鐵絲和鷹架柱子。背景近處可見大聯盟運河，但我在遠處看到幾棵茂密的樹木和其間的墓碑。

照片逐漸聚焦運河河岸。藍白色的警示條纏在鐵柱上，標出案發地點。

第二組照片拍的是淺溝，可以看到一抹白色，像丟棄的牛奶罐。隨著鏡頭拉近，我看出那是一隻手，手指外伸從土中探出來。他們慢慢刮掉土，篩過裝袋。屍體終於露出來，一條腿彎扭地壓在身下，左臂蓋住眼睛，像要遮住弧光燈。

我快速掃過頁面，直到找到驗屍的照片。相機記下每一塊污漬、刮傷和瘀青。我在找特定一張照片。

找到了。她的前臂轉向外側，平放在黯淡的銀工作台上。我笨拙地站起身，沿著走廊往回走。我的左腿卡住，必須由後往前晃出弧線前進。

行政人員放我進入管制區，我盯著同一排鐵製屍櫃幾秒。橫著數來第四個，上面數來第三個。我查看標籤，抓住把手，拉開抽屜。這次我逼自己看她毀容的臉。認出她宛如燃起小火花，發動更大的機器。回憶在我腦中吼叫。她的頭髮變短了，體重增加了一點。

我探向她的右手臂，轉過來，用指尖撫過乳白色的疤痕。襯著蒼白的肌膚，疤痕看似浮雕的皺褶，會合交錯然後消失無蹤。她會反覆弄破這些傷口，挑開縫線或重新割開肌膚。她藏得很好，但我曾經知道她的秘密。

「需要看第二次呀？」盧伊茲站在門口。

「對。」我無法避免聲音顫抖。盧伊茲站到我面前，關上抽屜。

「你不該自己進來，應該等我才對。」他的話頗有分量。

我喃喃道歉，到水槽洗手，感到他的眼睛跟著我。我得說點什麼。

「利物浦的消息如何？你有查出她是……？」

「當地的刑事偵查部會帶她的室友來倫敦，下午應該就能指認身分了。」

「所以你問到名字了？」

他沒有回答，反而推著我到走廊，要我等他收好驗屍筆記和照片。然後我跟他走過地下迷宮，穿過雙扇門到停車場。

沿路我都在想，我該說點什麼，我應該告訴他。然而腦中另一個聲音慫恿我說，現在都不重要了。他知道她的名字，過去就過去了，都好久以前了。

「我答應請你吃早餐。」

「我不餓。」

「我餓啊。」

我們穿過燻黑的鐵道拱橋下方，走進一條窄巷。盧伊茲似乎知道所有的後巷小路。他身材高大，腳步卻輕盈得不得了，都能躲開水窪和狗糞。

咖啡館正面的大窗子因為水氣凝結而一片模糊，或者可能是炸薯條產生的油膜。我們推門進去，頭上響起鈴聲。香菸和熱空氣形成的濃霧難以忍受。

室內很空，只有角落兩名穿開襟毛衣、臉頰消瘦的老人在玩西洋棋，一名印度裔廚師穿著沾滿蛋汁的圍裙。接近中午了，不過咖啡館全天都供應早餐。烘豆、薯條、蛋、培根和蘑菇——怎麼組合都可以。盧伊茲要了靠窗的位子。

「你要什麼？」

「咖啡就好。」

「這裡的咖啡很難喝。」

「那就茶吧。」

他點了整份的英式早餐，加點一份吐司和兩壺茶。他在外套口袋翻找香菸，喃喃說什麼忘了手機。

他說，「我也不喜歡拖你下水啊。」

「少來了。」

「好吧，只有一點啦。」他的雙眼似乎帶著笑，但沒有自誇的意思。前晚我注意到的不耐消失了，他放鬆下來，一臉豁達。

「歐盧林教授，你知道要怎麼成為督察長嗎？」

「不知道。」

「以前是看破案數量和揍過的人數，現在全看你招來的客訴多少，還有能不能不超預算。對這些人來說，我簡直是恐龍。自從實施警察暨刑事證據法，**我**這種警察就來日不多了。

「現在大家都強調積極執法，你知道是什麼意思嗎？這表示一個案件安排的警探人數取決於小報頭條多聳動。現在是媒體主宰調查——不是警方。」

我說，「我還沒看到這起案子的任何報導。」

「因為大家認為受害者是妓女。如果她其實是該死的南丁格爾或哪個公爵的女兒，我手下就會有四十個警探，而不是十二個。而且助理局長會說『案情複雜』，他要親自帶隊，每份公開聲明都要由他的人批准，每一次調查都要取得許可。」

「為什麼這個案子派給你？」

「我不是說了？他們以為只是死了個妓女。『交給盧伊茲吧，』他們說，『他會把人毒打一頓，嚇得皮條客屁滾尿流。』那種人抗議**又怎樣**，我這輩子收過的客訴信之多，政風處都有我專屬的檔案櫃了。」

幾名日本遊客經過窗外，停下來看黑板寫的菜單，又看看盧伊茲，才決定繼續走。服務生端來早餐和紙巾包的刀叉。盧伊茲替蛋擠滿棕醬，開始切。我盡量不看他吃。

他邊吃邊說，「你看來想問問題。」

「我想知道她的名字。」

「你知道規矩，還沒指認身分、通知家屬，我不該透露相關細節。」

「我只是想……」我沒有說完。

盧伊茲啜飲一口茶，替吐司抹奶油。「凱薩琳．瑪莉．麥布萊，上個月剛滿二十七歲。她是社區醫院的護士，你早就知道了。她的室友說她去倫敦面試工作。」

即使早知道答案，我仍深感震驚。可憐的凱薩琳。現在我該告訴他，我應該馬上說的。為什麼我需要合理解釋一切？為什麼我不能想到什麼就說？

盧伊茲俯身從盤子舀起烘豆，放在吐司一角。他的叉子停在半空中，懸在張開的嘴前。「你為什麼說『可憐的凱薩琳』？」

我一定把心裡話說出口了，我的眼神洩漏一切。盧伊茲的叉子吭啷掉在盤子上，怒火和猜疑竄過他的腦袋。「你認識她。」

他在指控我，不是陳述事實。他生氣了。

「起初我沒有認出她，昨晚的畫像可能是任何人，我以為你們在找的是個妓女。」

「今天呢？」

「她的臉腫得太厲害，感覺……感覺……傷得好嚴重。我看到她的疤痕才確定，她以前是我的病患。」

他還不滿意。「教授，你再騙我，我就把靴子從你屁股捅進去，你連呼吸都會有鞋油味。」

「我沒有騙你，我只是想確認清楚。」

他仍直盯著我的眼睛。「你本來打算什麼時候告訴我？」

「我終究會告訴你的。」

「對啦，最好是。」他把盤子推到桌子中央。「快說——凱薩琳為什麼是你的病患？」

「她手腕和大腿的疤——她會刻意自殘。」

「她想自殺？」

「不是。」

我看得出來盧伊茲努力想理解。我往前傾，試著解釋人無法處理困惑和負面情緒時如何反應。有些人會大量飲酒，其他會暴飲暴食，毆打妻子或踢小貓。另外有一群人會把手放在爐灶上，或拿刮鬍刀片割破皮膚。

這是很極端的因應機制。他們說把內在的痛轉移到外部，賦予生理表徵，會比較好處理。

「凱薩琳需要處理的問題是？」

「主要是自信心低落。」

「你在哪裡認識她？」

「她是皇家馬斯登醫院的護士，我在那兒當顧問。」

盧伊茲攪拌茶，盯著杯子，彷彿杯子能跟他說話。突然他把椅子往後推，撩起褲子站起身。

「你真是怪咖，你知道嗎？」一張五鎊鈔票飄飄落在桌上，我跟著他離開咖啡館。沿著人行道走了十幾步後，他轉過來質問我。「好吧，告訴我，我是在調查謀殺案，還是這個女生自殺了？」

「有人殺了她。」

「所以有人**脅迫**她割傷自己這麼多次？除了她的臉，沒有跡象顯示有人綁住她，塞住她的嘴巴，限制她的行動，或逼迫她割傷自己。你可以解釋一下嗎？」

我搖搖頭。

「喂，你是心理師耶！你應該了解我們的世界才對。我是警探，這超過我能理解的範圍了。」

第七章

查莉出生時，蘇格蘭佬擅自決定把我灌醉，因為當聰明、理智又盡責的父親喜獲麟兒，顯然就該醉到不省人事。如果我沒記錯，之後我再也沒喝醉過。

買了新車，你會徹底戒酒，買了新房子，則會沒錢買酒。但生了小孩，你一定要「狂飲慶祝」——我是醉到在行經大理石拱門的計程車上狂吐。

連蘇格蘭佬告訴我得了帕金森氏症，我都沒有喝醉。我反而跟不是我太太的女人睡了。宿醉不會久留，但愧疚永遠忘不了。

今天午餐我喝了兩杯雙倍伏特加——生平第一次。我想喝醉，因為我忘不了腦中凱薩琳・麥布萊的身影。我看到的不是她的臉，而是她的裸體，失去所有尊嚴，連一條樸實的內褲或刻意擺放的布都沒有。我想保護她，為她擋住大眾的視線。

現在我懂盧伊茲了——不是他說的話，而是他的表情。這不是氣急攻心下的慘痛結果，也不是貪婪或忌妒驅使的普遍居家凶殺案。凱薩琳・麥布萊受了很多苦，每一刀都榨乾她的力氣，像鬥牛士助手的倒刺戳進牛的脖子。

美國心理學家丹尼爾・華格納在一九八七年針對思考抑制做過有名的實驗。這個測試簡直像俄國作家杜斯妥也夫斯基設計的，他請一群受試者**不要**去想白熊，每次白熊浮現腦海，他們就要響鈴。不管受試者多努力，沒有人能避開受禁止的念頭超過幾分鐘。

華格納認為兩種不同的思考流程在彼此對抗。其一努力在想白熊以外的任何東西，其二則把我們想抑制的念頭悄悄往前推。

凱薩琳．瑪莉．麥布萊就是我的白熊，我無法將她趕出腦海。

我應該中午就回家，取消下午的約診。然而我留下來等巴比．莫蘭，他又遲到了。米娜草率冷漠地接待他。時間已經六點，她想回家了。

「我可不會想娶你的秘書。」他說完才向我確認，「她不是你太太吧？」

「不是。」

我示意他坐下。他的屁股填滿整張椅子，他扯扯大衣袖口，看來分心又焦慮。

「最近好嗎？」

「不了，謝謝，我剛喝過。」

我停下來，看他是否發現他的答案沒道理。他沒有反應。

「巴比，你知道我剛才問你什麼嗎？」

「我想不想喝茶或咖啡。」

「不是。」

他臉上閃過懷疑。「但你接下來要問我喝不喝茶或咖啡。」

「所以你在讀我的心？」

他緊張地笑，搖搖頭。他問，「你相信上帝嗎？」

「你呢？」

「我以前信。」

「後來怎麼了？」

「我找不到祂。祂應該要無所不在，不該玩躲貓貓。」他瞥向他在陰暗窗戶上的倒影。

「巴比，你想要哪一個——主張報仇的上帝，還是原諒人的上帝？」

「主張報仇的上帝。」

「為什麼？」

「大家應該為自己的罪付出代價，不能因為說了抱歉，或臨死前悔改，就突然得到原諒。做錯事就應該受罰。」

最後這句話在空氣中顫動，像銅幣掉在桌上。

「巴比，你做了什麼覺得抱歉的事嗎？」

「沒有。」他答得太快，肢體語言完全大叫他在否認事實。

「你脾氣失控的時候感覺如何？」

「像腦袋燒起來了。」

「上次什麼時候有這種感覺？」

「幾個禮拜前。」

「發生什麼事了？」

「沒事。」

「誰惹你生氣？」

「沒有人。」

直接提問沒用，他只會拒絕回答。於是我帶他回到較早的時間點，讓他自己累積動能，像大石頭滾下山丘。我知道是哪一天——十一月十一日——因為他錯過那天下午的約診。我問他幾點起床？早餐吃了什麼？幾點出門？我慢慢帶他接近他失控的時候。他搭地鐵到西區，去哈頓花園一家珠寶店。他和奧琪春天要結婚，巴比約好去取他們的婚戒。他跟珠寶商起爭執，衝出店外。外頭下雨，他要遲到了。他站在霍本圓環想招計程車。

講到這兒，巴比再次退縮，改變話題。他一本正經問，「你覺得老虎和獅子打架，誰會贏？」

「為什麼問這個？」

「我想知道你的看法。」

「老虎和獅子不會打架，牠們的棲地在世界上的不同地方。」

「對，但假如牠們**真的**打起來，誰會贏？」

「這個問題沒有意義，很愚蠢。」

「心理師的工作不就是這樣──問無意義的問題？」才問一個問題，他的神情就完全變了。他突然變得自負挑釁，朝我戳戳手指。「你問大家在假定情況下會怎麼做，何不問問我？來呀。『如果我在電影院第一個發現小火災，我會怎麼做？』你不都問這種問題嗎？我會滅火嗎？還是去找經理？或者疏散大樓？我知道你們這種人的做法，你們會拿無害的答案，努力讓理智的人看來瘋了。」

「你這樣想嗎？」

「我**知道**是這樣。」

他描述的方法叫心理狀態檢查。顯然巴比曾受過診斷，但他的病歷裡沒有紀錄。每次我施壓，他的回應都充滿敵意。該加點火力了。

「巴比，我跟你說我**知道**什麼吧。那天出事了，你很不爽，整天做什麼都不對勁。是珠寶商嗎？他怎麼了？」

我的聲音尖銳不饒人。巴比縮了一下，像受驚的動物豎起後頸毛。「那個大騙子！他把婚戒的刻字刻錯了。他拼錯奧琪的名字，卻說是我的錯，說我給他錯的拼法。那個混蛋想多收我錢。」

「你怎麼做？」

「我打破他的櫃台玻璃。」

「怎麼打的？」

「用我的拳頭。」

他舉起手給我看。手掌底部還有淺黃色和紫色的瘀青。

「然後呢？」

他聳肩搖搖頭。不可能只有這樣，還有別的。上次看診時，他說要懲罰「她」——是女人。問題一定發生在他離開珠寶店後。他站在路上，怒火中燒，腦袋發燙。

「你在哪裡看到她？」

他朝我飛快眨眼。「她從樂器行出來。」

「你在做什麼？」

「排隊等計程車。當時下雨，她搶了我的車。」

「她長什麼樣子？」

「我不記得了。」

「她幾歲？」

「我不知道。」

「你說她**搶了**你的計程車——你有對她說什麼嗎？」

「應該沒有。」

「你做了什麼？」

他渾身一顫。

「她跟誰在一起嗎？」

他瞥向我，遲疑了一下。「什麼意思？」

「誰跟她在一起？」

「一個小男生。」

「他幾歲？」

「大概五、六歲。」

「小男生在哪兒？」

「她抓著他的手拖他走。他在尖叫，我是說真的放聲尖叫。她一直忽視他。他像重物躺在地上，她得拖著他前進。小孩不斷尖叫。我開始想，為什麼她不跟他說話？怎麼能放任他尖叫？他可能哪裡痛，或者嚇壞了。沒有人插手，害我很生氣。他們怎麼能站在那兒旁觀？」

「你生誰的氣？」

「所有人。我氣他們無動於衷，我氣這個女人的疏忽，我氣自己討厭那個小男生。我只希望他別叫了……」

「所以你做了什麼？」

他壓低聲音悄聲說，「我希望她叫他停下來，我希望她聽他說話。」他停下來。

「你有對她說什麼嗎？」

「沒有。」

「然後呢？」

「計程車門開著，她把他推進去。小孩雙腿亂踢。她跟著上車，回過身要關門。她的臉像面具……一片空白。她把手臂往後抽，**砰！**她用手肘撞上他的臉。他往後倒……」

巴比頓了一下，似乎打算繼續，卻又住口。我任由沉默蔓生，充滿他的腦袋——鑽進每個角落。

「我把她從計程車拖下來，抓住她的頭髮，把她的臉壓在車門窗上。她倒在地上，試著滾開，但我一直踹她。」

「你覺得你在懲罰她嗎？」

「對。」

「她罪有應得嗎？」

「對！」

他直直盯著我，臉色慘白如蠟。當下我想到一個小孩孤零零站在遊樂場角落，身材過胖，高得古怪，綽號都是果凍屁股或豬油桶；對這個孩子來說，世界廣大又空洞。孩子想要隱形，卻注定格格不入。

「今天我找到一隻死鳥。」巴比心不在焉地說。「牠斷了脖子，可能給車撞了。」

「有可能。」

「我把牠從路上移開，牠的身體還是暖的。你想過死亡嗎？」

「我想大家都想過。」

「有些人就是該死。」

「應該由誰來決定呢？」

他苦悶地笑。「不是你這種人。」

會診超過時間，不過米娜早就回家陪她的貓了。鄰近的辦公室大多大門深鎖，一片漆黑。清潔工沿著走廊清空垃圾桶，推車刮掉踢腳板的油漆。

巴比也走了。然而當我盯著陰暗的方窗，我可以想像他的臉汗水淋漓，沾上可憐女子的血。

我早該料到。他是**我的**病患，**我的**責任。我知道我無法抓著他的手，逼他來看診，但這樣想安慰不了我。巴比提起他遭到起訴時都快哭了，但他更可憐自己，不是他攻擊的女子。

我必須很努力才能關心我的某些病人。他們花九十英鎊來盯著肚臍，或抱怨該對伴侶而不是對我說的事。巴比不一樣，我不知道為什麼。有時他看來彆扭到難以生活，但他的自信和智慧也能嚇我一跳。他會在錯的時機大笑，毫無預警暴走，眼睛跟藍玻璃一樣慘淡冰冷。

有時我覺得他在等待——彷彿高山會移動，或所有星球會排成一列。等萬事俱全，他才會讓我知道到底怎麼回事。

我等不及了，我現在就得了解他。

第八章

拳擊手穆罕默德．阿里肩負重責大任。當他在亞特蘭大奧運點燃聖火，全世界無不流淚。

我們為什麼哭？因為一名偉大的運動員淪落至此——成了瘸子拖著腳，喃喃自語，不住抽搐。他曾如蝶漫舞，現在卻像奶凍顫抖。

我們永遠記得運動員。當史蒂芬．霍金這種科學家的身體背棄他，我們認為他能繼續活在腦中的世界。但殘廢的運動員就像斷翅的鳥，當你飛得越高，著地也就越難。

今天星期五，我坐在蘇格蘭佬的辦公室。他的本名是埃姆林．羅伯．歐文醫生——蘇格蘭人取威爾斯名字——但我向來只叫他的綽號。

他體格紮實，可說方正，肩膀強壯，脖子如牛，看起來像退役拳擊手，不像腦部外科醫生。他的辦公室牆上掛著薩爾瓦多．達利的畫作，以及約翰．馬克安諾舉著溫布敦網球賽冠軍獎盃的簽名照。馬克安諾還留言，「你別鬧了！」

蘇格蘭佬示意我坐上診療臺，接著捲起袖子。他的前臂粗壯曬黑，所以才會把網球打得像飛魚反艦飛彈。跟蘇格蘭佬打網球有八成都很痛，每顆球都會高速直接朝你的身體飛回來，即使球場完全空著，他還是會想把球直接打穿你。

我每週五固定跟蘇格蘭佬打球，但不是因為我們熱愛網球——而是為了過往時光，因為一位高挑苗條的女大學生選了我，不是他。時隔快二十年，現在她是我太太。他還是很不爽。

「茱麗安最近好嗎？」他拿筆狀手電筒照我的眼睛。

「很好。」

「她對你上屋頂走一遭怎麼想？」

「她還願意跟我說話。」

「你有跟別人提你的症狀嗎？」

「沒有，你說我應該正常過活。」

「對。**正常過活！**」他打開資料夾，草草記下一筆。「有肢體顫動嗎？」

「還好。偶爾想從椅子站起來，或從床上起身時，我的頭腦說『起來』，但身體沒有反應。」

他又記下一筆。「這叫起動遲疑。我也常碰到——尤其如果電視在播橄欖球賽。」

他刻意左右來回走動，看我的眼睛跟著他。「你睡得如何？」

「不太好。」

「你應該買那種放鬆錄音帶。你聽過吧？有人用無聊的聲音說話，讓你睡著。」

「所以我才一直來看你啊。」

蘇格蘭佬拿橡膠槌特別用力敲我的膝蓋，害我縮了一下。

他挖苦地說，「看來敲到你的搞笑骨頭了。」他往後退。「好啦，你知道要怎麼做。」

我閉上眼，闔起雙手——食指對食指，中指對中指，如此類推。我差點成功，但無名指互相擦過。我再試一次，這次中指沒在中間對上。

蘇格蘭佬把手肘支在桌上，邀我比腕力。

「我很訝異你們這一行用的技術多先進。」我挺胸準備對戰。他的拳頭擠壓我的手指。「你這招肯定只是自我滿足，搞不好跟檢查我根本沒關。」

蘇格蘭佬說，「你怎麼猜到的？」我推著他的手臂，感到自己臉頰泛紅。他在玩弄我。一次就好，我真想壓倒這個混蛋。

我認輸，往後癱倒放鬆手指。蘇格蘭佬臉上不見勝利的神情。不用他說，我便站起身，開始繞房間走，努力像行軍一樣擺動雙臂。我的左臂感覺垂在那兒。

蘇格蘭佬撕掉雪茄的玻璃紙包裝，剪斷一端。他捲舌含住尖端，舔舔嘴唇，點燃雪茄。他閉上眼睛，讓煙從笑容滲出來。

他說，「天哪，真期待每天的第一根。」他看煙捲起飄向天花板，填滿沉默也填滿空曠的空間。

「所以怎麼樣？」我感到越發焦慮。

「你有帕金森氏症。」

「我已經知道了。」

「那你還要我說什麼？」

「說點我不知道的事。」

他用牙齒嚼雪茄。「你讀過文獻，我敢打賭你能說出帕金森氏症的完整歷史——每套理論、研究計畫和知名病患。來吧，你告訴我，我該開什麼藥？建議哪種飲食？」

我討厭他說的對，我甚至能告訴他文獻的章節編號。過去一個月，我花了好幾個小時上網研究，閱讀醫療期刊。我對詹姆斯．帕金森醫生瞭若指掌，這名英國醫生在一八一七年提及叫「震顫性麻痹」的症狀。我知道英國有十二萬人患有帕金森氏症。年過六十罹病較為普遍，但七分之一的患者在四十歲前就出現症狀。大約四分之三的患者初期會顫抖，其餘則可能永遠不會。

我當然拼命想尋找答案，不然呢？然而沒有答案可找。每位專家說的都一樣——帕金森氏症是世上少數難解又複雜的神經疾病。

「你做的檢驗呢？」

「結果還沒回來，應該下週會收到。到時候我們再討論如何投藥。」

「什麼藥？」

「雞尾酒療法。」

他講話開始像芬威了。

蘇格蘭佬撢掉雪茄煙灰，往前傾。每次我見到他，他都長得越來越像企業執行長。很快他就會穿起彩色吊帶和高爾夫球襪了。「巴比．莫蘭還好嗎？」

「不太好。」

「怎麼了？」

「有個女人搶了他的計程車，他把人家踹到昏迷。」

蘇格蘭佬一時疏忽，猛吸一口氣，結果劇烈咳嗽。「真棒呀！又是快樂結局。」

起初是蘇格蘭佬介紹巴比來找我。當地家醫師把他轉診給蘇格蘭佬做神經檢測，但他找不到生理問題，便把巴比轉介給我。他確切的說法是：「別擔心，他有保險，你搞不好真的能收到錢。」

蘇格蘭佬認為當初我應該繼續念「真的醫學」，不是培養出社會良心，搞得連房貸都付不起。說來諷刺，大學時他跟我一模一樣。每次我提醒他，他都宣稱當年最漂亮的女生都是左派。他只有追求夏日之戀時才信社會主義——全都是為了有搞頭。

沒有人會死於帕金森氏症，只會帶著病過世。蘇格蘭佬愛說這句老套格言。我可以想像這句話印在擋泥板貼紙上，畢竟跟「槍不會殺人，人才會殺人」的荒謬程度相差不遠。

我對生病的反應大概可以總結為「為什麼是我？」但在馬斯登醫院屋頂見過麥肯後，我覺得上了一課。他的病比我嚴重，他贏了。

大概十五個月前，我開始意識到哪裡不對勁。主要是倦怠，有時感覺像走過泥濘。我仍然一週打網球兩次，在查莉的足球隊當教練。練習賽時，我還跟得上十幾個八歲小孩，想像我是偉大的組織進攻球員席內丁．席丹，踢出直塞球，執行錯綜複雜的二過一傳球戰術。

但我發現球不再滾向我計算的方向，如果我突然加速，會絆到自己的腳。查莉以為我在胡鬧，茱麗安以為我變懶了，我怪罪自己滿四十二歲。

現在回頭看，我可以找出所有的跡象。我的字跡變得更擠，釦眼成了障礙。有時我很難從椅子上站起來，走下樓梯時必須抓著扶手。

然後到了我們每年去威爾斯的朝聖之旅，參加我父親的七十歲生日。我帶查莉去走大奧姆海岬，俯瞰彭林灣。起初我們在遠方可以看到海鸚島，直到大西洋的風暴襲來，像大白鯨吞噬小島。我們彎腰抵禦狂風，看海浪打在岩石上，水濺上來刺痛身體。查莉對我說，「爸爸，你的左手臂為什麼不晃？」

「什麼意思？」

「你的手臂，感覺只是垂在那兒。」

果然沒錯，我的左臂沒用地垂在身側。

隔天早上，我的左臂似乎恢復正常。我沒有告訴茱麗安，當然更沒有告訴我父母。我父親可是等著受召去當上帝的專屬醫生，他會嚴厲斥責我，說我有疑心病，當著查莉的面嘲笑我。他從未原諒我放棄學醫，轉而攻讀行為科學和心理學。

私底下，我的幻想可熱鬧了，又是腦瘤又是血栓的畫面。要是我小中風呢？接下來會大中風嗎？我差點說服自己覺得胸痛。

又隔了一年，我才去找蘇格蘭佬。那時他也注意到不對勁了。當我們走進網球俱樂部的更衣室，我會開始往右歪，逼他走到一半停下來。他也發現我的左臂軟趴趴垂在身側。蘇格蘭佬拿我的手臂開玩笑，但我感覺到他在密切觀察我。

帕金森氏症沒有診斷測試，蘇格蘭佬這種有經驗的神經科醫生都靠觀察判斷。帕金森氏症主要有四種症狀——手掌、手臂、雙腿、下巴和臉部顫動或發抖；四肢和軀幹僵硬；動作遲緩；姿勢不穩或平衡協調受損。

帕金森氏症是會持續惡化的慢性病，沒有傳染性，通常也不會遺傳。學界有很多理論，有些科學家認為是自由基跟鄰近的分子互動，損及組織，其他學者則認為是殺蟲劑或其他食物鏈的汙染源造成。基因因素也尚未完全排除，有些家族確實有一點易患病的基因。年齡也可能有關。

說實在話，病因可能是以上全部——或通通不是。

也許我應該感恩。就我對醫生的了解（別忘了從小我家裡就有一個），要他們給出清楚明確的診斷，你肯定是頭上黏著熱熔膠槍站在手術室了。

四點三十分，我在街上努力擠過走向地鐵站和公車站的提早下班人潮。又開始下雨了，我走到卡文迪什廣場，招了一台計程車。

霍本警察局的內勤警佐臉色粉潤，鬍子刮得乾淨，頭髮後梳露出光禿的頭頂。他靠著櫃台，把餅乾浸進一杯茶，餅乾屑落在報紙裸女照的胸部上。我推開玻璃門，他舔舔手指，往襯衫擦擦，把報紙收到櫃台下。他露出笑容，臉頰抖動。

我遞給他名片，詢問能不能看巴比．莫蘭的控訴書。他的友好態度消失了。

「我們現在很忙，你得等我。」

我回頭看。起訴室目前空蕩蕩，只有一名爛醉如泥的少年躺在木長椅上睡覺，他身穿抓破牛仔褲、運動鞋和AC/DC樂團的上衣。地上可見香菸痕，塑膠杯交疊堆在鐵垃圾桶旁邊。

警佐刻意慢條斯理漫步走向遠方牆邊一排檔案櫃。他的褲子背面黏了一片餅乾，粉色糖霜融化流進股溝。我不禁笑了。

依照控訴書內容，巴比十八天前在倫敦市中心遭到逮捕，他在鮑街裁判法院認罪，保釋後要在十二月二十四日於中央刑事法院出庭。惡意傷人違反了《侵害人身罪條例》第二十條——攻擊導致嚴重人體傷害，最高可處五年有期徒刑。

巴比的筆錄以兩倍行高印了三頁，更正處在紙緣都簽了縮寫。他沒有提到小男孩，或他跟珠寶商的爭執。女子插了他的隊，因而下巴破裂，顴骨凹陷，鼻樑斷裂，三根手指受傷。

「我要去哪裡查保釋條件？」

警佐翻翻檔案，手指劃過一份法院文件。

「案件摘要在艾迪．巴略特那兒。」他不悅地悶哼一聲。「你還沒打完招呼，他就能把罪名降為實際身體傷害。」

巴比怎麼找得到艾迪．巴略特這種律師？他是全國最知名的辯護律師，非常懂得自我行銷，又能說出完美金句給媒體引述。

「保釋金多少錢？」

「五千鎊。」

以巴比的狀況來看，感覺是付不出來的金額。

我看向手錶，才五點半。艾迪的秘書接了電話，我可以聽到艾迪在後頭大叫。她向我道歉，請我稍等。他們互相叫囂，我簡直像在聽潘趣與茱蒂的木偶秀。最後她接起電話，說艾迪可以見我二十分鐘。

直接走到法院巷比搭計程車快。我按鈴進入大門，爬上窄樓梯到四樓，穿過疊滿所有空間的一箱箱法院文件和檔案。

艾迪一面講電話，一面推我走進他的辦公室，指向一張椅子。我得挪開兩份檔案才能坐下。艾迪看來年近六十，但實際上可能年輕十歲。每次看他上電視受訪，我都會想到鬥牛犬，他的動作一樣趾高氣昂，肩膀幾乎不動，屁股前後搖晃。他的門牙甚至特別大，血口噴人時肯定很好用。

當我提到巴比的名字，艾迪看來很失望。我猜他想接到醫療疏失的案子。他轉動椅子，翻找檔案櫃的抽屜。

「巴比怎麼跟你描述這起攻擊事件？」

「你讀過他的筆錄了。」

「他有提到他看見一個小男生嗎？」

「沒有。」艾迪疲憊地打斷我。「欸，我不想一開始就搞壞關係，但拜託先解釋一下，我他媽的幹嘛跟你這個鄉巴佬說話？不好意思啊。」

「沒關係。」他近看沒那麼和善。我重新來過。「巴比提過他在看心理師嗎？」

艾迪的心情變好了。「唉呀，沒有！多說一點。」

「我替他看診大概六個月了，我認為他之前也受過診斷，但我沒有紀錄。」

「心理疾病病史——越來越好了。」他接起在響的電話，示意我繼續說。他打算同時跟兩個人說話。

「巴比有跟你說他為什麼發飆嗎？」

「她搶了他的計程車。」

「這不算理由吧。」

「你有在下雨的週五下午試過在霍本攔計程車嗎？」他咯咯笑。

「我覺得沒那麼簡單。」

艾迪嘆了一口氣。「聽清楚了，樂天派，我不會要客戶告訴我事實。我只負責讓他們不用吃牢飯，他們才能繼續犯同樣的錯。」

「那個女人——她長什麼樣子？」

「照片看來被打得很慘。」

「她幾歲？」

「四十五歲上下，深色頭髮。」

「她穿什麼衣服？」

「等一下。」他掛掉電話，大叫要秘書拿來巴比的檔案。他迅速翻過頁面，逕自哼唱。「不到膝蓋的短裙，高跟鞋，短夾克……我看就是老羊硬要穿得像小羊。你為什麼問？」

我的想法尚未成形，沒辦法告訴他。「巴比會怎麼樣？」

「目前他得去坐牢，皇家檢控署不肯調降指控。」

「坐牢幫不了他。我可以給你心理分析報告，或許送他去上情緒管理課程。」

「我需要給你什麼？」

「書面申請。」

艾迪已經動起筆來，我不記得上次何時寫字如此順暢了。他把紙滑過桌面。

「謝謝你。」

他悶哼一聲。「只是一封信，又不是給你一顆腎。」

這個人真是有問題。也許是矮子症候群，或者他想彌補醜陋的長相。現在他對這個案子失去興趣，懶得理我了。我趕快追問。

「誰付了保釋金？」

「天知道。」

「誰打電話給你？」

「他打的。」

我還沒能開口，他就打斷我。「喂，主持人，我要出庭了，得先去尿尿。這小鬼是**你家**的瘋子；我只替這個可憐的傢伙辯護。你何不瞧瞧他的腦袋，看有沒有東西鬆了，再回報給我？祝你今天愉快。」

第九章

茱麗安和查莉在樓下看電視。我坐在閣樓地上，翻過一盒又一盒舊案筆記，尋找凱薩琳・麥布萊的檔案。我不確定為什麼，或許我希望在腦中讓她復活，才好問她問題。

盧伊茲不信任我，他覺得我有事隱瞞。我應該早點告訴他，而且應該全盤托出。不過我怎麼做都沒差，怎麼樣都救不回凱薩琳了。

筆記本都有標月份和年份，很容易找。總共有兩本，深綠色封面，斑駁的書背成了書蟲的大餐。我下樓到書房，打開燈，開始讀筆記。A4紙頁劃分整齊，寬闊的頁緣寫下每次會診的日期和時間。診斷細節、醫療筆記和觀察都記得清楚。

我對凱薩琳的印象如何？我記得她走過馬斯登醫院的走廊，身穿淺藍色制服，領子和袖口有一圈深藍色裝飾。她朝我揮手微笑，腰帶上掛著鑰匙圈。大部分的護士都穿短袖外衣，但凱薩琳穿長袖。

起初她只是我在走廊或咖啡廳看到的一張臉。她的髮型男孩子氣，額頭高，嘴唇豐滿，有種跨越性別的美。她會緊張地把頭從一邊歪到一邊，從不用雙眼同時看我。我似乎經常撞見她——往往在我要離開醫院的時候。後來我才懷疑她是故意的。

終究她問我能不能談談，我花了幾分鐘才意識到她是想看診。我替她約了診，隔天她來我的辦公室。

從此以來，她每週都來見我一次。她會在我桌上放一條巧克力，墊著銀色錫箔紙掰成一塊一塊，像小孩分享甜食。她會抽起薄荷菸，趁空檔把巧克力含在舌頭下融化。

她告訴我，「你知道整間醫院只有這間辦公室能吸菸嗎？」

「所以我的訪客才這麼多吧。」

她二十歲，崇尚金錢，個性理智，跟醫院某職員在交往。我不知道是誰，但我懷疑對方已婚。偶爾她會說「我們」，接著意識到說錯了，又改成單數代名詞。

她很少笑。她會歪著頭，用其中一隻眼睛看我。

我也懷疑她看過心理師。她的提問非常精準，也知道什麼是病史和認知行為療法。她太年輕，不可能念過心理學，所以她一定曾是病患。

她說她感覺毫無價值，無足輕重。她與家人疏遠，雖然曾試圖修復關係，卻害怕她會「毒害他們完美的生活」。

她會一邊說，一邊啃咬巧克力，偶爾會隔著保守的長袖搓揉前臂。我認為她有所隱瞞，但仍等她鼓起勇氣告訴我。

第四次會診時，她緩緩捲起袖子。給我看疤痕讓她有些害臊，但我也感到她的倔傲，還有隱約一絲自滿。她想要我震懾於傷口的嚴重程度，這些疤痕就像她的人生地圖，讓我判讀。

凱薩琳十二歲第一次自殘。當時她的父母在訴請離婚，雙方充滿恨意，她夾在中間，像洋娃娃被兩個爭吵的小孩扯破。

她用毛巾包起隨身鏡，砸向書桌桌角，拿一塊碎片劃開手腕。血令她感到幸福，她不再無助。

她的父母抱她上車，載她去醫院，沿途不斷爭論是誰的錯。凱薩琳感到平和冷靜。她在醫院住了一晚。傷口已經止血，她憐愛地撫摸手腕，親吻傷口道晚安。

「我找到我能控制的事。」她告訴我，「我能決定要割幾刀，要割多深。我喜歡痛，我渴求痛，我應該要痛。我知道我一定有受虐傾向。你真該看我交往的那些人，你真該聽我做的一些夢……」

她從未承認待過精神病院，或參加團體治療。她大多避談她的過去，尤其不想提到她的家人。她能控制自己長時間不自殘，但每次復發，她會割得更深，當作懲罰。她的傷口聚集在手臂和大腿，可以藏在衣服下。她也發現除疤霜和繃帶能協助避免留疤。

如果傷口需要縫合，她會去遠離馬斯登醫院的急診室。她不能冒險丟了工作。她會給急診室護士假名，偶爾裝成不會說英文的外國人。

根據過往經驗，她知道醫生護士怎麼看待自殘患者——他們覺得這些人只想吸引注意，浪費時間。往往他們縫合傷口時不打麻醉，態度很明顯：「你那麼喜歡痛，那就再痛一下吧。」

凱薩琳的行為沒有因此改變。每當她流血，她就能逃避麻木的人生。我的筆記重複記下她的話，「我感覺活了過來，受到撫慰，能掌控一切。」

深褐色的巧克力屑夾在頁面之間。她會掰開巧克力，丟在紙頁上。她不喜歡我寫字，她希望我聽她說。

為了打破見血的循環，我教她替代策略。與其伸手拿刀，我要她捏緊手裡的冰塊，咬住辣椒，或往生殖器塗抹擦劑。她同樣能感到痛，卻不會留疤或心生愧疚。一旦打破她的思想迴圈，就能找到較不實體、暴力的新因應方式。

幾天後的七月十五日，凱薩琳在腫瘤科病房找到我。她懷裡抱著一疊床單，焦慮地左右張望。我在她眼中看到我認不出的情緒。

她示意我跟她走進一間凹室，才放開床單。我隔了一會兒才注意到，她的開襟毛衣袖子裡塞滿紙巾和面紙，血透過層層的紙和布料滲出來。

「請別讓他們發現。」她說，「我很抱歉。」

「妳得去急診室。」

「不行！拜託！我需要這份工作。」

我腦中有上千個聲音告訴我該怎麼做，但我當作沒聽見。我叫凱薩琳先去我的辦公室，我則弄來縫線、縫針、免縫膠帶、繃帶和抗菌軟膏。我拉起窗簾，鎖上門，替她縫合前臂。

她說，「你很厲害。」

「我練習過。」我塗上消毒劑。「怎麼會這樣？」

「我試著餵熊吃飯。」

我沒有笑，她一臉過意不去。「我吵了一架，我不知道我想懲罰誰。」

「妳的男朋友？」

她眨眼忍住眼淚。

「妳用什麼割？」

「刮鬍刀片。」

「乾淨嗎？」

她搖頭。

「好。從今以後，如果妳堅持自殘，妳應該用這些。」我交給她消毒容器裝的一包拋棄式手術刀，還有繃帶、免縫膠帶和縫線。

「以下是我的規矩。」我告訴她，「如果妳堅持這麼做，妳一定要割同一個位置……大腿內側。」

她點點頭。

「我會教妳怎麼縫合傷口。如果妳發現做不到，一定要去醫院。」

她睜大眼睛。

「凱薩琳，我不會剝奪妳自殘的選擇，也不會告訴妳的主管，但妳一定要盡全力控制。我信任妳，而我希望妳不要傷害自己，好回報我對妳的信心。如果妳的意志變弱，妳一**定**要聯絡我。假如妳做不到，仍然割傷自己，我不會怪妳，也不會看不起妳。可是我也不會跑去救妳。如果妳傷害自己，我一週不會見妳。這不是懲罰——而是考驗。」

我看得出來她在認真考慮後果。她仍一臉恐懼，但肩膀透露她如釋重負。

「從此以後，我們為妳的自殘設限，妳要自己負責。」我繼續說，「同時我們會繼續尋找因應的新方法。」

我用枕頭給凱薩琳上了簡單的縫紉課，她開玩笑說我能把她調教成賢妻良母。她起身離開前伸手抱住了我。「謝謝。」她的身體癱軟在我懷中，緊抓著我，我能感到她的心跳。

她離開後，我坐看垃圾桶裡浸滿血的繃帶，試著判斷我是否徹底瘋了。我可以想像驗屍官氣得動彈不得，質問我為什麼把手術刀交給喜歡割傷自己的年輕女生？他會問我是否也喜歡給縱火犯火柴，給毒蟲海洛因。

然而我想不出其他方法幫助凱薩琳。零容忍的態度只會使她更加深信別人掌控她的人生，替她做決定。她會覺得自己沒有價值，不值得信任。

我給了她選擇。我希望她拿起刀前，能仔細思考原因，權衡後果，也能考慮其他因應方法。

隨後幾個月，凱薩琳只復發一次。她的前臂康復了。我久未練習，縫工倒是非常整齊。

筆記寫到這兒，但她的故事還沒結束。我想到細節仍會難堪地揪起臉，因為我早該知道的。

凱薩琳開始注重外表。她會在排班結束後換上便服，再來我這兒看診。她畫起妝，還噴一些香水，襯衫少扣一個釦子。不怎麼誇張——全都非常低調。她問我空閒時候做什麼。有個朋友給她兩張戲票，我要不要跟她去？

有個老笑話說，我們付錢問專業心理師的問題，就是配偶免費問你的問題。心理師傾聽病患的問題，解讀字裡行間的意涵，建立病患的自尊，教導他們去喜歡真正的自己。

對凱薩琳這種人來說，有人願意好好傾聽關心她的問題，她當然會心生好感，但有時也會誤把對方的舉動賦予更親密的意義。

她的吻完全出乎意料。我們在馬斯登醫院我的辦公室，我推開她，動作太過突然，她踉蹌往後絆倒，跌坐在地上。她以為我在跟她玩，還對我說，「你想弄痛我也沒關係。」

「我不想傷害妳。」

「我是壞女孩。」

「妳不懂。」

「喔，我懂。」她拉下裙子拉鍊。

「凱薩琳，別這樣，妳會錯意了。」

我嚴厲的口氣終於讓她清醒過來。她站在我的桌旁，裙子落在腳踝邊，襯衫解開，褲襪遮住大腿上的疤痕。我們都很尷尬——但她更難堪。她奪門而出，手把裙子抓在腰部，哭得睫毛膏流下兩頰。

她辭掉工作，離開馬斯登醫院，但那天的後續效應持續糾纏我的職涯，揮之不去。地獄的怒火都比不上這個吃閉門羹的女人。

第十章

茱麗安在客房做伸展運動，每天早上她都做這些像瑜珈的動作，招式名稱聽起來像印地安人的老婆：「潺潺小溪」碰上「奔跑小鹿」。

她長年習慣早起，早上六點半就備戰完成。可不像我，我整晚都夢到血淋淋挨打的臉。

茱麗安赤腳走進臥房，只穿著睡衣上衣。她彎腰吻我。

「你昨晚沒睡好。」

她把頭靠著我的胸口，手指沿著我的脊椎跳踢踏舞，直到她感到我顫抖。她在提醒我她熟悉我身上每一吋肌膚。

「我沒告訴你，查莉昨天跟合唱團去唱聖誕頌歌。」

「可惡！我完全忘了。」活動是週四早上在牛津街。「那個警探找我。」

「別擔心，她會原諒你。據說萊恩・費雪回程在巴士上親了她。」

「不要臉的小子。」

「不容易耶，她的三個朋友得幫她逮住他，再壓住他。」

我們都笑了。我把她拉到身上，讓她感到我的勃起磨蹭她的大腿。

「別起床。」

她笑著滑到一旁。「不行，我很忙。」

「拜託？」

「現在時間不對，你得保存你的弟兄。」

我的「弟兄」是我的精子，她講得彷彿他們是傘兵。

她開始換衣服。白色三角褲滑上雙腿，一彈就位。她從頭上脫掉上衣，聳肩套進胸罩肩帶。她不會冒險再吻我，否則下回我可能不會放她走。

她離開後，我賴在床上，聽她在屋內走動，腳幾乎沒有碰到地面。我聽到她裝滿熱水壺，從門外拿牛奶進來。我聽到冷凍庫的門打開，吐司壓進烤土司機。

我拖著身子坐起來，走六步到浴室，開水淋浴。地下室的鍋爐打了個嗝，水管吭啷咯咯作響。我踩著冰冷的磁磚，發抖等待水流的跡象。蓮蓬頭不住顫抖，我覺得水龍頭周圍的磁磚隨時可能脫落。

蓮蓬頭咳了兩聲，猛烈吐了幾口水花，流出幾滴混濁的水，接著就停了。

茱麗安從樓下喊道，「鍋爐又壞了。」

太好了！太讚了！一定有個水電工在笑我，他八成跟所有的水電工朋友說，他假裝修好一個骨董鍋爐，收了一大筆錢，可以去佛羅里達玩兩週了。

我拿出新刮鬍刀，用冷水刮好鬍子，沒有割傷自己。或許只是小勝利，但仍值得紀念。

我走進廚房，看茱麗安用濾壓壺泡咖啡，替全麥吐司抹高級果醬。每次我在旁邊吃爆米香都覺得很幼稚。

我仍記得第一次見到她的時候。她是倫敦大學語文學系的新生，我在念研究所。連我媽媽都不會說我帥，我留了一頭褐色捲髮，頂著西洋梨狀的鼻子，皮膚一碰到太陽就長雀斑。

當年我硬是留在大學，發誓要睡了學校每個還沒有定下來的放蕩新生。可惜不像其他想當登徒子的傢伙，我太努力了。我連為了裝酷想弄得衣著邋遢、個性叛逆都做不到。不管我用外套當枕頭睡在別人家地板上多少次，外套都拒絕起皺或變髒。我看起來既不邋遢也不無謂，反而像第一次要去工作面試。

在特拉法加廣場的南非大使館外某次示威抗議現場，她聽我大肆批評種族隔離政策多邪惡，聽完之後告訴我，「你很有熱誠。」她在酒吧過來自我介紹，讓我從我們的酒瓶替她倒了一杯雙倍威士忌。

蘇格蘭佬也在場，要每個女生替他的上衣簽名。我知道他會找上茱麗安，她是新面孔——而且很漂亮。他摟住她的腰說，「光在妳附近，我就能成長，變成更好的人。」

她笑都沒笑，推開他的手說，「真可惜，下面硬了不算成長喔。」

除了蘇格蘭佬，每個人都笑了。茱麗安在我這桌坐下，我不可置信地望著她。我沒看過誰能如此熟練地將我的好友一軍。

她稱讚我有熱誠，我努力不要臉紅。她笑了。她的下唇有一顆深色雀斑，我想吻上去。

喝了五杯雙倍威士忌後，她在酒吧睡著了。我帶她上計程車，回到我在伊斯林頓區的雅房。我讓她睡床墊，我則睡沙發。隔天早上她吻了我，感謝我表現如此紳士。然後她又吻了我。我記得她眼中的神情不是慾望，她的眼神不是說，「我們玩玩，看看會怎麼樣吧。」她的眼神告訴我，「我要當你的太太，生你的小孩。」

我們的組合向來奇怪。我安靜務實，討厭吵雜的派對和酒吧，週末會回老家。她是獨生女，父親是畫家，母親是室內設計師。她穿得像六零年代的花童，只看到大家最好的一面。茱麗安不去派對——是派對來找她。

三年後我們結婚了。那時我已受過居家訓練——知道要把髒衣服丟進洗衣籃，放下馬桶座，不要在晚宴喝太多酒。茱麗安不僅「磨圓我的稜角」，根本是用陶土捏出我來。

轉眼就過了十六年，感覺仍像昨天。

茱麗安把報紙推向我，上頭印了凱薩琳的照片，頭條寫著：「國會議員姪女慘遭凌遲。」

內政部初級國務員山謬・麥布萊的二十七歲姪女慘遭謀殺。麥布萊先生是布萊頓勒桑茲的工黨國會議員。昨日議長代表全體議員誠摯致哀時，麥布萊先生明顯心情沉重。

警方六天前在西倫敦大聯盟運河旁的肯薩爾綠野尋獲凱薩琳・麥布萊的全裸屍體，她身上有多處刺傷。

負責調查的文森・盧伊茲督察長表示，「目前調查重點放在追蹤凱薩琳的最後行蹤，找到她過世前數天可能見過她的人。」

「我們知道她十一月十三日從利物浦搭火車到倫敦，我們認為她是來倫敦面試工作。」凱薩琳的父母離異，她在利物浦擔任社區看護護士，已與家人疏遠數年。

「她童年過得很苦，後來似乎迷失了方向。」一名家族友人表示，「最近家人有試圖與她修復關係。」

茱麗安又倒了一杯咖啡。「你不覺得很怪嗎？時隔這麼多年，凱薩琳又冒出來？」

「妳說很怪是什麼意思？」

「我不知道。」她打了個哆嗦。「你想她給我們惹了多少麻煩，你差點丟了工作。我記得你有多生氣。」

「她當時很難受。」

「她是懷恨在心。」

她瞥了凱薩琳的照片一眼。那是她拿到護士學位的畢業照，她笑得開懷，手裡抓著學位證書。

「現在她又出現了。警方找到她時我們在場，這種機率有多少？然後警方又請你幫忙指認她——」

「巧合只是好幾件事同時發生罷了。」

她翻了個白眼。「果然是心理師會說的話。」

第十一章

巴比難得準時。他身穿工作制服——灰色上衣和褲子，胸口口袋繡上「涅瓦泉」這幾個字。我再次驚嘆於他的身高。

我盡力寫好筆記每一個字，接著抬頭看他準備好了沒。這時我才意識到，他永遠不會完全準備好。蘇格蘭佬說得對——巴比散發脆弱又無常的氛圍，他的腦袋裝滿未完的點子、古怪的事實和片段的對話。

好幾年前，蘇活區開了一家叫「怪咖」的咖啡廳，本意是要吸引住在倫敦西區的所有怪異人士——髮型瘋狂的藝術家、變裝皇后、龐克族、嬉皮、荒誕記者和紈褲子弟。結果完全不如預期。咖啡廳的座位坐滿普通的上班族，大家都想來看怪咖，最後只能面面相覷。

巴比常提到閒暇時他會寫作，他的故事往往點綴各種文學典故。

我問，「我可以看你寫的作品嗎？」

「你不是真的想看。」

「我真的想看。」

他想了一下。「或許下次我帶來吧。」

「你從小就想當作家嗎？」

「讀過《麥田捕手》之後。」

我心一沉，腦中又看到一位內心煩憂的少年，深信《麥田捕手》的主角霍爾頓・考爾菲德是尼采。

「你認同霍爾頓嗎？」
「才沒有，他是白癡！」
我鬆了一口氣。「為什麼？」
「他太天真了。他想拯救孩子免於跌落懸崖，墜入成年——他想保全孩子的純真。他做不到，不可能。我們到頭來都會敗壞。」
「你怎麼敗壞的？」
「哈！」
「巴比，我們談談你的父母吧。你上次看到父親是什麼時候？」
「八歲。他去上班，再也沒有回來。」
「為什麼？」
巴比改變話題。「他是空軍，不過不是飛官，而是技師，確保飛機能飛上天。他太年輕，沒有參戰，但我覺得他不介意。他是和平主義者。
「小時候他會引述馬克思的話——告訴我宗教是人民的鴉片。禮拜天我們常搭公車從基爾本區去海德公園騷擾踩著包裝木箱講道的俗人傳教士。
「有個傳教士長得像《白鯨記》的亞哈船長，白色長髮綁成馬尾，聲音宏亮。他直直看著我說，『主會以永恆之死償還罪惡的債。』
「爸爸就喊回去，『你知道傳教士和神經病差在哪裡嗎？』他頓了一下，然後回答，『他們自以為聽到的聲音不同。』所有人都笑了，只有傳教士像河豚氣噗噗。爸爸說，『聽說你來者不拒，但特別歡迎錢先生錢小姐？』
「傳教士大叫，『先生，你會下地獄。』

「『地獄是哪個方向？我要右轉還是直走？』」

巴比連他們的聲音都裝得維妙維肖。他侷促地看我，因為話多而一臉尷尬。

「你們處得好嗎？」

「他是我爸。」

「你們會一起做什麼嗎？」

「小時候我會騎在他的腳踏車橫桿上，坐在他的雙臂間。他會踩得飛快，逗我笑。有一天他帶我去看女王公園巡遊者足球隊的主場比賽，我坐在他肩膀上，圍藍白色圍巾。比賽後，敵對球迷在牧羊人叢林綠地打起架來。騎警衝進人群，不過爸爸用外套裹住我。我應該要怕才對，但我知道沒什麼能撞倒他，連馬也不行。」

他陷入沉默，搔抓著雙手。

每個人的童年都會長出神話，我們會添上自己的渴望和夢想，直到故事變得像寓言，象徵意義大過教化作用。

「你父親後來怎麼了？」

他警戒著說，「不是他的錯。」

「他拋棄你嗎？」

巴比從椅子跳起來。「你根本不了解我爸！」他站起身，咬緊牙關吸氣。「你永遠不會懂他！你們這種人只會毀掉人家的生活，利用別人的悲傷和絕望。你們一看到問題就出現，告訴別人該有什麼感受，該怎麼想。你們就像禿鷹！」

他突然暴怒，又突然消氣。他擦掉嘴邊的白沫，一臉抱歉看著我。他倒了一杯水，意外平靜地等待我的下一個問題。

「說說你的母親吧。」

「她用廉價香水，得乳癌快死了。」

「我很遺憾。她幾歲？」

「四十三歲。她不肯動乳房切除手術，她向來很滿意她的胸部。」

「你會怎麼描述你們的關係？」

「我在利物浦的朋友會跟我說她的消息，她住在那兒。」

「你沒有去拜訪她。」

「哈！」

他挫敗地揪起臉，止住口。「讓我描述我媽媽吧……」他講得像在接受挑戰。「她是雜貨店老闆的女兒，很諷刺吧？跟柴契爾夫人一樣。她在轉角店面長大——父母就在收銀機旁邊換她的尿布。她四歲就能計算一籃雜貨的價格，向顧客收錢，正確找零。

「每天早上下午，還有週六和國定假日，她都在店裡工作。她會讀架上的雜誌，幻想逃離現況，過不同的人生。當我爸爸出現——身穿空軍制服——他說他是飛官。每個女生都想聽到這幾個字。他們在馬勒姆皇家空軍基地的交誼俱樂部後面草草打了一砲，她就懷上我了。她很快就發現他不是飛官，但我覺得她不在乎……至少當時沒有，後來卻把她逼瘋了。她說她是受騙才嫁給他。」

「但他們還是在一起？」

「對啊。爸爸從空軍退伍，到倫敦交通局當技師修公車，後來又當上開往皮卡迪利圓環的九十六號公車售票員。他說他喜歡『跟人互動』，但我覺得他也喜歡那套制服。他會騎腳踏車去機廠，再騎回家。」

巴比陷入沉默，重溫回憶。我稍作催促，他便告訴我父親是業餘發明家，總能想出省時裝置和小玩意的點子。

「大家會說應該發明更好的捕鼠器；嗯，他就是做這種東西。」

「你母親怎麼想？」

「她說他在浪費時間和他們的錢。她一下嫌他做白日夢，嘲笑他所有『愚蠢的發明』，一下又嫌他的夢想不夠遠大，缺乏野心。」

他迅速眨眼，用古怪的淺色眼睛看我，彷彿忘了講到哪兒。突然他又想起來了。

「她才是**真的**愛做夢，不是爸爸。她自認是自由的靈魂，周遭都是無聊平庸之輩。不管她多努力，在亨頓這種地方不可能過波西米亞浪人生活。她恨死那裡了——房子的扁平門面和灰泥小碎石建材、絲網窗簾、廉價衣服、湯匙油膩的咖啡廳、放在院子的地精人偶。工人階級總說『要關照自己人』，但她斥之以鼻。她只看到他們的渺小、無足輕重和醜惡。」

他開始無聊地重述類似的內容，彷彿講過太多次了。

「通常晚上她會盛裝外出。我會坐在床上看她準備，她會試穿不同的服裝，展示給我看。她會讓我拉起裙子後方的拉鍊，撫平絲襪。她說我是她的小大人。

「如果爸爸不帶她出去，她就自己去——去酒吧或俱樂部。她頑皮的笑聲能詔告大家她來了。男人會轉頭看她，即使她身材圓潤，他們仍覺得她性感。懷孕後她長了幾磅肉，甩都甩不掉，她都怪我。當她跳舞或笑得太厲害，偶爾會漏尿，她也怪我。」

他咬牙說出最後這句。他用手指捏住手背鬆弛的皮膚，用力扭動，彷彿想把皮撕下來。身體屈服後，他繼續說。

「她都喝氣泡白酒，因為看起來像香檳。她越醉講話越大聲，還會開始說西班牙文，因為聽起來很性感。你聽過女人說西班牙文嗎？」

我點點頭，想到茱麗安。

「爸爸帶她出去會破壞她塑造的形象。要是她的先生在同一間酒吧，沒有男人會跟她調情。但假如只有她一個人，男人會全部貼上來，摟她的腰，捏她的屁股。她會整晚待在外頭，早上才回家，內褲塞在手提包裡，指尖勾著鞋子。她從來沒有裝得堅貞或忠心，她不想當完美的妻子，只想變成別人。」

「你爸爸呢？」

過了漫長的一分鐘，他才找到想要的答案。「他每天變得越來越小，逐漸消失。千刀萬剮而死。我希望她的死法也一樣。」

他的話懸在空中，但沉默並非偶然降臨，感覺有人伸出手指，擋住時鐘的秒針。

「你為什麼這麼說？」

「怎麼說？」

「『千刀萬剮而死』。」

他不由自主微笑，嘴巴歪斜。「我希望她這樣死。緩慢，痛苦，自作自受。」

「你希望她自殺？」

「你會想像她死嗎？」

他沒有回答。

「我會夢到。」

「你會夢到什麼？」

「夢到我在場。」

他盯著我，淺色眼睛像無底深潭。

千刀萬剮，中國古人的說法真是直接。巴比從計程車拖下來的女子跟他母親大略同年，穿的衣服類似，對兒子的態度也同樣冷淡。這足以解釋他的舉動嗎？我接近答案了。渴望了解暴力本來就伴隨殘酷。別想白熊。

另一位病患在外面等。巴比緩緩站起身，轉向門口。

「我們**星期**一見。」我強調日期。我希望他記得，希望他持續回診。

他點點頭，與我握手。他從來沒跟我握手。

「巴略特先生說你會幫我。」

「我會準備心理分析報告。」

他點點頭。「我跟你說，我沒有瘋。」

「我知道。」

他敲敲頭。「只是愚蠢的意外。」

他走了。下一位病患艾爾莫太太進來坐下，跟我說她睡前檢查門鎖多少次。我沒在聽。我站在窗邊，看巴比走到路上，往車站走去。他不時確認腳步，以免踩到人行道的裂縫。

他瞥見一名年輕女子走向他，便停下來。她走過後，他整個人轉身，繼續看她。一開始我以為他在判斷要不要跟上去。他左顧右盼，彷彿卡在T字路口。幾秒後，他跳過一道裂縫，繼續走。

***

我回到蘇格蘭佬的辦公室，聽他一口氣說出我的檢驗結果，我完全聽不懂。他希望盡快開始藥物治療。

帕金森氏症沒有確切的檢驗，反而是靠各種遊戲和運動來評量病情進展。蘇格蘭佬按下碼表，要我沿地上一條紙膠帶走，轉身再走回來。接著我得閉眼單腳站立。

當他拿出彩色積木，我忍不住呻吟一聲。我把積木一一相疊——感覺好幼稚。首先我用右手，再換左手。我的左手還沒開始就在發抖，但拿起積木就沒事了。

在網格中畫點點更難。我瞄準方框中央，但筆彷彿有自主意識。**反正這個測試本來就很蠢**。

結束後，蘇格蘭佬說明我這樣初期出現震顫的病患其實預後狀況明顯較好。現在有許多新藥能減緩症狀。

「你可以過充實的人生。」他像在唸稿子，直到看到我不可置信的表情，才試著修飾他的說法。「好吧，可能會少活幾年。」

他完全沒有提到我的生活品質。

「幹細胞研究會有突破性發展。」他補充，聽起來很振奮。「再過五到十年，這病就能治了。」

「在那之前我要怎麼辦？」

「好好吃藥。跟你美若天仙的太太做愛。看查莉長大。」

他開給我希利治林的處方。「終究你會需要吃左旋多巴，」他解釋，「但我希望能再撐一年以上。」

「有什麼副作用嗎？」

「可能會有點反胃，還有容易失眠。」

「太好了！」

蘇格蘭佬不理我。「藥不會阻止病情惡化，只會掩飾症狀。」

「我才能保密更久。」

他懊悔一笑。「你遲早得面對。」

「如果我一直來看你，可能會吸太多二手菸而死。」

「真不賴的死法。」他點燃一根雪茄，從底層抽屜拿出蘇格蘭威士忌。

「現在才三點。」

「我在過英國夏令時間。」他沒問就替我倒了一杯。「上個禮拜茱麗安來找我。」

我感到自己飛快眨眼。「她想做什麼？」

「她想知道你的狀況。我不能告訴她，醫生保密義務那堆有的沒的。」他頓了一下又說，「她也想知道我是否覺得你有外遇。」

「她怎麼會問這個？」

「她覺得你在撒謊。」

我喝了一口威士忌，感到酒精灼燒我的食道。蘇格蘭佬透過一縷煙看我，等待答案。我沒有生氣或過意不去，反而詭異地感到失望。茱麗安怎麼能問蘇格蘭佬這種問題？她為什麼不直接問我？

蘇格蘭佬還在等我回答。他看我一臉扭捏，笑了起來，像淋濕的狗甩頭。

我想說，「你少這樣看我——你都離婚兩次了，還在追年紀只有你一半的女人。」

「當然不干我的事啦。」他幸災樂禍地說，「不過如果她拋棄你，我會好好安慰她。」

他可沒開玩笑。他肯定會立刻繞著茱麗安團團轉。

我趕忙改變話題。「巴比·莫蘭——你有多了解他？」

蘇格蘭佬前後搖晃酒杯。「跟你差不多吧。」

「他的病歷沒有寫過去做過精神疾病治療。」

「你為什麼覺得有？」

「他引述了心理狀態檢查的問題，我覺得他受過診斷。」

「你有問他嗎？」

「他不肯說。」

蘇格蘭佬一臉像在安靜沉思，似乎對鏡子多次練習過這個表情。正當我以為他要補上一些有意義的內容，他聳聳肩。「至少可以肯定，他真的很詭異。」

「這是你的專業意見嗎？」

他悶哼一聲。「我接觸的病患大部分都在昏迷狀態，我也喜歡這樣。」

第十二章

一輛水電工的卡車停在家門口，滑門打開，車內的托盤層層疊起，裝著銀製黃銅配件、轉角管、S管和塑膠接頭。

公司名稱用磁吸墊黏在車廂側面——達約．莫根水電瓦斯工程。我在廚房找到水電工本人，他一面喝茶，一面試圖透過茱麗安的V領上衣偷瞄她的胸部。他的學徒在花園教查莉用膝蓋和腳踢球。

茱麗安說，「這位是我們的水電工，達約。」

他懶洋洋站起身，點頭示意，雙手仍插在口袋裡。他約三十五歲，皮膚曬黑，身材健壯，汗濕的深色頭髮從額頭往後梳。他看起來像生活節目裡的工匠，幫忙翻修房子或進行大改造。我可以想像他自問茱麗安這樣的女生怎麼跟我這種人在一起。

「你剛才帶我看的，也給喬看一次吧？」

水電工微微點頭跟她致意。我跟著他到地下室門口，門用門閂鎖著，狹窄的木階梯往下通到水泥地，牆上裝了低瓦數燈泡，深色樑柱和磚塊吸掉光線。

我在這棟房子住了四年，但水電工比我還熟悉地下室。他和藹大方地指向頭上的數根水管，說明瓦斯和排水系統。

我考慮問他問題，但根據經驗，我知道最好別在工匠面前突顯我的無知。我的手不巧；我對自己動手做沒有興趣，所以至今我仍保有二十根手指和腳趾。

達約用工作靴踢踢鍋爐。他的意思很明顯：這東西沒用，是垃圾、笑話。

他解釋到一半我就恍神了，於是我問，「總共要多少錢？」

他緩緩吐氣，開始列舉需要更換的設備。

「人力成本呢？」

「看施工多久決定。」

「要多久呢？」

「我要檢查完所有的散熱器才知道。」他隨意撿起一包受潮凝固的舊灰泥，丟到一邊，那得動用兩個我才扛得動。他瞥向我的腳。我站在一灘水裡，鞋子縫線開始滲水。

我喃喃提醒他記得壓低成本，趕忙逃回樓上，努力不要想像他背著我竊笑。茱麗安交給我一杯溫茶——茶壺裡最後一杯。

「都還好嗎？」

我悄聲說，「還好。妳在哪兒找到他的？」

「他在信箱投了傳單。」

「有人推薦嗎？」

她翻了個白眼。「他替七十四號的雷家裝修了新浴室。」

水電工把工具搬上卡車，查莉把球丟進花園小屋。她的頭髮往後紮成馬尾，臉頰凍得發紅。茱麗安斥責她弄得制服緊身褲都是草漬。

查莉說，「丟洗衣機就會洗掉了。」

「妳怎麼知道？」

「每次都有洗掉呀。」

查莉轉身抱住我。「摸我的鼻子。」

「哇喔喔喔！冷鼻子，暖暖心。」

「山姆今天晚上可以過夜嗎？」

「看情況，山姆是男生還是女生？」

「爸爸！」查莉揪起臉。

茱麗安插嘴了。「妳明天要練足球。」

「那下個週末呢？」

「爺爺奶奶要來。」

查莉眼神一亮，我則垮下臉來。我完全忘了。上帝未來的私人醫生要在國際醫學論壇發表演講，必然會獲得滿堂彩，大家會邀他擔任各種榮譽職位和兼職顧問，他會優雅婉拒，說舟車勞頓太累了。從頭到尾我會靜靜坐著，感覺好像回到十三歲。

我父親有一顆聰明絕頂的醫生腦袋。現代醫學課本無不提到他的名字，他的論文改變了急救人員處置意外傷患的方式，更動了戰地醫療的標準流程。

他的父親、我的祖父是醫學總會的創始成員，也是在任最久的主席。他的名聲並非來自外科醫生的工作，而是行政方面的貢獻，但他的名字在醫療倫理學界仍佔有一席之地。

接下來就輪到我——或應該說跳過我了?接在三個女兒後，我是家中期待已久的兒子，家人當然期許我延續醫學世家的傳統，我卻打破了循環。套一句現代的說法，我是全家最軟弱的一環。

或許父親早該看透的。當他發現我打橄欖球沒有熱誠也沒有才華，就該知道有問題了。我只能說，自此我的缺點穩定累積，他也逐漸把我視為他個人的敗筆。

他無法理解我為何親近葛蕾西，我也懶得解釋。她就像家族史的漏針——如同羅斯肯伯伯在戰時出於良心拒絕服役，還有我的表親布萊恩給人逮到在百貨公司偷內衣。

我的父母從不談葛蕾西。有些表親和遠親握有拼圖的一小片，我得從他們那兒蒐集零碎的資訊，才終於大略了解發生什麼事。

第一次世界大戰時，葛蕾西是護士，懷了青梅竹馬的小孩，但他沒從戰場回來。她十七歲，未婚，心碎又孤獨一人。

「沒有男人想要有小孩的女人。」她母親說完，把她送上前往倫敦的火車。

葛蕾西只瞥見過她的小孩一次。漢默史密斯區拿撒勒療養院的好心修女在她的腰部拉起一塊布，免得她看見生產過程，但她把布扯下來。當她看見啜泣的嬰兒，既醜陋又美麗，她的心破了一個洞，沒有醫生能修復。

我的遠房堂親安潔莉娜說她看過葛蕾西在精神病院和郡立醫院的家族合照。我只知道她在二零年代初期搬進她在里奇蒙區的房子，我上大學時她仍住在那裡。

葛蕾西的死訊是由母親來電告知我。當時我就讀醫學院三年級，正在考試——後來考試考砸了。根據驗屍報告，大火起於廚房，很快蔓延到一樓。即便如此，葛蕾西仍有充分的機會逃生。大火吞噬整棟房子前，消防員看到她在樓上走動。他們說她大可從窗戶爬到車庫屋頂上，不過如果這條路線可行，為什麼消防員不能進去救她？

所有的書、報紙和雜誌都助長了火勢——更別說洗衣間一罐罐的繪布顏料和一瓶瓶染料了。溫度實在太高，房內所有的「收藏品」都燒成了細細的白灰。

葛蕾西總是發誓要用棺材才能把她扛出家門。到頭來，他們只需把她掃進畚箕。

那時我已決定不想當醫生，只是不確定有什麼其他選項。我只有滿腦子的問題，沒有答案。我想知道葛蕾西為何這麼害怕世界，但我最想了解有沒有人能幫助她。

我花了四年拿到學位，期間父親一有機會就叫我「心理學家先生」，或拿沙發和墨跡測驗開玩笑。當我探討廣場恐懼症的論文發表在《英國心理學期刊》，他沒對我說什麼，也沒告知任何家人。

從此以來，我在職涯的每個階段都面臨同樣的沉默。我在倫敦完成實習，接到默西賽德郡衛生局的工作。我和茱麗安搬去利物浦——那兒處處可見船頭短翹的渡輪、磨坊煙囪、維多利亞時代的雕像，以及空蕩蕩的工廠。

我們住在一棟像少年感化院的難看建築，灰泥碎石門面配上一扇扇鐵窗。房子位在塞夫頓公園公車總站對面，每天早上柴油引擎的咳嗽狂嘔聲會吵醒我們，聽起來像老菸槍把痰吐進水槽。

我在利物浦撐了兩年，至今仍覺得我是逃出來的——利物浦就像當代瘟疫蔓延的城市，充滿眼神哀傷的孩子，還有長期失業又憤怒的窮人。要不是茱麗安在，我可能就溺死在他們的悲苦中了。

不過我也很感激，因為這段經驗顯示我歸屬何處。生平第一次我覺得倫敦像家。我在西漢默史密斯醫院待了四年，接著轉到皇家馬斯登醫院。等我升為資深顧問，院方在馬斯登醫院大廳晶亮的橡木板寫上我的名字，正對著大門。說來諷刺，當時同一片板子上移除了我父親的名字，因為據他所說，他「減少了在這兒工作的時間」。

我不知道這兩件事是否有關，也不在乎。我早就不再擔心他的想法和行為背後的原因了。我有茱麗安和查莉，現在我有自己的家庭了。一個老人的想法不重要——即使是他。

第十三章

週六早晨和泥濘的運動場似乎如青春痘和青春期一樣匹配。我記得兒時的冬天都是這樣——在學校的候補球隊踢球，腳踝以下埋在泥巴裡，冷到屁股快凍壞。上帝未來的私人醫生一吼能蓋過狂嘯的風聲。「別像一罐放冷的尿站在那兒。」他會大叫，「你還敢說你是翼鋒！我看板塊飄移都比你快。」

幸好查莉是女生。她穿著足球隊服，頭髮往後紮起，短褲搆到膝蓋，看來非常可愛。我不知道我怎麼當上教練，我對圓形球類運動的認知用一張杯墊就能寫完，所以老虎隊才一整季沒贏過球吧。這個年紀的比賽不該計分，聯盟也不該排名，重點是讓每個孩子參與並覺得好玩。你儘管試著這樣跟家長說吧。

今天我們的對手是海格獅子隊。每次他們進球，老虎隊就會退回半場，討論誰來開球。

我向對方教練抱歉地說，「今天不是我們最強的陣容。」同時我悄聲禱告，「一球就好，老虎隊，我們只要進一球，就能好好慶祝給他們看。」

半場時，我們零比四落後。孩子們啃著柳丁塊休息，我告訴他們踢得很好。「對手沒有輸過，」我睜眼說瞎話，「但你們把他們守得很好。」

下半場我叫全隊踢球最有力的道格拉斯當守門員，我們的進球王安德魯改踢邊後衛。

他抱怨，「可是我是前鋒耶。」

「多明尼克在前場啊。」

他們全都看向多明尼克。他剛搞懂我們往哪個方向進攻，咯咯一笑，手塞進短褲去抓陰囊。

「別管盤球、傳球或射門了。」我說，「你們就上場去，盡量用力踢球就好。」

球賽重新開始後，一大群家長在我耳邊嘮叨，批評我更換陣型。他們覺得我搞不清楚狀況，然而我的瘋狂決定有其道理。這種等級的足球講究動能，一旦球往前滾，整個比賽就會往同個方向移動，所以我要踢球最有勁的球員在後場。

頭幾分鐘沒什麼改變，老虎隊簡直像在追影子。接著球落在道格拉斯腳邊，他一腳把球踢往前場。多明尼克試著躲開，結果摔跤撞倒兩名防守球員。球滾到一旁，查莉就在附近。我低聲喃喃自語，「不用玩花招，射門就好。」

說我偏心，說我有偏見吧，我不在乎。我沒看過六號球鞋如此美妙地踢中足球，讓球旋轉飄升，急轉落入球門。瞧我們慶祝的德性，隨便一個中立的觀眾都會認為我們贏了。

獅子隊震懾於我們的新策略，開始分崩離析。當球打中多明尼克的後腦勺，再彈過守門員的手，連他都撈到一顆進球。老虎隊以五比四踢贏獅子隊。

我們最棒的讚美來自茱麗安。她不算大家說的熱心足球媽媽，我覺得她寧願查莉去學芭蕾或打網球。她身穿連帽的黑色長外套和雨鞋，看來完美無比。她宣稱從沒看過如此刺激的一件運動賽事，光聽她說「一件運動賽事」就證明她幾乎沒在看足球。

家長替孩子裹上禦寒衣物，把泥濘的球鞋放進塑膠袋。我看向球場對面，注意到一名男子獨自站在球場遠端，雙手插進大衣口袋。我認出他的剪影。

「督察長，星期六這麼早出門有事嗎？不是來運動吧。」

盧伊茲瞥向慢跑道。「城裡喘氣慢跑的人夠多了。」

「你怎麼知道去哪裡找我？」

「你的鄰居說的。」

他剝開一顆硬糖，丟進嘴裡，蹭著牙齒滾來滾去。

「我能幫什麼忙嗎？」

「還記得上次吃早餐時我說的話嗎？我說如果死者是名人的女兒，我手下就會有四十名警探，不是只有十二名。」

「沒錯。」

「你知道你的小護士是保守黨國會議員的姪女，郡法院退休法官的孫女嗎？」

「我在報紙上有讀到她大伯的報導。」

「狗仔對我窮追不捨，一直問問題，把相機塞到我臉前，簡直是該死的媒體馬戲團。」

我沒什麼好說，只能越過他盯著倫敦動物園，讓他繼續說。

「你算聰明吧？大學畢業，拿到研究所學位，擔任顧問……我想或許你能幫我一把。你認識這個女生嘛？你們曾是同事，我想你可能有概念，知道她惹上什麼麻煩。」

「她只是我的病患。」

「可是她會跟你聊，講她自己的事。她的朋友或男友呢？」

「我覺得她跟醫院的職員交往，他可能已婚，因為她都不談他。」

「她有提過名字嗎？」

「沒有。」

「你覺得她性關係很亂嗎？」

「沒有。」

「你怎麼這麼肯定？」

「說不上來，就是一種感覺。」

他轉頭朝茱麗安點點頭。她突然出現在我身旁，伸手摟住我的手臂。她戴起兜帽，看起來像修女。

「這位是文森・盧伊茲督察長，我跟妳提過的警察。」

她擔心地皺起眉頭。「是凱薩琳的事嗎？」她拉下兜帽。

盧伊茲看她的眼神跟大多男人一樣。她沒化妝，沒噴香水，沒戴珠寶，卻仍讓人不住回望。

「歐盧林太太，妳對過去有興趣嗎？」

她遲疑了一下。「看情況。」

「妳認識凱薩琳・麥布萊嗎？」

「她給我們添了很多麻煩。」

盧伊茲的視線馬上跳向我，我感到心一沉。

茱麗安看向我，意識到她說錯話了。查莉在叫她，她回過頭，又轉回來看盧伊茲。

「也許我應該先問妳先生。」他緩緩說，「我可以晚點再找妳。」

茱麗安點頭，捏捏我的手臂。「我帶查莉去喝熱巧克力。」

「好。」

我們目送她優雅地踩在泥濘水坑和一塊塊草皮之間離開。盧伊茲把頭歪到一邊，彷彿想讀側寫在我領子上的字。

「她在說什麼？」

我的可信度不復存在，他不會相信我了。

「凱薩琳指控我催眠並性侵她。雖然幾小時內她就撤回控訴，案子還是得調查。全都是一場誤會。」

「怎麼可能誤會這種事？」

我跟他說凱薩琳把我的專業關懷誤認為更親密的意思，也提到那個吻和她的難堪，她的憤怒。

「你拒絕了她？」

「對。」

「所以她控訴你？」

「對。案子撤回後我才聽說，但院方還是得了解原因。醫院董事會調查期間我遭到停職，他們也訪談了其他病人。」

「就因為一封信？」

「對。」

「你有跟凱薩琳談過嗎？」

「沒有，她一直避著我，我到她從馬斯登醫院辭職前才見到她。她跟我道歉，她交了新男友，兩人要搬去北方。」

「你沒有生她的氣？」

「我氣炸了，她差點毀了我的職涯。」我意識到這句話多苛刻，趕忙補充，「她當時情緒非常不穩定。」

盧伊茲掏出筆記本，開始寫。

「別過度詮釋。」

「我沒詮釋什麼，教授，只是收集資訊。你我都會收集各種資訊，直到其中兩、三項剛好匹配。」他翻翻筆記本，溫柔地朝我笑。「這年頭能查到的資料真了不起。已婚，育有一女，沒有宗教信仰。查特豪斯公學和倫敦大學畢業，心理學學士和碩士。一九八〇年在特拉法加廣場的『釋放曼德拉』示威活動因為朝南非大使館投影卐字圖形而遭到拘捕。在M40高速公路超速兩次；一張停車繳費單未繳；一九八七年因為曾造訪以色列而無法申請敘利亞簽證。父親是知名醫生，有三個姊姊，其中一位在聯合國難民計畫工作。你太太的父親在一九九四年自殺。你的姨婆死於住處火災。你有個人醫療險，一萬英鎊的透支額，汽車牌照稅星期三要繳了。」他抬起頭。「我懶得查你的報稅紀錄，不過我敢說你出來開業肯定是因為那棟房子貴得要命。」

他講到重點了。這一大串話都是在警告我，他想秀給我看他的能耐。

他壓低聲音。「如果我發現你隱匿資訊，阻礙我的謀殺案調查，我會送你去坐牢。當你跟犯罪集團的黑人共享牢房，他要你放下一切信主，你就能實戰演練你的招數了。」他闔上筆記本，塞進口袋，朝捧起的手呼氣，又補上一句，「教授，謝謝您的耐心。」

第十四章

我橫越大廳，但巴比．莫蘭攔住我。他看來比平常更狼狽，大衣沾上泥巴，口袋塞滿了紙。我猜想他是否在等睡意襲來或壞事發生。

他迅速眨眨鏡片後的眼睛，喃喃道歉。「我得來看你。」

我越過他的頭，瞥向牆上的時鐘。「我有另一個病人——」

「拜託？」

我應該拒絕，不能讓病人隨便跑來。米娜會氣瘋。要不是病人會不告而來，或不遵守約診時間，她能把診所管理得完美至極。她會說，「行李箱不該這樣打包，」而我會同意，即使我不完全了解她的意思。

上樓後，我要巴比坐下，我則去調整早上的行程。他因為麻煩我而顯得不好意思。他今天不一樣——比較安穩，活在當下。

「你問我夢到什麼。」他盯著兩腳之間的地面。

「對。」

「我覺得我有問題，我老是有這種想法。」

「什麼想法？」

「我在夢中會傷人。」

「你怎麼傷人？」

他哀傷地看我。「我盡量保持清醒……我不想睡著。奧琪一直叫我上床睡覺，她不懂為什麼我凌晨四點裹著棉被在沙發上看電視。都是做夢的關係。」

「夢怎麼了？」

「夢裡會發生壞事——但不表示我是壞人。」他淺坐在椅子邊緣，眼睛左右閃動。「有個穿紅洋裝的女生，我沒料到的時候她就會出現。」

「在你的夢裡？」

「對。她只是看著我——直接看穿我，彷彿我不存在。她在笑。」

他的眼睛突然睜大，像被彈簧撐開，他的語調也瞬間變了。他轉轉椅子，抿緊嘴巴，翹起腿。我聽到嚴厲的女性聲音。

「唉呀，巴比，不可以撒謊喔。」

——「我不會大嘴巴。」

「他有沒有碰你？」

——「沒有。」

「厄斯金先生不想聽這個答案。」

——「別逼我說。」

「我們不能浪費厄斯金先生的時間，他大老遠跑來——」

——「我知道他為什麼來。」

「寶貝，別用這種口氣對我說話，這樣不好。」

巴比把大手塞進口袋，用鞋子踢地板。他膽怯地悄聲說話，下巴緊靠著胸口。

——「別逼我說。」

「你跟他說，我們就能吃晚餐了。」

——「拜託別逼我說……」

他搖搖頭，全身晃動。他抬起眼看我，一瞬間似乎認出我來。

「你知道藍鯨的睪丸跟福斯金龜車一樣大嗎？」

「我不知道。」

「我喜歡鯨魚，要畫要刻都很容易。」

「厄斯金先生是誰？」

「我應該認識他嗎？」

「你提到他的名字。」

他搖搖頭，一臉懷疑看著我。

「他是你見過的人嗎？」

「我生在一個世界，現在深陷另一個世界。」

「什麼意思？」

「我必須穩住一切，穩住一切。」

他沒在聽我說。他的頭腦轉得太快，每個話題都留不住幾秒。

「你剛才提到你的夢……穿紅洋裝的女生，她是誰？」

「只是一個女生。」

「你認識她嗎？」

「她光著手臂。她舉起手，用手指梳過頭髮。我看到她的疤。」

「她的疤長什麼樣子？」

「不重要。」

「當然重要！」

巴比把頭歪到一邊，手指順著袖子內側從手肘劃到手腕。然後他回望我，眼中一點情緒都沒有。

他在說凱薩琳．麥布萊嗎？

「她的疤怎麼來的？」

「她自己割的。」

「你怎麼知道？」

「很多人都這麼做。」巴比解開上衣的袖釦，緩緩沿左前臂捲起袖子。他手掌朝上，伸出手臂給我看。白色的細疤痕很淺，但錯不了。他悄聲說，「疤痕就像榮譽勳章。」

「巴比，聽我說。」我往前傾。「你夢中的女孩怎麼了？」

他眼中湧上恐慌，像燒起的高燒。「我不記得了。」

「你認識這個女生嗎？」

他搖搖頭。

「她的頭髮什麼顏色？」

「褐色。」

「眼睛呢？」

他聳聳肩。

「你說你在夢裡會傷人。這個女生有受傷嗎？」

這個問題太直接，太咄咄逼人。他一臉懷疑看著我。「你為什麼這樣盯著我看？你有錄音嗎？你在偷我的話嗎？」他左右張望。

「沒有。」

「好吧，那你為什麼盯著我看？」

我這才意識到他在說我的「帕金森氏症面具臉」。蘇格蘭佬警告過我，我的臉可能變得毫無表情，毫無反應，像復活節島的雕像。

我撇開頭，試著重新來過，但巴比的腦袋已經繼續往下了。

他說，「你知道一九六一年寫成數字，不管上下顛倒還是左右反轉看起來都一樣嗎？」

「我不知道。」

「下一次就是六〇〇九年了。」

「巴比，我需要了解你的夢。」

「No comprenderas todavia lo que comprenderas en el futuro。」

「什麼意思？」

「西班牙文。你最終會理解的事，現在還不了解。」他突然皺起眉頭，像是忘了什麼。接著他的表情變得無比困惑。他不只忘了話題走向——還忘了他在這裡做什麼。他看看手錶。

「巴比，你來這裡做什麼？」

「我老是有這種想法。」

「什麼想法？」

「我在夢中會傷人。我沒犯法，只是做夢……」

三十分鐘前我們就講過了，他忘了中間所有的事。

有一套審問技巧叫「愛麗絲夢遊仙境」技法，有時中情局也會使用。這套方法奠基於顛覆世界，扭曲熟悉合理的一切。審問人最初的問題聽起來非常普通，實際上卻完全沒道理。如果嫌犯試圖回答，第二名審問人會用無關且同樣不合理的話打斷他。

他們話講一半就會隨時改變神態和說話方式，在友善閒聊時發脾氣，出言威脅時態度迷人。他們會在錯的時機大笑，講話像說謎語。

嫌犯如果試圖合作，審問人會忽視他，如果他不合作，反而能獲得獎勵——但他永遠不知道原因。審問人也會操弄環境，往後往前調整時針，開燈關燈，用餐時間相隔十小時或只有十分鐘。

想像這種狀況日復一日持續。嫌犯與世界和他所知的一切正常事物隔絕，只能試著抓住他記得的事物。他可能記下時間，或試著畫出一張臉或地點。每一條連接理智的線都會逐漸斷裂或磨損，直到他再也分不出真假。

跟巴比說話就像這樣。隨機的關聯、扭曲的押韻和奇怪的謎語勉強有道理，讓我能聽下去。但同時我也陷進迷境，越陷越深，現實和幻想的界線開始模糊。

他不肯再談他的夢，每次我問起穿紅洋裝的女孩，他都不理我。沉默無濟於事，他完全封閉起來，我碰觸不到他。

巴比逐漸離我而去。剛認識他時，我看到一名聰明絕頂、健談、熱心的年輕人擔憂自己的生活。現在我看他瀕臨精神分裂，做暴力的夢，可能還有精神病史。

我以為我控制住他了，但現在他在光天化日下攻擊女人，還坦承在夢中「傷人」。那個有疤的女生呢？

深呼吸，重新檢視事實，不要硬把殘片塞進拼圖。十五分之一的人一生中曾經自殘：表示每一班就有兩個小孩，擁擠的公車上就有四個人，通勤列車上就有二十個人，兵工廠足球隊的主場比賽就有兩千人。

我擔任心理師十六年，清楚學到不要相信陰謀論，也不要聽病患聽到的聲音。醫生要是死於他治療的病，對誰都沒好處。

第十五章

學校很漂亮：堅實的喬治時代建築，牆上爬滿紫藤。碎石英鋪的車道穿過大門，轉彎停在一道寬廣的石階前。停車場看來像荒原路華和賓士的展示中心，我把我的小轎車停在轉角。

今天是查莉學校的年度募款晚宴和拍賣會。禮堂裝飾著黑白汽球，外燴公司在網球場搭起帳篷。邀請函寫服儀是「正式休閒風」，但大部分的媽媽都穿上晚禮服，畢竟她們不常有機會出外玩樂。她們圍繞一位小有名氣的電視明星，他一口貝齒，膚色都是人工曬出來的。送小孩上昂貴的私校就會這樣，得跟外交官、益智節目主持人和毒梟往來。

我們好幾週沒出門參加活動，我非但不覺得放鬆，反而全身緊繃。我一直想到茱麗安去找蘇格蘭佬，她不知怎麼發現我騙了她。她什麼時候會跟我說呢？自從診斷出生病，我就情緒惡劣，遠離人群。或許我覺得愧疚，或更像是後悔吧。我只能這樣替周遭的人打預防針。

我逐漸失去我的身體。一部分的我覺得沒關係，只要還能掌握心智就好，我可以活在雙耳之間。但另一部分的我已在懷念將要喪失的一切。

於是我落到這個地步——與其說來到生涯的十字路口，不如說走到死路。我以妻子為傲，看女兒睡覺會想哭。我四十二歲，才剛開始了解如何用直覺搭配所學，把工作做好。我眼前還有大半人生——最好的一半。可惜即使心智願意，我的身體卻跟不上——應該很快就不行了。眼下唯一能確定的是，我的身體一點一點拋下我。

募款拍賣會拖了好久，總是這樣。主持人是專業拍賣官，演員般的聲音穿透嘮叨和閒聊。每一班都創作了兩件藝術作品——大多是色彩亮麗的個別圖畫拼貼。查莉的班畫了馬戲團和海灘，可見彩色更衣小屋、彩虹陽傘和冰淇淋攤位。

茱麗安挽著我的手臂說，「掛在廚房應該很棒。」

「水管施工要多少錢？」

她當作沒聽見。「查莉負責畫鯨魚。」

我仔細看，注意到海平面上一塊灰色突起。畫畫不是她的強項，但我知道她喜歡鯨魚。

拍賣會能帶出人性最好和最糟的一面。比起家有獨子的父母，唯一更投入的競標者就是身懷鉅款又寵孫的祖父母。

我在六十五英鎊時標了一次海灘圖。等槌子在客氣的掌聲中落下，價格已經漲到七百英鎊。得標者透過電話競標，不說還以為是該死的蘇富比拍賣會呢。

我們回到家已過了午夜。保母忘了開門廊的燈，我在黑暗中絆到一疊銅管，跌在階梯上撞傷膝蓋。

「達約問我能不能把管子放在這兒。」茱麗安向我道歉，「別擔心你的褲子，我泡過再洗。」

「我的膝蓋咧？」

「你死不了。」

我們都去臥房查看查莉。動物玩偶環繞她的床，面朝外像防守要塞的哨兵。她側躺著睡，拇指懸在嘴唇附近。

我去刷牙，茱麗安站在旁邊的流理台卸妝。她看著鏡中的我。

「你有外遇嗎？」

她問得一派輕鬆，害我嚇了一跳。我想假裝沒聽見，但來不及了。我刷牙的手停下來，一停便露餡了。

「為什麼問？」

她擦掉睫毛上的睫毛膏。「最近總覺得你心不在這兒。」

「我很忙。」

「你心還是想在這兒吧？」

「當然。」

她仍然看著鏡中的我。我撇開眼，在水槽洗牙刷。

她說，「我們都不講話了。」

我知道她要說什麼，但我不想往那個方向去。她會鉅細靡遺列舉我無法溝通的問題。她認為我既然是心理師，應該能談論我的感受，分析自己是怎麼回事。為什麼？我成天泡在別人腦袋裡，等我回到家，我想思考的事最難頂多是幫查莉排課表。

茱麗安不一樣。她喜歡說話，願意分享一切，解決問題。我並不是害怕展現情緒，而是怕停不下來。

我試著先發制人。「像我們結婚這麼久，不需要說那麼多了。」我弱弱地說，「我們可以讀懂彼此的心。」

「真的嗎？現在我在想什麼？」

我假裝沒聽見。「我們相處很自在，這叫親近。」

「親近生侮慢耶。」

「不會！」

她摟住我，雙手滑下我的胸口，交握在我的腰間。「如果重要的事都無法溝通，共享一生有什麼意義？」她頭靠著我的背。「**這**才叫夫妻，非常正常。我知道你很難受，我知道你很害怕，我知道你擔心病情惡化了怎麼辦……擔心查莉和我……但你不能擋在我們和世界之間，喬。你不能護著我們不面對問題。」

我的嘴巴發乾，感覺要宿醉了。我們不是在爭執——只是觀點不同。我知道如果我不回答，茱麗安會填滿沉默。

「你到底怕什麼？你又沒有要死。」

「我知道。」

「確實不公平，這種事不該發生在你身上。但看看你——你有美好的家，有工作，太太愛你，女兒崇拜你走的道路。如果這些還抵不過其他問題，我們就慘了。」

「我不希望改變現況。」我討厭聲音聽起來多脆弱。

「沒什麼**需要**改變。」

「我發現妳會看我，尋找跡象，看有沒有顫抖或抽動。」

她突然問，「會痛嗎？」

「什麼？」

「你的腿卡住或手臂無法擺動的時候。」

「不會。」

「我以前不知道。」她把拳頭擺在我手中，彎起我的手指握住。她要我轉過身，好對上我的雙眼。「你會不好意思嗎？」

「偶爾會。」

「你的飲食需要特別注意嗎？」

「不用。」

「運動呢？」

「蘇格蘭佬說有幫助，但不會阻止病情。」

「我以前不知道。」她悄聲說，「你應該告訴我的。」她靠得更近，嘴唇貼著我的耳朵。她臉頰上的水珠看來像淚水。我梳梳她的頭髮。

她的雙手滑下我的胸膛，解開褲子拉鍊；她的手指輕輕撫摸；我嚐到她的舌頭；她的吐息吹進我的肺……

結束後我們躺在床上，我看她的胸部隨著心跳顫抖。六年來，我們第一次沒有確認日曆就做愛了。

電話響了。

「歐盧林教授？」

「我就是。」

「這裡是查令十字醫院，不好意思吵醒你。」醫生聽起來很年輕，我聽得出他語氣中的疲憊。「你有一位病患叫巴比．莫蘭嗎？」

「對。」

「警方發現他躺在漢默史密斯橋的人行道上。他說要找你。」

第十六章

茱麗安翻過身，把臉埋進我的枕頭，拉起棉被裹住身體。

她睡眼惺忪地問，「怎麼了？」

「病患的事。」我在上衣外面套上運動衫，去找我的牛仔褲。

「你不會要去吧？」

「一下子而已。」

早晨這個時間，我花十五分鐘抵達富勒姆區。我從醫院大門往內瞧，看到黑人清潔工在地上推著拖把和水桶，像在跳奇怪的華爾滋。警衛坐在櫃檯，示意我去急診室入口。

穿過塑膠擺動門，人群四散坐在候診室，看來疲憊又不爽。急診室護士很忙。年輕醫生出現在走廊，開始跟一名留鬍子的男子爭執，男子額頭上按著一片血淋淋的破布，肩上裹著毛毯。

醫生說，「如果你不坐下，就要等一整個晚上。」他轉過身，看著我。

「我是歐盧林教授。」

他一會兒才認出我的名字，腦中的齒輪才對上。醫生的脖子一側有胎記，他把白袍領子豎起來。

幾分鐘後，我跟著這身白袍走過空蕩的走廊，經過亞麻布推車和停著的擔架。

「他還好嗎？」

「主要是割傷和瘀青，他可能從車上或腳踏車摔下去了。」

「他住院了嗎？」

「沒有，但他要見到你才肯離開。他一直說要洗掉手上的血，所以我把他安置在觀察室，免得影響其他病人的情緒。」

「腦震盪？」

「沒有。他非常焦慮，警方覺得他可能會自殺。」醫生回過頭。「你父親是外科醫生嗎？」

「他退休了。」

「我聽過他的演講，非常了不起。」

「以講者來說是不錯。」

觀察室與頭同高的位置有一扇小觀察窗。我看巴比坐在椅子上，挺直腰桿，雙腳踩在地上。他身穿泥濘的牛仔褲、法蘭絨上衣和軍大衣。他拉拉大衣袖子，挑起一條鬆線頭。他的雙眼充血，直盯遠方牆面，彷彿在看隱形劇碼在大家都看不見的舞台上表演。我走進去，他沒有轉頭。

「巴比，是我，歐盧林教授。你知道你在哪裡嗎？」

他點點頭。

「可以告訴我怎麼回事嗎？」

「我不記得了。」

「你感覺如何？」

他聳聳肩，還是不看我。牆面比較有趣。我聞得到他的汗味和衣服的黴味，還有另一個味道——聞起來很熟悉，但我說不上來是什麼。藥品的氣味。

「你在漢默史密斯橋上做什麼？」

「我不知道。」他的聲音顫抖。「我跌倒了。」

「你記得什麼？」

「跟奧琪上床睡覺，然後……有時我無法忍受獨處。你會有這種感覺嗎？我常常會。我在家跟著奧琪到處走，跟著她，不斷講我的事，告訴她我在想什麼……」

他的視線終於對上我，驚恐又空洞。我看過這種表情。我有一名病患是消防員，不幸會聽到火燒車事故喪生的五歲女孩尖叫。他救出她的母親和弟弟，卻無法再衝入火場。

巴比問，「你會聽風機的聲音嗎？」

「風機會發出什麼聲音？」

「金屬碰撞聲，不過風很大的時候，扇葉會糊成一片，空氣開始痛得尖叫。」他打了個哆嗦。

「風機能做什麼？」

「確保一切運作正常。你把耳朵貼地，就聽得到。」

「你說的一切是指什麼？」

「燈光、工廠、鐵路。沒有風機，全都會停擺。」

「這些風機是上帝嗎？」

他輕蔑地說，「你什麼都不懂。」

「你看過風機嗎？」

「沒有。我不是說了，我用聽的。」

「你覺得風機在哪裡？」

「海中央，建在像鑽油平台的大平台上，抽取地球中心的能量——深自核心。我們用掉太多能源，很浪費。所以我們要關燈省電，否則會破壞平衡。從地球中心抽取太多會形成空洞，世界會內爆。」

「我們為什麼用掉太多能源？」

「關燈。左，右，左，右。又做對的事。」他舉手敬禮。「我以前是右撇子，但我自學用左手……

壓力越來越大了，我感覺得到。」

「哪裡？」

他敲敲頭側。「我探到核心了。蘋果核，鐵礦殼。你知道等比來看，地球的大氣比蘋果皮還薄嗎？」

他在玩押韻——精神病患的說話特色。簡單的雙關語和文字遊戲能幫他連接起不相關的概念。

「有時我會夢到我困在風機裡。」他說，「裡面都是轉動的齒輪，閃亮的扇葉，還有鐵鎚敲打鐵砧。地獄會播這種音樂。」

「這就是你會做的那些惡夢嗎？」

他壓低聲音，心照不宣地悄聲說，「我們有些人知道是怎麼回事。」

「怎麼回事呢？」

他猛然退後，怒目瞪我，雙眼燃燒。接著他臉上閃過一抹古怪的微笑。「你知道載人太空梭飛到月球花的時間，比駕馬車橫越英國南北還快嗎？」

「我不知道。」

他獲勝般嘆了一口氣。

「你在漢默史密斯橋上做什麼？」

「我躺下來聽風機的聲音。」

「你到醫院的時候，一直說想洗掉手上的血。」

他記得，卻不發一語。

「你手上怎麼會有血？」

「感到恨意很正常，我們只是不談罷了。別人如果傷害我們，想傷害他們也很正常……」

他的話毫無道理。

「你傷了誰嗎？」

「把一滴滴的恨收集起來，倒進瓶子。一滴，一滴，一滴……恨不像其他液體會蒸發，反而像油。有一天，瓶子裝滿了。」

「然後呢？」

「必須清空瓶子。」

「巴比，你傷了誰嗎？」

「不然要怎麼排解恨意？」他扯扯法蘭絨上衣的袖口，布料沾了深色污漬。

「巴比，那是血嗎？」

「不，是油。你都沒在聽我說嗎?全都跟油有關。」他站起來，朝門口走了兩步。「我可以回家了嗎？」

「我覺得你應該在醫院待一陣子。」我盡量講得就事論事。

他一臉懷疑看著我。「為什麼？」

「昨天晚上你經歷了某種精神崩潰，或者喪失了記憶。你可能出了意外，或跌倒了。我覺得我們應該做點測試，觀察你一陣子。」

「要住院？」

「對。」

「住一般病房？」

「精神病房。」

他馬上反應。「門都沒有!你想把我關起來。」

「你是自願住院，想走隨時都可以走。」

他對我大叫，「你在騙我！你覺得我瘋了！」他想衝出去，但不知怎麼仍留下來了。或許他對我投注了太多心力。

於法我不能拘留他，即使有證據，我也沒有權力強制巴比住院或羈押他。精神科醫生、醫學士和法院有這些特權，但區區一介心理師沒有。巴比可以自由離開。

他問，「你還會替我看診嗎？」

「會。」

他扣上大衣，點頭同意。我陪他走過走廊，一起搭電梯。我問他，「你碰過這種空白嗎？」

「你說『空白』是什麼意思？」

「記憶出現空缺，好像時間消失了。」

「大概一個月前吧。」

「你記得哪一天嗎？」

他點點頭。「必須清空恨意。」

醫院大門開著。巴比在門前階梯轉頭向我道謝。我又聞到那個味道，這次我知道是什麼了。氯仿。

第十七章

氯仿為無色液體，密度是水的一點五倍，氣味類似乙醚，嘗起來比蔗糖甜四十倍。氯仿是重要的有機溶劑，主要用於工業。

蘇格蘭愛丁堡的醫生詹姆．辛普森爵士首先在一八四七年把氯仿當作麻醉劑使用。六年後，英國醫生約翰．史諾也在維多利亞女王產下第八個孩子利奧波德王子時使用氯仿。

在口罩或布料滴上幾滴，通常幾分鐘內就能產生手術用麻醉劑的效果。病人會在十到十五分鐘後醒來，頭腦昏沉，但鮮少有反胃或嘔吐的症狀。約三千分之一的案例使用氯仿極為危險，會造成心臟麻痺致死……

我闔上百科全書，放回書架，草草記下筆記。為什麼巴比．莫蘭的衣服上有氯仿？他拿工業用溶劑或麻醉劑要做什麼？我隱約記得咳嗽藥和止癢乳膏偶爾也會用到氯仿，但量不足以產生獨特的氣味。

巴比說過他是送貨員，或許他配送工業用溶劑。下一次看診我會問他，屆時希望漂泊外太空的太空人已經連絡地表控制台了。

我聽到地下室傳來敲敲打打的聲音，達約和他的學徒還在修鍋爐。據說裝設我們全家內部排水系統的狂人格外熱愛彎曲管線，房子牆內看來就像現代雕塑，天知道整修起來要花多少錢。

我走進廚房，倒了咖啡，跟查莉一起坐在早餐吧檯。她用麥片盒撐起圖書館的書，我的早報放在柳橙汁旁邊。

查莉在玩遊戲——模仿我做的每件事。我咬一口吐司，她也照做。我喝咖啡，她就喝她的茶。甚至當我歪頭想讀消失在報紙摺起處的新聞，她也跟著歪頭。

「你用完橘子醬了嗎？」她在我眼前揮揮手。

「對，抱歉。」

「你跟小精靈去神遊啦？」

「他們跟妳問好。」

茱麗安從洗衣間出來，撥掉額頭上一縷散落的髮絲。烘衣機在後頭隆隆運轉。我們以前會一起吃早餐——喝濾壓壺煮的咖啡，互換早報的不同版面。現在她停下來的時間不夠長了。

她把碗盤放進洗碗機，將我的藥放在我面前。

「醫院出了什麼事？」

「我有一個病人跌倒了，他沒事。」

她皺起眉頭。「你說過會少接緊急案件的。」

「我知道，就這一次而已。」

她咬了四分之一片的吐司，開始裝查莉的午餐。我聞到她的香水，注意到她穿了新牛仔褲和最好的外套。

「妳要去哪裡？」

「我有那堂『了解伊斯蘭』的研討會。你答應四點會到家照顧查莉。」

「不行，我要看診。」

她不太高興。「有人得在家。」

「我五點可以到家。」

「好吧，我看能不能找到保母。」

我從辦公室打電話給盧伊茲。背景可以聽到工業設備和流水聲，他在河川或小溪旁邊。我報上姓名，就聽到明顯的電子喀喀聲。我猜想他是否錄下我們的對話。

「我想問你凱薩琳．麥布萊的事。」

「嗯？」

「她身上有幾個傷口？」

「二十一個。」

「病理學家有找到氯仿的痕跡嗎？」

「你讀過報告了。」

「裡面沒提到。」

「你為什麼問？」

「可能不重要啦。」

他嘆了一口氣。「我們談個條件吧。你別再打給我問這種鳥問題，我就撤銷你那張沒繳的停車罰單。」

我還來不及說對不起打擾他，就聽到有人叫他的名字。他悶哼一聲「真謝謝你啊」就掛了電話。這傢伙的溝通技巧跟葬儀社員工差不多。

芬威在我的候診室鬼祟遊蕩，瞥看他的勞力士金錶。我們要去梅費爾區他最喜歡的餐廳吃午餐，週日的報紙增刊往往會介紹這類餐廳，因為主廚喜怒無常，長相英俊，還跟超模約會。據芬威所說，名人經常在這家餐廳聚會，但我去的時候他們都沒出現。我倒是在那兒看過演員彼得．奧圖一次，芬威直呼他「彼得」，聽起來很親暱。

今天芬威特別努力裝得和藹可親。走去餐廳路上，他問起茱麗安和查莉。接著他唸出整本菜單，評論每一道菜，彷彿我不識字。當我點了礦泉水沒有點酒，他看來有些失望。我解釋，「我發誓中午不喝酒了。」

「這麼不合群。」

「我們有些人下午要工作。」

侍者過來，芬威明確指示他的餐點該如何料理，甚至建議烤箱溫度，還有肉是否該先敲嫩。如果侍者有點頭腦，就會確保這些指示絕不會送進廚房。

我問，「沒有人告訴你不要惹火替你準備食物的人嗎？」

芬威一臉困惑看著我。

「當我沒說。」我說，「你顯然大學沒打過工。」

「老兄，我有零用錢啊。」

我就知道！

芬威四處張望，尋找熟面孔。我總是不太確定跟他吃午餐是要做什麼，通常他會試圖說服我投資房地產或新創生技公司。他對錢毫無概念，更不知道大多數人賺的錢多少，房貸又多重。

平常我非不得已不會請芬威給我建議，但他人就在這兒，我們聊天又沒梗了。

「我問你一個假設問題。」我折起餐巾又攤開。「假如你懷疑病人可能犯下嚴重罪行，你會怎麼做？」

芬威看來嚇了一跳。他回頭張望，似乎擔心有人會偷聽。他悄聲說，「你有證據嗎？」

「不算有……應該說是直覺吧。」

「多嚴重的罪行？」

「我不知道，可能是最嚴重的那種。」

芬威往前傾，一手蓋住嘴巴。沒人比他更顯眼了。「老兄，你一定要報警。」

「可是醫病保密協議呢？我的工作仰賴保密，如果病人不信任我，我就幫不了他們。」

「不適用，別忘了塔拉索夫案的先例。」

塔拉索夫案是六零年代末期一名大學生在加州謀殺他的前女友。他事前曾在就診時告訴心理師他打算殺了她。受害女孩的父母控告心理師失職，最終勝訴。

芬威還在說，鼻子緊張地抽動。「如果當事人表示他可能有意嚴重傷害第三者，你有義務提供相關的保密資訊。」

「沒錯，可是假如他沒有威脅特定人士呢？」

「我覺得沒差。」

「當然有差。我們有義務保護**目標**受害者不受傷害，但前提是病患擺明威脅要行使暴力，並真的指出對象。」

「你在雞蛋裡挑骨頭。」

「我沒有。」

「所以我們就讓兇手逍遙法外？」

「我不知道他是不是兇手。」

「你不是應該讓警方決定嗎？」

也許芬威說得對，但要是我妄下的結論錯了呢？保密是臨床心理學不可或缺的一環。如果我沒有巴比的許可就透露看診內容，我可違反了十幾條法規，可能遭到協會懲處，或吃上官司。

我多肯定巴比很危險？他攻擊了計程車上的女子。除此之外，我只聽過他精神錯亂地提到風機和夢中的女孩。

芬威把酒喝乾，又點了一杯。他其實挺喜歡這種搞神祕的話題，我感覺大家通常不會問他的意見。

我們的餐點上桌，對話內容繞著熟悉的話題打轉。芬威告訴我他最近的投資和度假計畫。我覺得他在鋪陳，只是找不到對話的空檔，好順利轉到他想提的主題。最後在餐後喝咖啡時，他豁出去了。

「喬，我想問你一件事。我通常不會請人幫忙，但這次想麻煩你。」

我的頭腦自動思考該如何拒絕。我想不出任何原因芬威會需要我幫忙。

或許是感到重大請求的重量，他重複同樣的句子好幾次。終於他解釋他和長年交往的女友潔拉汀訂婚了。

「不錯呀！恭喜！」

他舉手打斷我。「對，呃，我們六月要在西薩塞克斯郡結婚，她爸爸在那兒有一座莊園。我想請你……呃……我是說……我的意思是……如果你願意擔任我的伴郎，我會備感榮幸。」

短短一瞬間，我擔心自己會笑出來。我幾乎不認識芬威。我們在隔壁辦公室工作了兩年，但除了偶爾一起吃午餐，我們不曾私下來往，一起打高爾夫或網球。我隱約記得在辦公室的聖誕派對見過潔拉汀，在那之前，我都暗中懷疑芬威可能是老派的單身貴族。

「總該有別人……」

「呃，對，當然，我只是想……呃，我只是想……」芬威飛快眨眼，一臉悲慘。

於是我懂了。雖然芬威隨口愛提名人，躋身上流，過於自負，他卻沒有朋友。否則他為什麼要我當伴郎？

「當然好，」我說，「只要你確定……」

芬威聽了好興奮，我差點以為他要抱我。他越過桌面抓住我的手，用力握住。他的笑容好可憐，我都想把他當流浪狗帶回家了。

走回辦公室路上，他提議了一堆我們可以一起做的事，包括安排單身派對。他不好意思地說，「我們可以用掉你演講收到的一些兌換券。」

我突然想起八歲時第一天到寄宿學校學到的一課。第一個自我介紹的孩子到頭來朋友最少，而芬威就是**那個**小男生。

第十八章

伊萊莎打開門。她身穿泰式絲質長袍，燈光從她身後流瀉而出，照亮布料下她的身體線條。我努力專注只看她的臉，但我的眼睛不聽指示。

「你怎麼這麼晚？我以為好幾個小時前你就要來了。」

「塞車。」

她在門口上下打量我，彷彿不太確定是否要讓我進去。她轉過身，我跟著她走過走廊，看她的臀部在長袍下滑動。

伊萊莎住在拉德布魯克樹叢區一棟改裝過的印刷廠，離大聯盟運河不遠。沒上漆的橫樑和木製接頭互相交錯，看起來像縮小版的都鐸小屋。

屋內擺滿舊地毯和古董家具，都是她母親過世後她從約克郡送來的。她最得意的收藏是一張扶手椅腳雕工繁複的伊莉莎白時代雙人椅，十幾尊瓷娃娃頂著畫技精巧的臉端坐在椅子上，好像在等人邀約跳舞。

她替我倒了一杯酒，在沙發坐下，拍拍她旁邊的空位。她注意到我頓了一下，便扮起鬼臉。「我就知道哪裡不對勁，通常你都會吻我的臉。」

「對不起。」

她笑了笑，翹起腿。我感到體內有什麼粉碎了。

「老天，你看起來真緊繃，你需要好好按摩。」

她拉我坐下，滑到我身後，手指揉進我肩胛骨之間打結的肌肉。她伸長雙腿夾著我，我可以感到她捲起的柔軟陰毛抵著我的後腰。

「我不該來。」

「那你為什麼來呢？」

「我想道歉。都是我的錯，我不該起頭的。」

「好喔。」

「妳不介意？」

「你這一炮不錯呀。」

「我不希望妳這樣想。」

「不然是什麼？」

我思索一下。「我們有過一段短暫的邂逅。」

她笑了。「沒**那麼**浪漫好嗎。」

我尷尬地揪起腳趾。

她問道，「怎麼了？」

「我覺得對妳不公平。」

「對你太太也是？」

「對。」

「你一直沒說那天晚上為什麼那麼難過。」

我聳聳肩。「我只是在思考人生跟有的沒的。」

「人生？」

「還有死亡。」

「老天，又來了。」

「什麼意思？」

「年滿四十的已婚男子突然開始思考一切的意義？我以前成天碰到這種人。話有夠多！早知道就收他們兩倍的錢，那麼我現在都成富婆了。」

「我不一樣。」

「喔，那是怎樣？」

「要是我說我得了不治之症呢？」

她停止按摩我的脖子，把我轉過來面對她。「你說真的嗎？」

我突然改變心意。「沒有啦，我在亂說。」

這下伊萊莎不高興了，她覺得我在操弄她。「你知道你問題在哪裡嗎？」

「哪裡？」

「你這輩子都是保育類動物，總是有人照顧你。一開始是你媽媽，接著是寄宿學校，然後是大學，接著你結婚了。」

「妳是想說？」

「你過得太輕鬆了，沒碰過什麼壞事。壞事都發生在別人身上，你會幫忙善後，但**你自己**從來沒有崩潰過。你記得我們第二次見面的時候嗎？」

我點頭。

「你記得你跟我說什麼嗎？」

我努力回想。我在霍洛威監獄見到她，伊萊莎因為拿折疊刀刺傷兩名青少年，遭到起訴惡意傷害。當時她二十三歲，已升級到肯辛頓區的伴遊公司工作，在歐洲和中東到處飛。

有天晚上，她被叫到騎士橋區的一家飯店。她不認識客戶。她才走進房間，就感覺不對勁。通常她的客戶是中年男子，這位卻是青少年。茶几上有十幾個空啤酒瓶。

她還來不及反應，浴室門就打開，走出來六名年輕人。原來其中一人在慶祝十八歲生日。

「我可不要跟你們每個人做。」

他們笑了。

他們強暴第一次後，她就不再掙扎了。她哀求他們放她走，同時沿著床伸長手，每次移動一點點，專心去抓她的外套口袋。少年一次兩個人上她，其他人在旁邊等，看電視上當日賽事集錦播的曼聯對切爾西足球賽。

伊萊莎努力呼吸，鼻涕從鼻子流出，跟淚水混在一起。她終於搆到外套，手指探進口袋，握住刀。

瑞恩・吉格斯在中線附近拿到球，沿左路往前跑……一雙手抓住伊萊莎上下搖動的後腦。史蒂夫・克拉克試圖把吉格斯逼向場邊，但他切進內側，再往外跑……腰帶扣環壓進她的胸口，她的額頭撞上肚子……馬克・休斯跑向門前，引開兩名中衛。吉格斯起腳傳中，坎通納第一腳凌空抽射。球網鼓起，伊萊莎的臉頰也是。

她抽開嘴，悄聲說，「**結束**了。」

她把刀插進面前男孩的屁股，他的尖叫響徹房間。接著她轉過身，刺中背後男孩的大腿。趁他往後退，她滾到一旁，抓住啤酒瓶的頸部，對著床頭櫃角落砸破酒瓶。一手拿刀，一手拿邊角尖銳的酒瓶，她隔著床面對他們。

刀鋒只有五公分，所以傷口都不深。伊萊莎從飯店大廳打電話報警。她算過機率，發現沒有其他選擇。她乖乖做了筆錄。每個男孩接受偵訊時都有律師陪同，他們的說詞完全一致。

伊萊莎遭控惡意傷害，警佐則嚴厲訓斥了年輕人一頓。六名年輕人——有錢，有勢，人生起頭就平步青雲——強暴了她，卻完全不需負責。

她在霍洛威監獄候審時指名找我。雖然年紀稍長，她看來仍同樣脆弱。她坐在塑膠椅上，頭歪向一側，頭髮垂下遮住一隻眼。她缺角的牙齒補好了。

她問我，「你覺得我們可以決定自己人生的走向嗎？」

「在一定的程度內可以。」

「什麼時候會超出這個程度呢？」

「當我們無法控制的事發生：酒醉駕駛闖紅燈，樂透號碼開的順序剛好正確，惡性癌症細胞開始在體內分裂。」

「所以我們只能掌控**小事**？」

「運氣好的話。妳看希臘劇作家艾斯奇勒斯，老鷹誤把他的光頭當成石頭，拿來砸烏龜，害死了他。我想他應該沒料到吧。」

她笑了。一個月後她認罪，遭判兩年有期徒刑。她在監獄的洗衣房工作，每當她對自己的遭遇感到生氣或不滿，她就會打開烘衣機的門，把頭塞進去，對巨大溫暖的銀色桶槽尖叫，讓聲音炸裂傳進腦門。

伊萊莎是希望我想起這件事嗎——我對鳥事為何發生的簡短說教？她滑下沙發，漫步走過房間，尋找她的香菸。

「所以你是來告訴我，我們不會再上床了。」

「對。」

「你要在我們上床前還是上床後告訴我？」

「我不是在開玩笑。」

「我知道，對不起。」

她叼著菸，重新綁好長袍的帶子。我短暫瞥見一顆嬌小挺立的乳頭。我看不出來她是生氣還是失望，或許她不在乎。

她問，「等我寫完給內政部的申請書，你會幫我看嗎？」

「當然。」

「如果我需要你再來演講呢？」

「我會來。」

我離開時，她吻了我的臉頰。我不想走，我喜歡這棟房子，還有裡頭褪色的地毯、瓷娃娃、小火爐和四柱大床。但我似乎已經開始消失了。

我家籠罩在黑暗中，只有起居室的窗簾後露出一盞樓下的燈光。室內空氣溫暖，客廳的火爐在燒，我可以聞到無煙煤炭的味道。

最後一點紅色餘燼在格柵中發亮。我伸手去開燈，發現左手顫抖。我在窗邊的扶手椅看到一顆頭和肩膀的剪影，前臂擱在椅子寬闊的扶手上，黑鞋踩著打亮的木頭地板。

「我們得談談。」盧伊茲甚至懶得站起來。

「你怎麼進來的？」

「你太太說我可以在這兒等。」

「我能幫你什麼忙？」

「你可以別再唬弄我了。」他往前傾，坐進燈光下。他臉色死灰，聲音疲憊。「我跟病理學家問了氯仿的事。他們第一次沒檢查，死者被捅那麼多刀，通常他們就懶得多查了。」他轉頭盯著火爐。

「你怎麼知道？」

「我不能告訴你。」

「我不想聽這個答案。」

「我本來不抱期望……算是推測吧。」

「你要跟我說為什麼嗎？」

「沒辦法。」

這下他生氣了，表情變得稜角分明，不顯倦態。「歐盧林教授，我是老派警探。我就讀當地綜合學校，畢業就加入警隊，沒有念大學，也沒讀多少書。拿電腦來說吧，我啥都不懂，但我知道用起來很方便。心理師也一樣。」

他壓低聲音。「每次查案，大家都跟我說什麼不能做。他們說我不能花太多錢，不能監聽哪支電話，不能搜索哪棟房子。有幾千件事我**不能**做——全都讓我很不爽。

「我警告過你兩次了。你要是隱匿跟我的謀殺案調查有關的資訊，我就會讓這些，」他指向房間、屋子、我的人生，「全部消失。」

我想不到什麼同情話能瓦解他的敵意。我能說什麼？我有一個病患叫巴比．莫蘭，他可能也可能沒有瀕臨精神分裂。他把一個女人踹到昏迷，只因為她長得像他母親——他希望去死的母親。他會列清單，他會聽風機的聲音。他的衣服有氯仿的味道。他帶著一張紙，上頭寫了幾百次的數字「二十一」——正好是凱薩琳．麥布萊自殘留下的傷口數量……

如果我說這些，他八成會笑我。沒有確切證據顯示巴比與凱薩琳有關，然而如果十幾個警探跑去狂敲巴比的門，調查他的過去，嚇壞他的未婚妻和她的兒子，我可要負責。

巴比會知道是我叫警察去的。他再也不會信任我，也不會信任我這種人。我的作為會證實他的懷疑，他尋求協助，我卻背叛了他。

我知道他很危險，我知道他的幻想帶他走向糟糕的方向。可是除非他持續回來看診，我可能永遠無法阻止他。

憤怒和怨懟像無煙煤炭的味道飄散在空中。盧伊茲穿上外套，走向大門。我的左臂顫抖。錯過現在就來不及了，快決定。

「你們搜索凱薩琳的公寓時——她有紅色洋裝嗎？」

盧伊茲的反應像是挨了一掌。他猛然轉身，朝我逼近一步。「你怎麼知道？」

「洋裝不見了嗎？」

「對。」

「你覺得她失蹤的時候可能穿著嗎？」

「有可能。」

他站在敞開的門口，雙眼充血，但視線穩定。他張開手指又握緊成拳，想把我撕成碎片。

「明天下午來我的辦公室。我有一份檔案，你不能帶走。我也不知道有沒有幫助，但我得給人看。」

第十九章

藍色文件夾放在我面前桌上，繩結纏繞成平坦的圓圈，封住開口。我不斷把結解開再綁好。

米娜走進辦公室，緊張地往後瞧。她一路走到我的桌前才悄聲說，「候診室有個長相很恐怖的男人，說要找你。」

「沒關係，米娜。他是警探。」

她驚訝地睜大眼睛。「喔！他沒有說，他只是——」

「吼了幾聲？」

「對。」

「妳可以請他進來。」我示意她靠近一些。「大概五分鐘後，我要請妳打電話找我，提醒我要離開辦公室去開重要的會。」

「什麼會？」

「就是有重要的會。」

她皺眉看著我，點點頭。

盧伊茲頂著像鐵砧的臉，無視我伸出的手懸在空中，彷彿我在指揮交通。他坐下來，往後靠著椅背，張開雙腿，讓外套披散開來。

「教授，你在這兒工作呀？真不賴。」他看似粗略打量房間一番，但我知道他記下了細節。「租這樣的辦公室要多少錢？」

「我不知道，我只是其中一名合夥人。」

盧伊茲搔搔下巴，從外套口袋翻出一根口香糖，緩緩打開。

「心理師到底**做**什麼？」

「我們協助生活中受創的人。他們可能有人格障礙、性方面問題或恐慌症。」

「你知道我怎麼想嗎？有人遭到襲擊，倒在路上流血。兩名心理師經過，一人對另一人說，『我們去找攻擊他的人——他需要協助。』」

他笑了，但眼中沒有笑意。

「我協助的受害者比加害者多。」

盧伊茲聳聳肩，把口香糖包裝紙丟進垃圾桶。「說吧，你怎麼知道紅洋裝？」

我低頭看向文件夾，解開繩結。「幾分鐘後，我會接到電話，必須離開辦公室，但你可以留下來。我想我的椅子應該比較舒服。」我打開巴比的檔案。

「等你結束，如果有什麼想談，我會在對街喝東西。我不能談論特定的病人或案例。」我敲敲巴比的檔案強調。「我只能概略說明人格障礙，還有思覺失調和精神變態患者如何行動。麻煩請記得，這樣討論起來會容易許多。」

盧伊茲雙掌合十，像在禱告。他用食指敲敲嘴唇。「我不喜歡玩遊戲。」

「我不是在玩遊戲。不這麼做，我就沒辦法幫你。」

電話響了。米娜開始說話，但我沒等她說完就起身了。

陽光普照，天空湛藍，感覺不像十二月中，反而像五月。倫敦偶爾會這樣——給你美好的一天，提醒大家住在這兒還不差。

所以英國人才是世上數一數二樂觀的民族。我們只需要又熱又乾的美妙一週，留下的記憶就足以撐過整個夏天，屢試不爽。每年春天我們都會買短褲、短袖、比基尼泳衣和紗籠，滿心期待從不會到來的夏季。

盧伊茲找到我時，我站在吧檯喝礦泉水。

「你請這一輪，」他說，「我要喝苦啤酒。」

餐廳坐滿午餐人潮。盧伊茲晃到正面窗戶旁角落桌的四名男子身邊，他們看來應該是在辦公室打雜，卻都身穿剪裁合身的西裝和絲質領帶。

盧伊茲掏出警徽，在桌面下晃一晃。

「各位先生，不好意思打擾了，不過我需要徵收這張桌子，監看對面的銀行。」

他指向窗外，他們全部同時轉頭看。

「別那麼明顯！」

他們趕忙轉回頭。

「我們合理懷疑有人要武裝搶劫銀行。有看到街角穿橘色背心的傢伙嗎？」

其中一人問，「掃地的清潔工？」

「對。其實啊，他是我最優秀的手下，銀行隔壁內衣店的女店員也是。我需要這張桌子。」

「當然好。」

「沒問題。」

「我們還能幫什麼忙嗎？」

我看到盧伊茲的眼睛一閃。「這個嘛，我通常不會找平民臥底，不過現在我缺人。你們可以分頭各負責一個街角，盡量融入環境。注意看有沒有一群超過四個人開車過來。」

「我們怎麼聯絡你？」

子。

「你們就告訴清潔工。」

其中一人問，「有暗號嗎？」

盧伊茲翻了個白眼。「這是警方任務，不是該死的〇〇七電影。」

等他們離開，他在最靠近窗戶的椅子坐下，把酒杯放在杯墊上。我坐在他對面，沒有碰我的杯子。

「他們本來就會讓位給你。」我無法判斷他是喜歡惡作劇，還是討厭人。

「這個巴比．莫蘭殺了凱薩琳．麥布萊嗎？」他用手背抹掉上唇的泡沫。

這樣問的委婉程度大概跟狠狠丟磚頭差不多。

「我不能談論個別病患。」

「他有坦承殺她嗎？」

「我不能談論他可能或可能沒有告訴我什麼。」

盧伊茲的眼睛瞇成細細幾條皺紋，身體緊繃起來。接著他同樣突然吐氣，露出我想是笑容的表情。他太久沒練習了。

「來說說殺了凱薩琳．麥布萊的人吧？」

看來他聽懂我的要求了。我把巴比趕出腦海，依照我對犯行的了解，試著推想凱薩琳的凶手。這一週的無眠夜我幾乎沒想別的。

「你要找的是性方面的精神變態。」我認不出自己開口的聲音。「凱薩琳遭受的謀殺展現了失常的性慾。」

「可是她身上沒有性侵的跡象。」

「你不能用一般的強暴或性犯罪來想，這是更極端的性變態例子。這個人滿腦子只渴望主宰他人，施加痛苦。他幻想掠取、箝制、主宰、凌虐和殺害，至少一部分的幻想會幾乎反映實際狀況。

「想想他對她做了什麼。他從街上擄走她，或引誘她跟他走。他沒有打算在暗巷快速暴力地與她交媾，然後殺人滅口，讓她無法指認。他反而意圖擊垮她——依循計畫摧毀她的意志，直到她成為順從驚恐的玩物。連這樣都不夠，他想要終極的控制；讓她徹底屈服於**他的**意志，願意虐待自己……」

我看著盧伊茲——看他何時會聽不懂。「他差點成功，但到頭來凱薩琳並沒有完全崩潰，她仍保有一絲抵抗。她是護士，就算只有短刀，她也知道想立刻致死要割哪裡。當她再也受不了，她割了脖子的頸動脈，才造成血栓。她不出幾分鐘就死了。」

「你怎麼知道？」

「我念了三年醫學院。」

盧伊茲盯著他的啤酒杯，像在檢查杯子是否好好放在杯墊中央。遠方教堂的鐘聲飄揚。

我繼續說：「你要找的人個性孤僻，有社交障礙，在性事方面不成熟。」

「聽起來像一般青少年。」

「不對，他不是青少年，年紀要再大一點。很多年輕人起初都是這樣，但偶爾就會有人把自己的孤單和性挫折怪在別人身上。每次遭到拒絕，他的怨恨和怒意就跟著增長。有時他會怪罪特定的人，有時則是怨恨一整群人。」

「他恨所有女人。」

「有可能，但我覺得他比較可能恨特定一種女人。他想懲罰她，他會幻想並感到愉悅。」

「為什麼他挑上凱薩琳．麥布萊？」

「我不知道，也許她長得像他想懲罰的人。也許是機會使然，凱薩琳人在那兒，於是他改變他的幻想，納入她的長相和穿的衣服。」

「紅洋裝。」
「有可能。」
「他認識她嗎？」
「頗有可能。」
「動機呢？」
「復仇，控制，性滿足。」
「隨我挑嗎？」
「不，三個都是。」
盧伊茲稍微一僵，清清喉嚨，拿出大理石花紋的筆記本。「所以我要找哪種人？」
「三十或四十幾歲。獨居，住處保有隱私，但周遭會有人來來去去——可能是寄宿住宅或露營車營地。
「他也許有太太或女友，智商高於平均，體格健壯，但心智更強健。性慾或怒火尚未激得他失去控制，他可以掌控情緒。他了解鑑識手法，不想被逮到。
「他能成功切割生活的不同面向，徹底隔離。他的朋友、家人和同事完全不知道他腦袋在想什麼。
「我認為他對施受虐活動有興趣。這種嗜好不會憑空出現，一定有人介紹給他——雖然可能只是溫和的版本。他在腦中把這個概念提升到遠超過無害的遊戲。我很訝於他的自信，沒有證據顯示他焦慮或初次動手緊張……」
我停下來。我的嘴巴鬆弛發痠，我喝了一口水。盧伊茲沉悶地盯著我，稍微坐挺，偶爾寫寫筆記。我的聲音再次蓋過噪音。

「沒有人會突然成為成熟的虐待狂——至少不可能技巧如此高超。俄國國家安全委員會（KGB）這種組織得花好幾年訓練，審訊員才會這麼厲害。他展現出的控制和老練程度無與倫比，需要經驗的累積。我不覺得這是他第一次下手。」

盧伊茲轉頭盯著窗外，做了決定。他不相信我。「聽你亂講！」

「為什麼？」

「你講的聽起來都不像你家巴比．莫蘭。」

他說得對，實在不合理。巴比太年輕，不可能如此熟悉虐待。他個性無常善變，我嚴重懷疑他的心智能力和惡意能徹底主宰控制凱薩琳這種人。體格上當然沒問題，但他缺乏必要的心理力量。不過巴比時常令我驚訝，我也才觸及他的心靈表面。他對我隱匿細節，或當作童話故事中的麵包屑沿路撒給我撿。

童話故事？盧伊茲聽起來就像童話吧。他已經站起身，穿過人群走向吧檯，顧客趕忙讓開。他散發的氛圍像閃燈，警告大家給他空間。

我開始後悔了，我不該插手的。有時我希望能關掉頭腦，不要一直觀察分析。我希望能專注在世界的小角落就好，不用看別人怎麼溝通，穿什麼衣服，放什麼商品進購物車，開什麼車，挑什麼寵物，讀什麼雜誌，看什麼電視節目。我希望我別再看了。

盧伊茲拿著另一杯啤酒和一杯威士忌後飲回來。他在嘴裡漱漱那杯液體烈火，像要洗掉噁心的味道。「你真的覺得是這個傢伙？」

「我不知道。」

他用手指抓著啤酒杯，往後靠。「你要我調查他？」

「由你決定。」

盧伊茲哼了一聲，帶著一絲不滿。他仍然不相信我。

我問道，「你知道凱薩琳為什麼來倫敦嗎？」

「她的室友說她來面試工作。我們沒找到聯絡記錄──她八成帶在身上。」

「通話紀錄呢？」

「她家的市話沒查出什麼。她有手機，但不見了。」

他一一告訴我事實，沒有評論或加油添醋。凱薩琳的過去符合她看診時告訴我的少量資訊。她的父母在她十二歲時離婚，她交上壞朋友，吸氣膠又吸毒。十五歲時，她在西薩塞克斯郡的私人精神病院待了六週，可想而知她的家人沒有聲張。當上護士似乎是轉捩點，雖然她仍有問題，至少她能處理了。

我問道，「她離開馬斯登醫院之後呢？」

「她搬回利物浦，跟一個商船船員訂婚。後來婚沒結成。」

「他是嫌犯嗎？」

「不是，他在巴林。」

「有其他嫌犯嗎？」

盧伊茲挑起一邊眉毛。「誰要自願我都歡迎。」他諷刺一笑，把酒喝乾。「我得走了。」

「接下來會怎麼樣？」

「我叫手下盡可能挖出巴比．莫蘭的所有資訊。如果我能證明他跟凱薩琳有關，我會非常客氣地請他協助調查。」

「你不會提到我的名字？」

盧伊茲不屑地看我。「別擔心，教授，我可是極為關心您的利益呢。」

第二十章

我母親有一張漂亮的臉，以及精巧上翹的鼻子。從我有印象以來，她的直髮永遠梳成同樣的造型——用銀色夾子往後夾，塞在耳後。可惜我遺傳到父親雜亂的頭髮，多長幾公分就會無法控制，看起來像遭到電擊。

母親整個人都彰顯出她醫師娘的地位，包括她穿的寬百褶裙、素面襯衫和低跟鞋。出於習慣，她連出門遛狗都會帶手提包。

她只需要煮一顆蛋的時間，就能打理好十二人的晚宴。她也會辦花園宴會、學校義賣會、教會節慶、公益募款、橋牌賽、跳蚤市場、步行馬拉松、洗禮、婚禮和葬禮。然而空有這些能力，她這輩子卻沒有管過帳、做投資決策，或公然表達政治立場。她把這些事都交給我父親。

每次我思索母親的人生，總是震驚於她浪費和未竟的潛能。她十八歲贏得卡地夫大學的數學獎學金，二十五歲寫的論文讓美國大學紛紛敲門拜訪。結果她做了什麼？她嫁給我父親，甘願一生都花在規劃活動，永無止盡地妥協。

我喜歡想像她跟電影《雪莉．范倫廷》的主角一樣出走，也許跟希臘侍者私奔，或寫一本激情四射的羅曼史小說。有一天她會突然拋下謹慎、自制和正道，赤腳在雛菊園跳舞，爬過喜馬拉雅山脈。這麼想挺不錯，肯定好過想像她聽父親對電視螢幕抱怨，或朗讀他寫的報紙投書，就這樣終老一生。

他現在就在寫——給報紙的投書。他拜訪我們時只讀《衛報》，他稱之為「紅破布」，光看這一份報紙就足以寫出十幾封讀者投書了。

母親跟茱麗安在廚房討論明天的菜單。過去二十四小時內，不知何時大家決定了週日中午要家族聚餐。我有兩個姊姊會來，外加她們的丈夫和嚴肅的小孩。只有蕾貝卡逃過一劫，她在波士尼亞替聯合國工作，上天保佑她。

我負責的週六早晨家事現在包括把入口玄關的一堆水電工具移到地下室，接著我得掃落葉，替鞦韆上油，從附近雜貨店再買兩包煤炭。茱麗安會去採買食材，查莉則會跟爺爺奶奶去牛津街欣賞聖誕燈飾。

我的另一項任務是買聖誕樹——吃力不討好的工作。比例良好的聖誕樹只會出現在廣告裡，想在現實世界找不免都會失望。你的聖誕樹會傾向左側或右側，底部樹葉太濃密，或頂部太雜亂，樹上可能有光禿部位，或任何一側的枝椏間距古怪。即使奇蹟發生，你找到完美的聖誕樹，也可能裝不進車子。等你把樹綁上車頂架載回家，樹枝都斷裂或扭曲變形了。你把樹努力塞進門，渾身是汗，差點給松針噎死，卻得面對過去無數個聖誕節都聽過的煩人問題：「你真的沒辦法找到更好的嗎？」

查莉的臉頰凍得粉紅，雙臂掛著華美紙袋，裡面裝滿新衣服和一雙鞋。

「爸，我買了跟鞋。跟鞋耶！」

「多高？」

「只有這樣。」她分開拇指和食指。

我戲弄她，「我以為妳是男人婆。」

「又不是粉紅色。」她嚴厲地說，「而且我沒有買洋裝。」

上帝未來的私人醫生自己倒了一杯威士忌，有些不高興我母親顧著跟茱麗安聊天，沒有替他拿冰塊。查莉興奮地打開紙袋，卻突然停下來。「聖誕樹！好漂亮喔。」

「當然，我可是找了三小時。」

我必須阻止自己告訴她整個故事。我在查爾克農場路的希臘餐廳有個朋友，他知道有個傢伙開三噸卡車，供應「半個倫敦」的聖誕樹。

整件事聽起來挺可疑，但這回我不在乎了，我想要買到毫無瑕疵的商品。結果沒讓我失望——瀰漫松樹香的金字塔堪稱完美，樹幹筆直，枝枒間隔均等。

回家以來，我就不斷來回走去起居室，讚賞那棵聖誕樹。茱麗安有點受不了聽我說，「這棵樹很棒吧？」並期待有人回答。

上帝未來的私人醫生談起他會如何解決倫敦市中心的塞車問題。我在等他評價聖誕樹，但我不想催他。他講到在指定時間外禁止所有運貨卡車進入西區，接著開始抱怨逛街人潮走得太慢，建議推行快慢速人行道分流。

我等不及便插話說，「我今天找到一棵聖誕樹。」他突然住嘴回頭看，站起身左右來回靠近檢查，接著後退欣賞整體的對稱比例。

他清清喉嚨問，「他們沒有更好的嗎？」

「當然有！他們有十幾棵更好的！幾百棵！這棵算是數一數二差，徹底吊車尾，排名最後面。我覺得很可憐，才買回家。我領養了一棵糟糕的聖誕樹。」

他看來很驚訝。「沒**那麼**糟啦。」

「你真是不可思議。」我低聲喃喃自語，無法跟他再待在同一個房間。為什麼我們明明頭髮發白，房貸重到像第三世界國家的國債，父母卻還是有辦法讓我們感覺像小孩？

我躲進廚房，倒了一杯琴湯尼，多加的一大口琴酒溢到流理台上。父親才來十小時，我就開喝了。至少援軍明天就來了。

兒時做惡夢我老是在跑——想要逃離怪物或瘋狗，或長得像尼安德塔人、沒有門牙、耳朵像花椰菜的橄欖球二排前鋒。我會剛好在被抓之前醒來，但不會因而感到安全。惡夢的問題就在這兒：什麼都沒有解決。我們會在半空中、炸彈爆炸前、全裸站在公眾地點時醒來。

我在黑暗中躺了五小時。每次我專心想開心的事，逐漸睡去，就會驚醒過來。感覺像在看很爛的恐怖片，難看到可笑，但偶爾會有一幕嚇得你魂飛魄散。

我盡量不去想巴比．莫蘭，否則會令我想到凱薩琳．麥布萊，而我不想往那兒去。我猜想警方是否拘留了巴比，還是在監視他。我腦中想像窗戶貼黑的卡車停在他家外面。

一般人遭到監視其實感覺不到——除非有線索，或發現違常之處。然而巴比跟大部分的人處在不同的波段上，會感到不同的訊號。精神病患會相信電視對他說話，懷疑為何工人在維修馬路上方的電話線，或為什麼窗戶貼黑的卡車停在外頭。

或許上述狀況都沒發生。現在新科技發達，盧伊茲可能只要把巴比的名字輸入電腦，存取陰謀論者深信政府持有的國民私密檔案，就能查到一切。

茱麗安悄聲說，「別想了，睡吧。」她感覺得到我有心事。查莉出生以來，我就沒有好好睡過一晚，一陣子後也就習慣了。現在我開始服藥，狀況更加惡化。

茱麗安躺在她那一側，棉被夾在雙腿間，一手擱在臉旁的枕頭上。查莉睡覺的姿勢也一樣。她們幾乎不會出聲，也不會扭動，彷彿不想在夢境中留下足跡。

星期天早上，屋內瀰漫食物香氣和女人的閒聊。我應該要點燃壁爐，清掃前門階梯，然而我卻溜去報攤，買了早報。

我回到書房，把副刊和雜誌放到一旁，開始找凱薩琳的報導。我正要坐下，卻發現查莉的一隻泡泡眼金魚面朝下漂在水族箱裡。起初我以為是什麼厲害的金魚功夫，但進一步觀查後，牠看來不怎麼健朗，魚鱗上有灰色斑點——可見長了罕見的魚類真菌。

查莉不太能接受死亡，連中東國家的哀悼期都比她的短。我用手撈起金魚，盯著可憐的傢伙。我思索她是否會相信魚只是不見了，畢竟她才八歲。但話說回來，她也不相信聖誕老人或復活節兔子了。我怎麼養出這麼憤世嫉俗的小孩？

「查莉，我有個壞消息要說。妳的金魚有一隻不見了。」

「怎麼會不見了？」

「好吧，其實牠死了。我很遺憾。」

「牠在哪裡？」

「妳不會真的想看吧？」

「我想看。」

魚還在我手中，手插在口袋裡。當我張開手掌，感覺像在變魔術，動作並不莊嚴。

茱麗安整理有術，留了一堆鞋盒和束口袋，正好適合應付家中死亡事件。查莉看我把泡泡眼金魚埋在李子樹下，跟過世的倉鼠哈洛、就叫「老鼠」的老鼠，還有飛著撞上落地玻璃門折斷脖子的小麻雀作伴。

等到中午，家人大多到齊了，只剩下我的大姊露西和她先生艾瑞克。他們三個小孩的名字我永遠記不得，但我知道都跟「一」押韻，像是黛比、吉米或巴比。上帝未來的私人醫生本來希望露西替大兒子取他的名字，他喜歡三代「喬瑟夫」同堂。但露西堅持己見，給他取了別的名字——可能是安迪、蓋伊或費迪。

他們家總是遲到。艾瑞克是航管員，但我沒見過這麼心不在焉的人，著實恐怖。他老是忘記我們住哪裡，每次來拜訪都要打電話問路。他怎麼能確保十幾架飛機在空中不相撞？每次我訂從倫敦希斯洛機場出發的航班，都想事前聯絡露西，問那天艾瑞克有沒有上班。

我的二姊派翠西亞跟她的新男友賽門在廚房。賽門是刑事律師，替揭發司法不公的電視節目工作。派翠西亞在喝香檳慶祝離婚成立。

父親說，「沒有到喝伯蘭爵香檳的程度吧。」

「為什麼？」她在泡泡溢出來前趕快喝一口。

我決定去拯救賽門，在這種狀況下初見我們家人實在太可憐了。我們拿飲料到起居室，開始閒聊。賽門長了一張愉悅的圓臉，老是像百貨公司的聖誕老人拍打肚子。

「很遺憾聽說你得了帕金森。」他說，「太糟糕了。」

我的心一沉。「誰告訴你的？」

「派翠西亞。」

「她怎麼知道？」

賽門突然意識到他說錯話，急忙開始道歉。過去一個月我經歷不少沮喪的時刻，但都比不上站在徹底的陌生人面前，看他喝一面我家的威士忌，一面可憐我。

還有誰知道？

門鈴響了。艾瑞克、露西和「跟一押韻」的小孩風風火火進來，熱情地跟大家握手親臉頰。露西才看我一眼，下唇就開始顫抖。她伸出雙臂摟住我，我感到她的身體抵著我的胸口發顫。

「喬，我真的很遺憾。非常、非常遺憾。」

我的下巴擱在她頭頂上，艾瑞克伸手放在我肩上，像教皇賜福我。我從沒這麼尷尬過。

剩餘的下午像長達四小時的社會學演講持續下去。當我不想再回答健康相關的問題，我躲到花園，看查莉與「跟一押韻」的小孩玩耍。她指出我們埋葬金魚的位置。我終於想起他們的名字：哈利、佩利和珍妮。

哈利還是幼兒，穿著鋪棉夾克和毛帽，看起來像縮小版的米其林輪胎人。我把他拋到空中，逗他咯咯笑。其他孩子抓著我的腿，假裝我是怪物。我瞥見茱麗安一臉嚮往從落地玻璃門往外看，我知道她在想什麼。

午餐後，大家到起居室休息，每個人都稱讚了聖誕樹和母親的水果蛋糕。

查莉嘴邊沾滿蛋糕屑。她說，「我們來玩『我是誰？』」她沒聽見大家集體的哀號，逕自發起紙筆，上氣不接下氣解釋遊戲規則。

「你們都要想一個名人。不一定要是真人，可以是卡通角色或電影明星，甚至可以是靈犬萊西……」

「妳講掉我的選項了。」

她皺眉瞪我一眼。「別讓別人看到你寫的名字，然後把紙貼在別人額頭上。他們要猜自己是誰。」

遊戲玩起來意外好笑。上帝未來的私人醫生無法理解為什麼大家看了他額頭上的名字都捧腹大笑：《白雪公主》卡通的小矮人「愛生氣」。

正當我逐漸玩起勁來，這時門鈴響了。查莉衝出去應門，露西和派翠西亞開始清理杯盤。

查莉說，「你看起來不像警察。」

「我是警探。」

「所以你有警徽嗎？」

「妳想看嗎？」

「或許我應該檢查看看。」

盧伊茲探進外套內裡口袋，我趕忙過去拯救他。

我抱歉地說，「我們教她要小心。」

「很聰明。」他朝查莉微笑，看來年輕了十五歲。短短一瞬間，我以為他可能會揉亂她的頭髮，不過現在沒人這麼做了。

盧伊茲越過我看向玄關，說很抱歉打擾我。

「我能幫你什麼忙嗎？」

他喃喃說，「嗯。」他拍拍口袋，彷彿寫了紙條提醒自己。

「你要進來嗎？」

「你不介意的話。」

我帶他到我的書房，替他掛起外套。先前我拿出來凱薩琳的筆記，現在仍攤放在書桌上。

「你在做功課嗎？」

「只是想確定我沒遺漏什麼。」

「有嗎？」

「沒有。」

「你讓我判斷吧。」

「這次不行。」我闔上筆記本，收起來。

他繞過書桌，查看我的書架，研究每張照片和我從敘利亞帶回來的紀念水煙。

「他先前在哪兒？」

「什麼？」

「你說凱薩琳不是我的凶手第一次下手的對象，那他先前在哪兒？」
「練習。」
「對象是誰？」
「我不知道。」
盧伊茲站到窗邊，看著院子彼端。他轉轉肩膀，漿直的襯衫領子擠到耳下。我想問他查到巴比的哪些消息，但他打斷我。「他會再殺人嗎？」
我不想回答，因為假定情境很危險。他感知到我退縮，不讓我逃脫。我得說點**什麼**。
「目前他還在想凱薩琳，還有她死亡的過程。等這些記憶開始模糊，或許他會去找新的體驗，來餵養他的幻想。」
「你怎麼這麼肯定？」
「他的動作輕鬆刻意，沒有失控，沒有受到怒氣或慾望主宰。他冷靜又深思熟慮，光是規劃就能近乎狂喜。」
「其他的受害者在哪裡？為什麼我們還沒找到？」
「或許你還沒看出關聯在哪兒。」
盧伊茲縮了一下，挺起肩膀。他討厭我暗指他錯過重要資訊，但他也不希望自負的傲氣破壞他的調查。他**想要**了解。
「你在犯罪手法和象徵意義中尋找線索，但必須比較犯行才能看出端倪。找到另一個受害者，或許就會看出規律。」
盧伊茲咬緊牙，彷彿想磨光牙齒。我還能告訴他什麼？
「他熟悉那塊區域。埋葬凱薩琳需要時間，他知道沒有房子俯瞰運河那一段，也知道晚上什麼時間曳船道沒有人。」

「所以他住在附近。」

「或者以前住在那兒。」

盧伊茲一一嘗試他所知的事實，看是否支持他的理論。樓下有人走動，沖洗馬桶，有小孩氣哭了。

「可是為什麼他要挑這麼公開的地點？他大可把她藏在鳥不生蛋的地方。」

「他沒打算藏她，他**讓**你找到凱薩琳。」

「為什麼？」

「也許他對自己的作品很滿意，或者這是他給你的預告。」

盧伊茲揪起臉。「我不知道你怎麼做這份工作。你知道這種變態逍遙法外，平常怎麼過活？你怎麼能活在他們腦中？」他雙手抱胸，把手掌塞到腋下。「不過你可能也樂在其中吧。」

「什麼意思？」

「你告訴我呀。你覺得扮演偵探是在玩遊戲嗎？給我看一名病患的檔案，其他病患卻不行。打電話問我問題。你覺得好玩嗎？」

「我……我沒有要你讓我加入耶。」

他笑看我的怒火。一片沉默中，我聽到樓下的笑聲。

「我覺得你還是走吧。」

他佔著體格優勢，一臉滿意看著我，接著拿起外套走下樓梯。我精疲力盡，可以想像我的精力流逝而去。

盧伊茲在大門口折下外套領子，回頭看我。「教授，打獵的時候有狐狸、獵犬和破壞打獵的傢伙。你是哪一個？」

「我不推崇獵狐狸。」

「喔？狐狸也不喜歡呀。」

所有賓客都離開後，茱麗安要我上樓去洗澡。不久後，我感到她躺上我旁邊的床，轉身往後挪，直到身體與我融為一體。她的頭髮散發蘋果和肉桂香。

我悄聲說，「我累了。」

「畢竟今天忙了一整天。」

「我不是這個意思。我在考慮做一些改變。」

「像什麼？」

「就是改變。」

「你覺得這樣明智嗎？」

「我們可以去度假。例如去加州，我們不是一直說要去嗎？」

「你的工作怎麼辦……還有查莉要上學耶？」

「她還小，比起去學校，我們旅行六個月她能學到更多……」

茱麗安轉過身，用手肘撐起身體，好看著我。「你是受到什麼刺激嗎？」

「沒什麼。」

「剛開始的時候，你說你不希望改變，你說未來不需要改變。」

「我知道。」

「然後你就不跟我說話了，我完全不知道你經歷了什麼，現在你又突然這樣說！」

「抱歉，我只是累了。」

「不，沒那麼簡單。告訴我。」

「我腦中有個想法揮之不去，老是覺得我應該多做點什麼。我們都看過有些人的人生充滿重大事蹟和冒險，看了就會覺得，哇，我應該多做點什麼。所以我才想說要離家遠行。」

「趁你還有時間？」

「對。」

「所以**的確**跟帕金森氏症有關？」

「不是……我沒辦法解釋……當我沒說。」

「我不想當你沒說，我希望你開心。可是我們沒錢——你自己也說過，扣掉房貸和水電施工費就沒了。或許暑假我們可以去康瓦爾郡……」

「嗯，妳說得對，康瓦耳聽起來不錯。」我努力裝得興致勃勃，但我知道失敗了。茱麗安伸手環住我的腰，滑過來更貼近我。我的喉嚨感到她溫暖的吐息。

「運氣好的話，到時候我可能就懷孕了。」她悄聲說，「我們不會想跑太遠。」

第二十一章

我頭痛又喉嚨癢，可能是宿醉，可能是流感。報紙上說全國一半的人都感染了北京還是波哥大傳來的異國病毒——那種地方誰去過都會帶著致命病菌離開。

好消息是我吃希利治林沒有明顯的副作用，只跟用藥前一樣會失眠。壞消息是藥對我的症狀毫無幫助。

早上七點，我打電話給蘇格蘭佬。

「你怎麼知道沒效？」他很不高興我吵醒他。

「我感覺跟吃藥前一樣。」

「這就是吃藥的目的。藥不會讓症狀消失——只會阻止症狀惡化。」

「好。」

「有點耐心，放輕鬆。」

他說起來倒是容易。

他問，「你有乖乖做運動嗎？」

「有。」我撒謊。

「我知道今天星期一，不過我們要不要去打網球？我會放水。」

「什麼時候？」

「跟你約六點在俱樂部。」

茱麗安馬上會看穿我，但至少我不用在家。經歷過昨天，我可是賺到一點彈性空間。

今天我的第一位病患是一名年輕芭蕾舞者，動作優雅如瞪羚，但牙齒泛黃、牙齦萎縮，像重度的暴食症患者。接著是瑪格麗特，同樣抱著她的橘色救生圈。她給我看報紙剪報說以色列有一條橋坍塌了。她臉上的表情像在說，「我就說吧！」我花了五十分鐘請她思考世界上有多少條橋，坍塌的頻率又有多高。

下午三點，我站在窗邊，在行人中尋找巴比。我猜想他是否會來。當我聽到他的聲音，我嚇了一跳。他站在門口，雙手在身側上下搓揉，彷彿想擦掉什麼。

他說，「不是我的錯。」

「什麼？」

「不管你認為我做了什麼。」

「你把一個女生踹到不省人事。」

「對，就這樣，沒有別的了。」他的金邊眼鏡反射光線。

「那種敵意不會憑空而來。」

「你的意思是？」

「你很聰明，應該懂吧。」

我應該質問巴比，看他承受壓力的反應如何。

「你來找我看病多久了？六個月，其中一半的時間你根本人間蒸發。你約診遲到，或不請自來，還曾經凌晨四點把我從床上挖起來……」

他飛快眨眼。我的語氣非常客氣，他不確定我是否在批評他。

「……就算你**真的**來了，你也會轉移話題，含糊其辭。你想隱藏什麼？你怕什麼？」

我把椅子拉近一些，我們的膝蓋幾乎相碰。我感覺像看進挨打的狗兒雙眼，而牠還沒學會撇開眼。他的一些行為舉止我看得很清楚——尤其是他的過去——但我仍看不出他的現在。他成為什麼樣的人？

「巴比，我跟你說我怎麼想吧。我覺得你迫切渴望關愛，卻無法與人互動。這是長年的問題了。我看到一個開朗敏感的孩子，每天晚上等待父親推腳踏車走進前門。當父親穿著售票員制服進門，男孩總是等不及聽他講故事，在工作室幫忙。

「他的父親風趣、和善、機智又充滿創意。他有偉大的計畫，要創造怪異美妙的東西改變世界。他會在廢紙上畫設計圖，在車庫打造原型。男孩看他工作，偶爾晚上會蜷起身子睡在木屑之間，聆聽車床的聲音睡去。

「可是他的父親消失了。他人生中最重要的人——他唯一真心在乎的人——拋下了他。可惜母親看不出他的悲痛，也不了解原因。她覺得他軟弱又愛作夢，跟他父親一樣。他永遠不夠好。」

我緊盯著巴比，尋找他要抗議或反駁的跡象。他的眼睛前後翻轉，像在作夢，但他仍盡量專心看著我。

「……男孩特別聰明，觀察入微。他五感靈敏，情緒高昂。他開始躲避母親。他年紀還不夠大，也不夠勇敢，無法逃家。於是他逃進自己的腦袋，創造了自己的世界，別人永遠看不到，也不知道存在。在這個世界，他是風雲人物，掌控權力：他可以懲罰獎勵一切。沒有人會笑他或看扁他，連他母親也不會，她會拜倒在他腳邊，跟所有人一樣。他是硬漢演員克林·伊斯威特、查理士·布朗遜和席維斯·史特龍的綜合體。他是救世主、復仇者、法官、陪審團、劊子手。他可以執行自成一格的正義，用機槍掃射整個橄欖球校隊，或把校園惡霸釘在遊樂場的樹上……」

連動的記憶和相關的聲音令巴比的眼睛閃爍——畫出他過去的光明與黑暗。他的嘴角抽動。

「男孩長大變成什麼樣子呢？他睡不著覺，飽受一陣陣失眠所苦，害他精神煩亂，餘光看到幻覺。他想像有陰謀，覺得遭人監看。他醒著躺在床上，列出清單和清單用的暗號。

「他想逃到他的另一個世界，但哪裡不對勁。他回不去了，因為有人給他更好、更刺激的體驗——真實的體驗！」

巴比眨眼，捏捏手背的皮膚。

我問他，「你聽過『青菜蘿蔔各有所好』這句話嗎？」

他幾乎沒意識到他坦承聽見問題。

「這句話可以拿來指涉人的性癖，表示每個人都有不同的喜好和口味。男孩成為年輕人，並嚐到令他既興奮又煩惱的經驗。這是他心虛的秘密，嚴禁的歡愉。他擔心他是變態——竟從施加痛楚感到性興奮。」

巴比搖頭，鏡片放大他的眼睛。

「可是你需要參考對象——有人引薦你。巴比，你可沒告訴我，替你打開眼界的特別女友是誰？你傷害她的感覺如何？」

「你有病！」

「而你在撒謊。」別讓他轉移話題。「第一次是什麼感覺？你不想玩這些遊戲，可是她不斷刺激你。她怎麼說？她嘲笑你嗎？她有笑嗎？」

「別跟我說話。閉嘴！**閉嘴！**」

他握拳抓住外套袖口，蓋住耳朵。我知道他還在聽，我的話滲進他耳朵，在腦中的縫隙膨脹，像水變成冰。

「有人種下種子，教你愛上掌控一切的感覺……施予痛楚的感覺。起初你想停下來，但她想要更多。然後你發現你不忍了，你很享受！你不想停下來。」

「閉嘴！閉嘴！」

巴比在椅子邊緣前後搖晃，嘴巴變得鬆弛，不再專注看我。我快成功了。我的手指已插進他的心靈縫隙，只要一次肯定，不管多麼微不足道，就足以讓我撬開他的防線。可是我快沒故事可說了，我還沒收集到所有的拼圖片。如果做過頭，我可能會失去他。

「巴比，她是誰？她叫凱薩琳・麥布萊嗎？我知道你認識她。你們在哪兒碰到的？醫院嗎？巴比，尋求協助並不可恥，我知道你接受過心理評估。凱薩琳是病人還是護士？我猜她是病人。」

巴比捏住鼻樑，揉搓眼鏡鼻墊的位置。他緩緩探進褲子口袋，我突然感到一絲懷疑。他的手指在尋找什麼。他比我重超過三十五公斤，年輕二十歲。門在房間遠處，我無法趕在他之前跑到。

他抽出手，我目不轉睛盯著看。他拿出白色手帕，攤開放在大腿上。接著他摘下眼鏡，用拇指和食指抓起布，緩緩擦拭鏡片。或許這套慢動作儀式在替他爭取時間。

他拿起眼鏡，就著光檢查髒污。接著他越過鏡片，直接盯著我。「你是邊講邊掰，還是花了整個週末在想這串屁話？」

壓力散去，宛如橡皮艇破洞漏氣。我做過頭了。我想問巴比我哪裡錯了，但他不會告訴我。撲克牌玩家不會解釋他為何要人亮牌。我一定很接近了，但這就像美國國家航空暨太空總署說火星極地著陸者號墜毀在正確的星球後失蹤，因此也算達成目標。

巴比對我的信心動搖了。他也知道我怕他，對醫病關係來說不是好基礎。我到底在想什麼？我把他像發條玩具扭緊，現在得放開他了。

第二十二章

白色奧迪轎車沿著艾爾吉大街駛來，經過我之後慢下車速。我繼續沿路跛腳前進，一邊腋下夾著網球拍，右大腿有一塊葡萄柚大小的瘀青。盧伊茲坐在駕駛座，看來願意以時速六公里多的速度一路跟我回家。

我停下來轉向他。他探過身打開副駕駛座車門。「你怎麼了？」

「運動受傷。」

「我不知道網球這麼危險。」

「你沒跟我朋友打過。」

我上車坐在他旁邊，車上聞得到陳年菸味和空氣清淨劑的蘋果香。盧伊茲回轉，往西開去。

「我們要去哪裡？」

「案發現場。」

我沒有問為什麼，他的舉止在在表示我沒有選擇。氣溫降到逼近酷寒，薄霧模糊了路燈。彩色燈飾在路旁窗戶上閃爍，大門掛著塑膠聖誕花圈。

我們沿著哈洛路前進，轉進灌木巷。不到一公里後，小巷起伏越過麥特橋，橫越大聯盟運河和帕丁頓車站的鐵軌。盧伊茲靠邊停車，關掉引擎。他先下車，等我跟著下來。他走開時遙控車門上鎖，認定我會跟上。蘇格蘭佬神準的殺球仍害我的大腿僵硬，我輕輕揉搓，跛腳沿路走向橋。

盧伊茲停在一道鐵絲網旁，抓緊鐵柱把身體甩上橋邊的石牆，又抓著同一根柱子滑下另一側。他轉過身，等我過去。

曳船道空無一人，附近的房舍陰暗空蕩。感覺比實際晚了不少——彷彿現在是清晨，世界顯得更為孤單，床鋪更為溫暖。

盧伊茲走在前頭，雙手塞進外套口袋，低著頭。他似乎累積了滿腔怒火。大概走了四百五十公尺後，右側出現鐵軌。殘餘光線照出維修小屋的剪影，車廂停放在停車區。

一輛火車毫無預警呼嘯而過，聲音在錫製小屋和運河的石牆間反彈，聽起來像我們站在隧道裡。

盧伊茲突然在小徑上停下來，我差點撞上他。

「你認出來了嗎？」

我當然知道我們在哪兒。我沒有感到恐懼或難過，只感到憤怒。時間很晚了；我很冷，更不用說我受夠了盧伊茲挖苦的眼神和挑起的眉毛。如果他有話要說，就有屁快放，讓我回家。

「你看過那些照片。」

「對。」

盧伊茲舉起手臂，我一時以為他要揍我。「看那邊，沿著建築邊緣往下。」

我順著他伸長的手看去，看到那道牆，前方顏色較深的一條線必然是他們找到屍體的淺溝。越過他的左肩，我看到樹木的剪影和肯薩爾綠野公墓的墓碑。我記得站在路脊上，看警察挖出凱薩琳。

「我來這裡做什麼？」我內心感到空虛。

「用用你的想像力吧——你不是很在行？」

他很生氣，而且不知為何是我的錯。我不常碰到如此認真的人——除了強迫症患者。就學期間我看過這種人；那些小孩鐵了心要證明自己很強悍，因此永遠打個不停。他們有太多目標要證明，又沒有足夠的時間去實踐。

「我在這裡做什麼？」

「我有一些問題想請教。」他沒有看我。「我也想跟你講幾件巴比・莫蘭的事。」

「我不能談論我的病人。」

「你只要聽就好。」他交替用左右腳支撐身體。「相信我，你會覺得非常精采。」他朝運河走兩步，往水面吐口水。「巴比・莫蘭沒有女友或未婚妻叫奧琪。他住在北倫敦的寄宿住宅，其他房客都在申請政治庇護，等待發派國宅。他無業，快兩年沒工作了。沒有公司叫涅瓦泉——至少沒有營業登記。

「他父親從沒加入空軍——不是技師，不是駕駛，什麼都不是。巴比在利物浦長大，不是倫敦。他十五歲輟學，讀了一陣子夜校，曾在蘭開夏郡的福利工廠當志工。我們沒有查到精神疾病或入院的紀錄。」

盧伊茲邊說邊來回踱步。他的吐息凝結在空中，尾隨著他，彷彿他是蒸汽引擎。「許多人都對巴比讚不絕口。房東說他非常整潔乾淨，她替他洗衣服，不記得在他的衣服上聞過氯仿味。他在福利工廠的前老闆說他『心腸很軟』。

「所以我才覺得奇怪，教授。你提過他的事沒一項是對的。搞錯一兩項細節我可以理解，人都會犯錯，可是感覺我們在講兩個完全不同的人。」

我的聲音沙啞。「不可能是他。」

「我也這麼想，所以我去查了。大傢伙，一百八十八公分，過重，戴約翰・藍儂造型的眼鏡——是我們要找的人沒錯。於是我開始想，為什麼他要對想幫他的心理師說謊？沒道理嘛。」

「他有所隱瞞。」

「有可能，不過他沒有殺凱薩琳・麥布萊。」

「你怎麼這麼肯定？」

「她失蹤那晚，夜校十幾名同學都能證實他在哪裡。」

我的雙腿失去了力氣。

「教授，有時我學得很慢。我老媽以前總說我晚了一天出生，從此就趕不上了。其實我通常最後還是到得了，只是要比聰明人花多一點時間。」他語帶怨懟，並不得意。

「於是我自問，為什麼巴比・莫蘭要扯這些謊？接著我想，還是他沒有撒謊？如果是**你**在撒謊呢？你可能瞎扯一堆，就為了轉移我的注意。」

「你當真嗎？」

「你怎麼知道凱薩琳・麥布萊割斷頸動脈，好加速死亡？驗屍報告沒有提到。」

「我讀過醫學院。」

「我跟你說過了。」

「氯仿呢？」

「沒錯，我研究了一下。你知道只要在口罩或布上滴幾滴氯仿，就能讓人昏迷嗎？要玩弄這種東西，肯定得知道自己在幹什麼。滴太多，受害者會無法呼吸，窒息而死。」

「凶手極有可能有些醫療知識。」

「我也想到了。」盧伊茲在瀝青路上跺腳，試圖取暖。一隻野貓沿著鐵絲網內側閒晃，聽到我們的聲音趕忙趴在地上。我們都停下來看，但貓兒不急著走。

盧伊茲說，「你怎麼知道她是護士？」

「她戴的項鍊。」

「我覺得你馬上就認出她了，其餘都是演戲。」

「不是。」

他的口氣轉冷。「你也認識她的祖父——麥布萊法官。」

「對。」

「當初你怎麼沒說？」

「我覺得不重要，都好多年前了。心理師經常在家事法庭作證，我們會評估小孩和父母，向法庭提供建議。」

「你覺得他如何？」

「他有他的缺點，但他是誠實的法官，我很尊敬他。」

盧伊茲很努力保持友善，但客氣自制對他來說並不容易。

「你知道我覺得哪裡很難解釋嗎？」他說，「為什麼你拖了這麼久才告訴我你認識凱薩琳．麥布萊和她祖父，卻又跟我說了巴比．莫蘭的一堆屁話。不對，抱歉，這樣講不對——你**不**談論你的病人吧？你只是玩小學生的比手畫腳遊戲。好吧，遊戲要兩個人才能玩……」他朝我咧嘴笑，露出潔白的牙齒和陰沉的雙眼。「我告訴你過去兩週我在做什麼吧？我一直在搜索運河。我們弄來清淤設備，把整條水道排乾。有夠累人，我們總共挖出將近一公尺高的腐敗爛泥和黏液，找到失竊的腳踏車、購物推車、汽車底盤、輪轂蓋、兩台洗衣機、輪胎、保險套，還有超過四千根用過的針筒。你知道我們還找到什麼嗎？」

我搖搖頭。

「凱薩琳．麥布萊的手提包和手機。花了一陣子才弄乾，接著我們就看了她的通話紀錄，發現她打的最後一通電話是給你的辦公室。十一月十三號，晚上六點三十七分。她從離這兒不遠的酒吧打的。跟她約好見面的人沒出現，我猜她打電話去問原因。」

「你怎麼確定？」

盧伊茲笑了。「我們也找到她的手帳，泡在水裡太久，紙張都黏在一起，墨水也洗掉了。鑑識科的小夥伴得小心翼翼吹乾，分開頁面，再用電子顯微鏡找微弱的墨水痕跡。現在他們能做到的事真了不起。」

盧伊茲挺胸靠近我，眼睛離我不到幾公分。他要學阿嘉莎．克莉絲蒂筆下的偵探了：這是他的起居室獨白。

「凱薩琳的手帳在十一月十三日有一條註記，寫了大聯盟飯店的名稱。你聽過嗎？」

我點點頭。

「沿著運河大概走一點五公里就到了，離你的網球俱樂部很近。」盧伊茲歪頭示意。「同一頁的底端寫了一個名字，我想她計畫跟這個人見面。你知道是誰的名字嗎？」

我搖搖頭。

「要猜猜看嗎？」

我感到胸口一緊。「我的。」

盧伊茲沒有擺出華麗或勝利的結尾動作。他才剛起頭而已。我看到一抹閃光，他從口袋掏出手銬。我直覺想笑，但接著寒意滲進體內，害我想吐。

「我要以謀殺罪嫌逮捕你。你有權利保持沉默，我有義務警告你，你說的話都會記錄下來，可能用作對你不利的證據……」

鋼鐵手環扣住我的手腕。盧伊茲逼我張開腿，從我的腳踝一路往上搜。

「你有什麼話要說嗎？」

這種時候會想到的事真奇怪。我突然記起以前惹麻煩時，父親總會引述同一句話：「除非要說的話好過沉默，否則什麼都別說。」

第二部

「在地球眼中，我們往往是罪犯。
不僅因為犯罪，還因為我們知道曾犯下哪些罪。」

《鐵面人》

第一章

我盯著同一塊光源太久，當我閉上眼睛，光線仍在眼瞼內側閃耀。窗戶高掛在門上方的牆上。偶爾我會聽到腳步聲走過走廊，監視窗口會順著鉸鏈打開，露出盯著我的眼睛。幾秒後，窗口會關上，我又回去盯著窗戶。

我不知道現在幾點。我必須用手銬、皮帶和鞋帶交換摸起來不像毛料、倒更像砂紙的灰色毛毯。我唯一聽見的聲音是隔壁牢房水箱的漏水聲。

最後一名醉漢抵達後，這兒一直很安靜。時間肯定是酒吧關門之後了——剛好足以讓人在夜班公車上睡著，跟計程車司機打架，最後落到警車後座。我仍能聽到他狂踢牢房門大叫，「媽的我沒有碰他。」

我的牢房長六步，寬四步，有馬桶、水槽和上下鋪。每面牆上都是畫、刮、鑿、抹上的塗鴉，警方試圖蓋掉圖案的奮勇努力並無效果。

我不知道盧伊茲去哪兒了。他八成窩在被窩裡，夢想讓世界變得更安全。我們的第一次偵訊只維持幾分鐘，當我說我要找律師，他建議，「找好一點的啊。」

大部分我認識的律師不會在晚上這個時間出門見客戶，於是我打給蘇格蘭佬吵醒他。我聽到背景有女生抱怨的聲音。

「你在哪裡？」

「哈洛路警局。」

「你在那裡做什麼？」

「我被逮捕了。」

「哇！」只有蘇格蘭佬聽到這種消息會肅然起敬。

「我需要你幫忙。打電話給茱麗安，告訴她我沒事。跟她說我在幫忙警方調查，她知道是哪件事。」

「你幹嘛不跟她說真話？」

「拜託，蘇格蘭佬，別問。我需要時間處理。」

之後我就在牢內踱步。我站著，坐下，走動，坐在馬桶上。緊張的情緒害我便秘，或是服藥的後果吧。盧伊茲認為我有所隱瞞，或選擇性分享事實。後見之明是一門精密科學，現在我犯的錯不斷在腦中分裂，帶著一堆問題搶奪空間。

大家都說省略也有罪。這話什麼意思？誰決定哪些事有罪？我知道我在挑語病，可是光看大家愛說教又妄下結論的德性，誰都會覺得真相確實存在，可以拿起來四處傳閱，經過秤重丈量，最後為人接受。

但真相不是這樣。我明天告訴你這個故事，會跟今天講的不一樣。我會透過防衛機制篩選細節，合理解釋我的行為。不管喜不喜歡，真相**就是**文字遊戲。

我沒有從素描認出凱薩琳，我在太平間看到的屍體比起真人更像遭到破壞的櫥窗模特兒。都過五年了，而且我一確定就告訴盧伊茲。沒錯，我可以更早說，但他早就知道她的名字了。

沒有人喜歡認錯，我們都討厭坦承該做和真正做到的事之間有很大的落差。於是我們要不改變行為，就是改變立場。我們會找藉口，或用比較正面的角度重新詮釋自己的舉止。我們這一行稱之為**認知失調**。這招對我無效，我內心的聲音——要說是我的良心、靈魂或守護天使都好——總是悄聲說，「騙子，騙子，騙子會火燒褲子……」

盧伊茲說得對，我惹上天大的麻煩了。

我躺在窄床上，感到彈簧壓進我的背。

一早六點半把姊姊的新男友叫來警局，這樣歡迎他加入我們家實在太詭異了。我認識的刑事律師不多。通常我都跟檢察官來往，依照我在法庭給的意見，他們要不把我當作最好的新朋友，不然就是腳踩到的髒東西。

賽門一小時後抵達。我們沒有閒聊派翠西亞或稱讚週日的午餐，他反而拉來一張椅子，示意我坐下。我們要談公事。

拘留牢房在樓下，起訴室肯定在附近。我可以聞到咖啡香，聽到敲打電腦鍵盤的聲音。偵訊室的窗戶是百葉窗，一條條天空開始轉亮。

賽門打開公事包，拿出藍色文件夾和大本的制式筆記本。我很訝異他能兼具聖誕老人的體格和律師的神態。

「我們得做決定。警方想盡快開始偵訊，你有什麼要告訴我嗎？」

我感到自己飛快眨眼。他這話什麼意思？他認為我要自白嗎？

「我要你把我弄出去。」我說得有點唐突。

他開始解釋，警察暨刑事證據法給警方四十八小時決定要起訴嫌犯，還是放他們走，除非法院另有指示。

「所以我可能在這兒待上兩天？」

「對。」

「太誇張了！」

「你認識這個女生嗎？」

「對。」

「她過世當晚，你有約好跟她見面嗎？」

「沒有。」

賽門記下筆記。他靠著筆記本，草草寫下一條條細項，替某些字畫底線。

「很簡單，」他說，「你只需要提供十一月十三日的不在場證明。」

「我沒辦法。」

賽門朝我露出疲憊的表情，就像老師沒聽到預期的答案。他拍掉西裝袖子上一搓絨毛，彷彿把問題掃到一邊。接著他突然起身，敲門兩下，示意他談完了。

「就這樣嗎？」

「對。」

「你不問我有沒有殺她嗎？」

他好氣又好笑地說，「把答辯省下來給陪審團聽吧，你最好禱告不用走到那一步。」

門在他身後關上，但房內仍充滿他留下的一切——失望、坦白和鬍後水的味道。五分鐘後，女警帶我走過走廊到偵訊室。我不是第一次進來，剛開始工作時，我偶爾會在青少年接受偵訊時擔任「成年陪同者」。

桌子和四張椅子佔掉大半空間，遠方角落有一台巨大的錄音機，可以記錄時間碼。牆上或窗台上都沒有東西。女警就站在門內，努力不看我。

盧伊茲走進來，後頭跟著一名較高的年輕警探，頂著一張長臉和歪斜的牙齒。賽門跟著他們走進偵訊室，他在我耳邊悄聲說，「如果我碰你的手肘，就是要你安靜。」

我點頭同意。

盧伊茲在我對面坐下，連外套都沒脫。他伸手抹抹下巴的鬍鬚。

「這是凱薩琳．瑪莉．麥布萊謀殺案的嫌犯喬瑟夫．保羅．歐盧林教授的第二次正式偵訊。」他為了錄音說，「參與偵訊的人員有文森．盧伊茲督察長、約翰．奇伯警佐，以及歐盧林醫生的法定代表賽門．科許。現在時間是早上八點十四分。」

女警確認錄音機運作正常後，朝盧伊茲點頭。他把雙手放在桌上，指頭相交。他的視線落在我身上，默不作聲。我必須承認，他的停頓很有說服力。

「今年十一月十三日晚上你在哪裡？」

「我不記得了。」

「你跟太太在家嗎？」

「沒有。」

他挖苦地說，「這部分你倒記得？」

「對。」

「你那天有工作嗎？」

「有。」

「你幾點離開辦公室？」

「我下午四點有約看醫生。」

類似的問題持續下去，逼問細節。盧伊茲努力想逮住我。他跟我都知道，撒謊比說實話難很多。問題都藏在細節裡。故事編得越複雜，就越難維持，反而會變成拘束衣，把你綁得更緊，給你更小的移動空間。

他終於問起凱薩琳。房內一片沉默。我瞥了賽門一眼，他沒說什麼。偵訊開始後，他一句話都沒說，坐在盧伊茲斜後方的年輕警探也是。

「你認識凱薩琳．麥布萊嗎？」

「對。」

「你們第一次在哪裡見面？」

我全盤托出——她的自殘問題和諮商；她看似好轉，但終究離開馬斯登醫院。談論臨床案例感覺很怪，我的聲音聽起來莫名刺耳，彷彿我太努力想說服他們。

等我講完，我攤開雙手，表示說完了。我在盧伊茲眼中看到我的倒影，他在等我繼續說。

「你為什麼沒有把凱薩琳的問題通報醫院高層？」

「我可憐她。我覺得讓盡責的護士丟掉飯碗太殘忍了，對誰有好處？」

「只有這樣嗎？」

「對。」

「你跟凱薩琳．麥布萊有外遇嗎？」

「沒有。」

「你跟她有過性關係嗎？」

「沒有。」

「你最後一次跟她說話是什麼時候？」

「五年前，我不記得確切日期了。」

「為什麼凱薩琳過世當晚打電話到你的辦公室？」

「我不知道。」

「我們有其他通話紀錄，顯示她兩週前打給同樣的號碼兩次。」

「我無法解釋。」

「她的手帳寫了你的名字。」

我聳聳肩。這是另一個謎團。盧伊茲大掌一拍桌面，大家都嚇得跳起來，賽門也是。

「你那天晚上跟她見面。」

「沒有。」

「你從大聯盟飯店引誘她離開。」

「沒有。」

「你折磨她。」

「沒有。」

「少講屁話了！」他徹底暴走。「你刻意隱瞞資訊，花了三個禮拜掩飾你的疏失，誤導調查，想引導警方不要查到你。」

賽門碰碰我的手臂。他希望我安靜，但我忽視他。

「我沒有碰她，我沒有見她。你手上什麼都**沒有**！」

賽門更堅持說，「我想跟我的客戶談談。」

誰管他！我不想裝客氣了。「我哪有理由殺害凱薩琳？」我大叫，「你在手帳裡找到我的名字，查到一通電話打到我的辦公室，但沒有動機。拜託你好好工作，找到一些證據再來指控我。」

年輕警探咧嘴笑了。我意識到哪裡不對勁。盧伊茲打開面前桌上的綠色薄文件夾，從中拿出一張影本，滑到我面前。

「這封信寫於一九九七年四月十九日，收件人是皇家馬斯登醫院的資深護士管理員。凱薩琳・麥布萊在信中指控你在醫院辦公室性侵她，她說你催眠她，撫弄她的胸部，拉扯她的內褲——」

「我跟你說過了，她撤回了申訴。」

我的椅子砰的一聲往後倒，我意識到我站了起來。年輕警探動作比我快，他的體格與我相當，顯得躍躍欲試。

盧伊茲看來興高采烈。

賽門抓住我的手臂。「歐盧林教授……喬……我建議你別說了。」

「你看不出來他們想幹嘛？他們在扭曲事實——」

「他們在問合理的問題。」

警訊響徹我全身。盧伊茲這麼做有目的。賽門扶起我的椅子，拉開讓我坐下。我茫然盯著遠方牆面，累得麻木。我的左手顫抖，兩名警探都靜靜盯著看。我坐下來，把手塞到膝蓋之間，止住震顫。

「十一月十三號晚上你在哪裡？」

「西區。」

「你跟誰在一起？」

「只有我，我喝醉了。那天我剛接到身體健康的噩耗。」

這話懸在空中，像撕裂的蜘蛛網尋找能抓的地方。賽門首先打破沉默，解釋我得了帕金森氏症。我想阻止他，這是**我的**問題，我不要別人同情。

盧伊茲毫不浪費時間。「症狀包括失憶嗎？」

我鬆了一大口氣，忍不住笑出來。我不希望他待我不同。盧伊茲繼續逼問，「你到底去哪裡喝酒？」

「好幾家酒吧和葡萄酒館。」

「在哪裡？」

「萊斯特廣場、科芬園……」

「你能給我任何一家的店名嗎？

我搖搖頭。

「有人能確認你的行蹤嗎？」

「沒有。」

「你幾點到家？」

「我沒有回家。」

「你在哪裡過夜？」

「我不記得了。」

盧伊茲轉向賽門。「科許先生，請指示你的當事人——」

「我的當事人明確向我表示他不記得當晚在哪裡過夜，他知道這對他的處境沒有幫助。」

盧伊茲的表情難以判讀。他瞥向腕錶，唸出時間，然後關掉錄音機。偵訊完了。我掃過每張臉，心想接下來會怎麼樣。結束了嗎？

年輕女警回到房內。

盧伊茲問，「備好車了嗎？」

她點點頭，打開門。盧伊茲大步走出去，年輕警探替我的手腕戴上手銬。賽門開始抗議，但他們交給他一張搜索令，兩面都印上大寫的地址。我要回家了。

我對兒時聖誕節最鮮明的回憶是聖馬克聖公宗學校的聖誕劇，我扮演其中一位東方三博士。我之所以印象深刻，是因為扮演小嬰兒耶穌的羅素．考科藍太緊張，結果尿褲子，滴到聖母瑪利亞的藍長袍正面。扮演瑪利亞的美女珍妮．龐德實在太生氣，當場把羅素摔在地上，踹了他的下體一腳。觀眾同時呻吟一聲，但仍蓋不住羅素吃痛的哭喊。整齣戲分崩離析，只好提早落幕。

幕後的鬧劇更是精彩萬分。羅素的父親身材高大，頭型像子彈。他是警佐，偶爾會到學校宣導道路安全。他在後台堵住珍妮．龐德，威脅要以傷害罪名逮捕她。珍妮的父親大笑，沒想到卻是大錯特錯。考科藍警佐當場替他上銬，推著他沿斯塔福德街走到警察局，關了他一晚。

我們的聖誕劇登上全國報紙。《太陽報》的頭條寫，「聖母瑪利亞的父親遭到逮捕。」《星報》則寫：「小嬰兒耶穌的蛋蛋不保！」

我會想起這件事是因為查莉。她會看到我戴著手銬，夾在警察中間嗎？她會怎麼看待她的父親？

沒標誌的警車從地下停車場開上斜坡，駛進日光。賽門坐在我旁邊，用大衣蓋住我的頭。透過潮濕的毛料，我勉強看見閃光燈和電視攝影燈的閃光。我不知道多少攝影師在場，我聽到他們的聲音，感到警車加速開走。

車陣在馬里波恩路塞住緩下。行人似乎會遲疑地盯著車子看，我深信他們在看我——猜想我是誰，為什麼坐在警車後座。

我問，「我可以打電話給我太太嗎？」

「不行。」

「她不知道我們要過去。」

「沒錯。」

「可是她不知道我被逮捕了。」

「你早該跟她說的。」

我突然想起公事。我今天有病患，約診都得改期。「我可以打給秘書嗎？」

盧伊茲轉頭瞥向我。「我們也有搜索令要搜你的辦公室。」

我想爭論，但賽門碰碰我的手肘。「這都是正當流程。」他悄聲說，努力想安撫我。

三輛警車組成的車隊停在我家門前的路中央，擋住雙向道路。警探們甩門下車，迅速就定位，有些從屋側小徑繞到後院。

茱麗安來前門應門。她戴著粉色橡膠手套，伸手把瀏海撥到一邊時，一抹泡沫黏到頭髮上。一名警探把搜索令交給她，但她沒有看。她忙著盯著我瞧，看到手銬和我臉上的表情。她瞪大雙眼，震驚又無法理解。

我叫道，「叫查莉待在裡頭。」

我看著盧伊茲，哀求他。「別在我女兒面前這樣，**拜託**。」

我沒在他眼中看到反應，但他探進外套口袋，找到手銬鑰匙。兩名警探抓住我的手臂。

茱麗安不斷問問題，忽視擠過她走進屋內的警員。「喬，怎麼回事？你怎麼……？」

「他們覺得我跟凱薩琳的死有關。」

「怎麼會？為什麼？太誇張了，你在幫他們調查啊。」

樓上有東西掉落摔破。茱麗安往上一瞥，又轉回來看我。「他們在我們家做什麼？」她快哭出來了。「喬，你做了什麼？」

我看到查莉的臉從起居室探出來，但茱麗安一轉頭，她又躲起來。她吼道，「小傢伙，妳待在裡面。」她聽起來不像生氣，更像害怕。

前門完全敞開，經過的人都能看到裡頭發生的事。我聽到他們拉開樓上的櫥櫃和抽屜，抬起床墊把床框拖到一旁。茱麗安不知道該怎麼辦，她想保護房子不受破壞，但她更想聽我的答案。我無法回答她。

警探帶我到廚房，我看盧伊茲隔著落地玻璃門往外看向花園。外頭好幾個人拿鏟子和鋤頭翻起草地。達約靠著查莉的鞦韆，嘴裡叼著菸。他透過煙霧看我，眼神好奇又無禮。微微一絲笑意勾起他的嘴角——彷彿目睹警察給保時捷開停車罰單。

他不甘願地轉身，讓香菸掉在碎石子地上，繼續燃燒。他彎下腰，撕開散熱器的塑膠包裝。

「我們問過你的鄰居。」盧伊茲解釋，「有人看到你在花園埋東西。」

「一隻泡泡眼金魚。」

盧伊茲目瞪口呆。「你再說一次？」

茱麗安因為事情太過荒謬而笑出聲來。我們的人生成了蒙提・派森的搞笑鬧劇。

「他埋了查莉的金魚。」她說，「就在李子樹下，倉鼠哈洛旁邊。」

我們後頭幾名警探忍不住咯咯笑。盧伊茲氣得火冒三丈。我知道不該刺激他，但笑一笑感覺真好。

第二章

我屁股和肩膀下的床墊壓縮得跟水泥一樣硬。我才躺下，耳中便湧上澎湃的血流聲，思緒開始狂奔。我想溜進平靜的虛無，卻反而追著危險的想法，任其在想像中越滾越大。

盧伊茲應該已經約談了茱麗安。他一定問了我十一月十三號在哪裡，她會說我在蘇格蘭佬家過夜。她只是轉述我告訴她的話，不會知道那是謊言。

盧伊茲必然也跟蘇格蘭佬談過了。他會告訴警察我那天五點離開他的辦公室，他邀我去喝酒，但我婉拒了，說要回家。我們三人的說詞都對不上。

茱麗安整晚都在起訴室，希望能見我一面。盧伊茲跟她說可以見我五分鐘，但我無法面對她。我知道這樣做很惡劣，我知道她一定很害怕、困惑、生氣又擔心得要命。她只想要一個解釋，想聽我說不會有事。比起盧伊茲，我更怕面對她的質問。我要怎麼解釋伊萊莎的存在？我要怎麼矯正過錯？

茱麗安問過我，和我五年沒見的女子遭到謀殺，結果警方請我幫忙指認她，是否不尋常？當時我不假思索告訴她，巧合只是幾件事同時發生罷了。現在一個又一個巧合不斷累積。巴比轉診給我的機率有多少？凱薩琳過世當晚打電話到我辦公室的機率呢？巧合什麼時候不再是巧合，變成模式？

我沒有疑神疑鬼，沒有眼角看到黑影亂竄，或幻想邪惡的陰謀。可是現在發生的事比看得到的所有部位合起來還要複雜。

我想著想著便睡著了，半夜又突然驚醒，喘不過氣，心臟狂跳。我看不到是誰或什麼在追我，但我知道有東西在看我、等我、笑我。

空蕩的牢房似乎放大了所有聲音。我躺在床上，聽床墊彈簧像翹翹板嘎吱作響，水箱滴水，醉漢說夢話，守衛的腳步聲在走廊迴盪。

就是今天了，警方要不起訴我，不然就得放我走。我應該要更擔心焦慮一點，但我大多只感到疏離，彷彿發生的事與我無關。我在牢房來回踱步，心想人生多麼荒謬。看看這些轉折和變化，巧合和惡運，錯誤和誤解。我不覺得生氣或怨怒。我對體制有信心，很快警方就會發現不利於我的證據不足，必須放我走。

想到我通常對法理法治嗤之以鼻，現在如此樂觀不免有點奇怪。每天都有無辜的人遭到不當對待，我看過證據，不容置疑。然而我卻不怕同樣的事發生在我身上。

都怪母親和她對警察、法官、政治家等權威人士堅定的信念吧。她在科茲窩的小村落長大，鎮上警長騎腳踏車巡邏，知道當地每個人的名字，能在半小時內解決大多數的案件。他是公平與誠實的典範。從此以來，即使時時聽聞警方栽贓證據、收賄、偽造證詞，我母親的信念都不曾動搖。她會說，「上帝造的好人多於壞人，」彷彿數人頭就能解決一切。當這句話聽起來極為不可能，她會補上一句，「他們到天堂會得到報應。」

門下半部的開口打開，推進來一個木托盤，滑過地面。我收到一瓶柳橙汁、我猜是炒蛋的灰色爛泥，還有在烤麵包機上晃過的兩片土司。我把早餐放在一旁，等賽門來。

他的絲質領帶印有冬青和銀鈴，看來很喜氣。查莉也會送我這種領帶當聖誕禮物。我猜想賽門是否結過婚，或有小孩。

他等一下還要出庭，不能久待。我看到他的公事包露出幾縷律師戴的馬毛假髮。他說警方要我的血液和頭髮樣本，我沒有意見。他們還希望訪談我的父母，但法官拒絕讓他們查看我的檔案。做得好。

最重大的消息是凱薩琳打到我辦公室的兩通電話。米娜，感謝親愛的米娜，她告訴警探她在十一月初跟凱薩琳通過兩次電話。

我完全忘了我在找新秘書。米娜在《衛報》的醫療職缺版面放了廣告，招募有經驗的醫療護士，或受過護士訓練的求職者。我們收到超過八十封申請。我跟賽門說明，越講越興奮。「米娜要整理出最後十二人的名單。」

「凱薩琳在名單上。」

「對。可能吧，她一定是上了，才會打電話來。問米娜就知道了。」凱薩琳知道她是申請要當**我**的秘書嗎？米娜一定有提到我的名字。也許凱薩琳想嚇我一跳，或者她認為我不會讓她面試。

賽門用手指夾夾領帶，一副要剪斷的樣子。「為什麼控訴你性侵的女生會來應徵當你的秘書？」他聽起來像檢察官。

「我沒有性侵她。」

他沒有回答，只是看了一眼手錶，闔上公事包。「我覺得你不要再回答警方的問題了。」

「為什麼？」

「你只會替自己把洞越挖越深。」

賽門穿上大衣，彎腰從黑鞋如鏡的表面拍掉一抹泥土。「他們還有八小時。除非找到新事證，你今天傍晚就能回家了。」

我枕著雙手，躺在床上盯著天花板。有人在角落塗鴉寫道：「沒有陽光的白天就像……晚上。」天花板至少有三點五公尺高，怎麼有人搆得到？

在牢中與世隔絕感覺很怪，我不知道過去四十八小時發生了什麼事。我很好奇我錯過了什麼。希望我的父母已經回威爾斯了。查莉開始放聖誕假期；鍋爐該修好了；茱麗安會包好禮物，放在聖誕樹下……蘇格蘭佬會挖出他的聖誕老人裝，照慣例去巡兒童病房。還有巴比——他在做什麼？

下午過了一半，他們又叫我去偵訊室，盧伊茲和同一個警佐在裡頭等我。賽門抵達時因為爬樓梯氣喘吁吁，手裡抓著塑膠三角盒裝的三明治和一瓶柳橙汁。

他不好意思表示，「我來不及吃午餐。」

警察按下錄音機。

「歐盧林教授，幫幫我吧。」盧伊茲刻意露出禮貌的笑。「凶手真的經常會回到犯案現場嗎？」

他想做什麼？我瞥向賽門，他示意我應該回答。

「『印記型殺手』偶爾會回現場，但通常只是都市傳說。」

「什麼是『印記型殺手』？」

「每個凶手都有行為印記——就像留在犯罪現場的凶手影子，像簽名。也許是他們綁帶子的手法，或棄屍的方式。有些人會忍不住回到現場。」

「為什麼？」

「可能的原因很多。也許他們想要幻想重溫自己的傑作，或收集紀念品。有些人會感到愧疚，或純粹想待在附近。」

「所以綁架犯通常會協助搜索？」

「對。」

「縱火犯會幫忙滅火？」

我點點頭。警佐裝得像復活節島的石雕。盧伊茲打開文件夾，拿出幾張照片。

「十一月二十四日星期天，你在哪裡？」

原來如此——他找到這兒來了。

「我去探視我的姨婆。」

他眼中亮起興奮的火花。「什麼時候？」

「早上。」

「她住在哪裡？」

「肯薩爾綠野公墓。」

事實令他失望。「我們的監視攝影機拍到你的車停在停車場。」他把照片滑過桌面，畫面中我正把一箱落葉交到查莉伸出的手中。

盧伊茲掏出另一張紙。「你記得我們怎麼找到屍體嗎？」

「你說狗把地扒開了。」

「報案的人沒有留下姓名或聯絡電話。他從墓園入口附近的公共電話打來，你在附近有看到人嗎？」

「沒有。」

「你有用那台公共電話嗎？」

他總該不會想說是我報的警吧？

「你說死者非常熟悉那塊區域。」

「對。」

「你對那塊區域有多了解？」

「督察長，我大概知道你想問什麼了。就算我殺了凱薩琳，把她埋在運河邊，你真的覺得我會帶太太和女兒一起去看警察挖她出來？」

盧伊茲一把蓋上文件夾，怒吼道，「問題是我在問，你乖乖回答就好。」

賽門插嘴，「也許我們都該冷靜一下。」

盧伊茲探過桌面，直到我能看清他鼻子肌膚下的微血管。我發誓他能透過那些毛孔呼吸。

「你願意沒有律師陪同跟我談嗎？」

「你要關掉錄音機。」

賽門反對，並想單獨先跟我談。我們在外頭走廊坦白交換意見，他說我這樣很蠢，我也同意。可是假如我能讓盧伊茲聽進去，或許就能說服他再調查巴比一次。

「我要紀錄顯示我建議你別這麼做。」

「別擔心，賽門。沒有人會怪你。」

盧伊茲在等我。菸灰缸擱著一根點燃的香菸，他目不轉睛盯著菸逐漸燒盡。灰色菸灰疊成畸形的塔狀，稍微吹一下就會倒。

「我以為你要戒菸。」

「是啊，我只是喜歡看。」

菸灰倒下，盧伊茲把菸灰缸推到一旁。

他點點頭。

只有我們兩人，房間感覺大多了。盧伊茲把椅子往後推，雙腳擱在桌上。他的黑色雕花皮鞋鞋跟都磨壞了，一邊襪子上方的白色腳踝沾到一抹黑色鞋油。

「我們拿你的照片去萊斯特廣場和查令十字路口的每一家酒吧和葡萄酒館問。」他說，「沒有一個酒保記得你。」

「我的長相不好記。」

「我們今天晚上會再去一次，或許能喚起誰的記憶，但我覺得不太可能。我不認為那天你在西區附近。」

我沒有回答。

「我們也把你的照片給大聯盟飯店的常客看，沒有人記得見過你。他們記得凱薩琳，幾個傢伙說她打扮得很漂亮。其中一個人想請她喝酒，但她說她在等人。她在等你嗎？」

「不是。」

「不然是誰？」

「我還是覺得是巴比．莫蘭。」

盧伊茲低聲嘟囔，最後猛咳一聲。「你真的不放棄耶？」

「凱薩琳沒有在失蹤當晚死亡，她的屍體整整十一天後才找到。折磨她的人花了很長的時間擊潰她的意志——也許花了好幾天。巴比做得到。」

「沒有證據指向他。」

「我覺得他認識她。」

盧伊茲諷刺地笑了。「這就是我倆工作的不同。你的結論來自常態分佈曲線和實證模型，只要聽到悲慘童年的賺人熱淚故事，你就準備要人家接受十年諮商。我只看事證，現在所有事證都指向你。」

「那直覺呢？本能呢？我以為警探常用這幾招。」

「我想拿到監視預算的時候就不用了。」

我們靜靜坐著，衡量我們之間的鴻溝。終究盧伊茲開口了。「昨天我跟你太太聊過，她說你最近有點『疏遠』。你建議全家出遊……去美國。非常突然，她說不上來為什麼。」

「跟凱薩琳無關，我只是想多看看世界。」

「免得為時已晚。」他的語氣放軟。「說說你的帕金森氏症吧。聽到這種噩耗一定很痛苦吧——尤其你有漂亮的太太、年幼的女兒，還有成功的事業。你會少活幾年？十年？二十年？」

「我不知道。」

「我認為這種消息會讓人對世界很不爽。你處理過癌症病患，告訴我——他們會心生怨懟，覺得被騙嗎？」

「有些會。」

「我敢打賭有些人會想毀了世界。為什麼只有他們運氣這麼差，對吧？碰到這種狀況你會怎麼做？靜靜地離去，還是衝著人生的盡頭發狂？你可以去算舊帳，或補償過錯。如果沒別的選擇，這時執行有點暴力的正義也沒什麼錯。」

我想笑他笨拙的心理分析。「警探，你會這麼做嗎？」盧伊茲花了一會兒才意識到換我在剖析他。「你認為義俠精神會控制你嗎？」

他眼中充滿懷疑，但他沒讓情緒久留。他想繼續，改變話題，但我想先糾正他對絕症或不治之症患者的看法。沒錯，有些人會因為絕望無力而感到挫折發怒，但怨懟和怒火很快會消失。他們不再自怨自哀，反而會面對逆風的狂吼，展望未來。他們會發誓珍惜所剩的每一刻；吸乾生命的骨髓，直到汁液滴下下巴。

盧伊茲把腳滑回地上，雙手平放在桌上，撐起身子。他說話時沒看我。「我想起訴你謀殺，但公訴部門主管說證據不夠。他說得對，但我也沒錯。我會繼續調查，直到我們找到更多證據，就看什麼時候。」他的眼睛看向遙遠的彼方。

我問道，「你不喜歡我吧？」

「不怎麼喜歡。」

「為什麼？」

「因為你覺得我是愚蠢又滿嘴髒話的勞碌命，既不看書，還以為相對論跟近親繁殖有關。」

「才沒有。」

他聳聳肩，伸手握住門把。

我問道，「你的決定多少是出自私心？」

他的答案穿過關上的門隆隆傳來。「別往自己臉上貼金了。」

第三章

過去四十八小時緊跟著我的同一名女警把我的網球拍交給我，還有一個包裹裝著我的手錶、錢包、婚戒和鞋帶。我得清點我的現金，包括零錢，再全數簽收。

起訴室牆上的鐘寫著早上九點四十五分。今天星期幾？星期三，距離聖誕節七天。櫃台上放著一棵銀色小聖誕樹，掛了幾顆裝飾球和歪斜的星星。後方牆上掛的橫幅寫著「願所有人安祥好運。」

女警說可以幫我叫計程車。我坐在等候區，直到司機按喇叭叫我。我又累又髒，渾身都是積累的汗臭味。我應該回家，但滑進計程車後座時，我感到勇氣消退。我想叫司機往反方向開，我不想面對茱麗安。花言巧語對她沒用，我只剩不夠格的事實。

我沒像愛她這樣愛過任何人——直到查莉出生。背著她偷吃沒有藉口。我知道大家會怎麼說，他們會說是標準的中年危機，我年滿四十，害怕人生苦短而發生了一夜情。或者他們會說都是我自憐自憫，在得知罹患漸進神經疾病的同一天睡了另一個女人——趕在身體不聽使喚前好好享受刺激的性愛。

我沒有藉口解釋發生的事。那晚不是意外或一時意亂情迷，只是一個錯誤，一場性愛，還有眼淚、精液和不是茱麗安的女人。

那天，蘇格蘭佬剛告訴我噩耗。我坐在他的辦公室，動彈不得。亞馬遜雨林一定有一隻超大的蝴蝶拍了翅膀，因為牠帶動的震波擊倒了我。

蘇格蘭佬提議帶我去喝酒，但我婉拒了。我需要呼吸新鮮空氣。隨後幾小時，我在西區閒晃，流連酒吧，盡量想感覺像一般人，只是在小酌幾杯放鬆。

起初我以為我想獨處，但後來我發現我真的需要找人聊聊。這個人不屬於我完美的人生：不認識茱麗安或查莉，也不認識我的親友。於是我來到伊萊莎的門口。我主動決定去找她，並不是意外。

起初我們只是聊天，聊了好幾個小時。（茱麗安大概會說我的不忠因此更糟，因為不只是男人慾求不滿的渴望。）我們聊了什麼？兒時回憶，最喜歡的節日，特別的歌曲。或許我們都沒聊這些，但話語不重要。伊萊莎知道我很痛苦，但沒有問為什麼。她知道我會自己告訴她，不然就不會說，對她來講沒差。

我不太記得接下來發生的事。我們接吻，伊萊莎把我拉到她身上，她的腳跟碰撞我的背。她非常緩慢帶我進入體內，我呻吟著高潮，痛苦隨之而去。

我在她家過夜。第二次換**我**主動佔有她。我推倒伊萊莎，暴力地長驅直入，震得她的屁股晃動，胸部顫抖。結束後，精液沾濕的白色衛生紙像落葉掉在地上。

說來奇怪，我以為會滿心愧疚或困惑，根本沒料到我感覺非常正常。我深信茱麗安馬上會看穿我。她不需要在我的衣服上聞到味道，或在領子上看到口紅印。她直覺就會知道，就像她似乎知道我的每件事。

我從不認為我愛冒險，也不會因為鋌而走險感到興奮。認識茱麗安之前，我在大學有過一兩次一夜情，那時覺得挺正常的。蘇格蘭佬說得對——左派女生比較容易拐上床。這回狀況不一樣。

計程車司機很樂意擺脫我。我站在人行道上，盯著我的家。只有屋側小徑旁的廚房窗口露出燈光。

我把鑰匙插進鎖孔，走進屋內，在走廊盡頭一片方形光源中看到茱麗安的剪影。她站在廚房入口。

「你怎麼不打給我？我可以去接你……」

「我不想要查莉去警察局。」

我看不見她的表情，她的聲音聽起來還好。我放下網球用具，走向她。她剪短的深色頭髮亂七八糟，雙眼因為失眠而浮腫。我想伸手摟她，但她躲了開來。她幾乎無法正眼看我。

問題不只是小小的謊言。我把警察帶到她家：他們打開櫥櫃，查看床底，翻看她的私人物品。鄰居看到我上銬，我們的花園被挖開。警探偵訊她，詢問我們的性生活。她在警局等了好幾個小時，希望能見我，卻吃了閉門羹——不是因為警方，而是我。發生這麼多事，卻沒有一通電話或一封簡訊協助她理解。

我瞥向餐桌，看到一疊散落的報紙，每一張都是同一篇新聞。一則頭條寫道，「麥布萊謀殺案逮捕心理師」，另一則寫道，「知名心理醫生遭到拘捕」。報紙刊登我坐在警車後座的照片，賽門的外套罩在我頭上。我看起來有罪。把外套罩在德蕾莎修女頭上，她也會**看起來**有罪。為什麼嫌犯都這麼做？微笑揮手肯定比較好吧。

我癱坐在椅子上，翻起報導。有一份報紙用了我蹲在馬斯登醫院屋頂上的遠攝照片，我胸前的安全帶捆著麥肯。第二張照片則是我罩著外套，雙手上銬放在大腿上。意思很明顯了——我從英雄成了狗熊。

茱麗安把快煮壺裝滿水，拿出兩個馬克杯。她身穿深色內搭褲，以及我在肯頓市集替她買的大尺碼毛衣。我跟她說是我要穿的，但我知道下場會如何。她總是借穿我的毛衣，說她喜歡聞起來的味道。

「查莉在哪兒？」

「她睡了，都快十一點了。」

水煮沸後，她倒滿兩個杯子，抖抖茶包。我聞到薄荷香。茱麗安有一整櫃的各種花草茶。她坐在我對面，視線不帶情緒落在我身上。她稍微轉動手腕，掌心向上。單靠一個簡單的動作，她示意了她在等我解釋。

我想說全都是一場誤會，但我怕聽起來像陳腔濫調，於是我順著事件發展講——至少就我知道的部分。我說盧伊茲認為我跟凱薩琳的謀殺案有關，因為警方從運河撈出她的手帳，裡頭有我的名字；凱薩琳來倫敦參加面試，應徵當**我**的秘書。我完全不知情，是米娜篩選最終面試人選。凱薩琳一定是看到了求職廣告。

茱麗安快我一步。「就這一個原因，警方不可能逮捕你吧？」

「沒錯。通話紀錄顯示她在遇害當晚打給我的辦公室。」

「你有跟她說話嗎？」

「沒有，我跟蘇格蘭佬有約。他就是那天告訴我……妳也知道。」

「誰接的電話？」

「我不知道，米娜提早回家了。」

我垂下眼，避開她的視線。「警方挖出她的性侵申訴，他們覺得我跟她外遇——她威脅要毀了我的職涯和婚姻。」

「可是她撤回申訴了。」

「我知道，但妳可以想像不太好看。」

茱麗安把杯子推到餐桌中央，滑下椅子。她的眼睛不再緊盯著我，我感到放鬆一些。即使不看她，我也清楚知道她在哪兒——她站在落地窗旁，透過她的倒影，看她以為熟悉的男子坐在桌旁。

「你說你跟蘇格蘭佬在一起，你們喝醉了。我知道你騙我，我一直都知道。」

「我確實喝醉了，但不是跟蘇格蘭佬。」

「你跟誰在一起？」她的問題簡短、尖銳又明確。茱麗安就是這樣——率性直接，所有溝通管道都是條條大路。

「我在伊萊莎．維拉斯科家過夜。」

「你有跟她上床嗎？」

「有。」

「你跟妓女做了？」

「她不是妓女了。」

「你有戴保險套嗎？」

「聽我說，茱麗安，她不當妓女很多年了。」

「**你……有……戴……保……險……套……嗎？**」每個字都咬字清楚。她居高臨下站在我的椅子旁，眼眶盈滿淚水。

「沒有。」

她用盡全身的力量甩了我一巴掌。我捧著臉頰踉蹌滾到一旁，嘴內嚐到血味，耳中聽到高頻的嗡嗡聲。

茱麗安伸手撫上我的大腿，放柔聲音。「我打得太用力了嗎？我不習慣打人。」

我向她保證，「我還好。」

她又打了我一掌，這次更用力。我跪倒在地，盯著拋光打亮的地板。

「你這個自私、愚蠢、窩囊、劈腿、撒謊的混蛋！」她吃痛甩著手。

我成了不會動的目標。她握起不痛的手，猛捶我的背，不斷尖叫：「妓女！沒戴套！然後你還回家上我！」

「不是！拜託！妳不了解——」

「滾出去！這棟房子不歡迎你！你**不准**見我，你**不准**見查莉。」

我蹲在地上，感到該死又可悲。她轉身離開，沿著走廊走到起居室。我撐起身子跟上去，迫切尋找我們之間還沒結束的跡象。

我看到她跪在聖誕樹前，手裡拿著園藝剪刀。她俐落剪斷樹的頂端三分之一，導致樹看來像巨大的綠色燈罩。

「我很抱歉。」

她沒有回答。

「請聽我說。」

「為什麼？你要對我說什麼？說你愛我？她什麼都不是？說你**上了**她，但跟我是**做愛**？」

跟茱麗安爭執就是難在這兒。她會一次丟出一堆指控，沒有一個答案能回答全部。你只要試著切分問題，她又會拋出下一串攻擊。

她現在大哭起來，淚水在燈光下像一串珠子掛在臉頰上。

「我錯了。當蘇格蘭佬說我得了帕金森氏症，感覺像判了我死刑。一切都會改變——我們所有的計畫，我們的未來。我知道我之前說的不一樣，但我沒說實話。為什麼給我生命，又讓我得病？為什麼讓我體會與妳和查莉相處的喜悅美好，接著又硬生生奪走？感覺就像讓人一瞥人生可能的樣貌，下一秒又說絕對不可能。」

我跪在她旁邊，膝蓋幾乎與她相觸。

「我不知道怎麼告訴妳，我需要時間思考。我沒辦法跟爸媽或朋友談，他們只會可憐我，露出勇敢的笑容要我打起精神。所以我去找伊莱莎。她是外人，但也是朋友，她心腸很好。」

茱麗安用毛衣袖子擦擦臉頰，盯著壁爐。

「我沒有打算跟她上床，但事情就發生了，我也希望不是這樣。我們沒有外遇，只有那一晚而已。」

「凱薩琳・麥布萊呢？你有跟她上床嗎？」

「沒有。」

「那她為什麼要應徵你的秘書？她怎麼覺得把我們害那麼慘，你還會給她工作？」

「我不知道。」

茱麗安看看她瘀青的手，再看向我的臉頰。

「喬，你想要什麼？你想要自由嗎？是這樣嗎？你想要一個人面對？」

「我不想拖著妳和查莉陪葬。」

我傷感的口氣激怒了她。她挫敗地握起拳頭。

「你怎麼老是這麼自己為是？為什麼你就不能承認你需要幫忙？我知道你病了，我知道你累了。好吧，跟你講個大消息：我們都病了，我們都累了。我受夠別人不把我當一回事，厭倦被人推到一邊。現在我希望你離開。」

「可是我愛妳。」

「出去！」

「我們怎麼辦？查莉怎麼辦？」

她用冷漠堅毅的眼神盯著我。「喬，或許我還愛你，但現在我真的受不了你。」

第四章

等一切塵埃落定——打包，走出家門，搭計程車到蘇格蘭佬家門前——我感覺像第一天到寄宿學校。我被拋棄了。一段回憶浮現，帶著現實的光影：我站在查特豪斯公學門口的階梯上，父親抱著我，我感到啜泣聲卡在胸口。他悄聲說，「別在媽媽面前哭。」

他轉身要離開，看母親在擦眼睛，又對她說，「別在兒子面前哭。」

蘇格蘭佬堅持我沖個澡、刮鬍子、好好吃頓飯就會感覺好多了。他從附近的印度餐廳叫了外賣，但餐點還沒送到，我就在沙發上睡著了。他一個人吃完。

靠窗簾滲進來的雜色灰暗光線，我看到錫箔紙盤疊在水槽旁，橘色和黃色的肉醬溢出邊緣。電視遙控器抵著我的脊椎，每週節目指南塞在我頭下。我不知道我怎麼睡得著。

我的腦袋不斷回想到茱麗安，還有她朝我露出的表情：遠超越失望，用難過來形容也不夠。她內心彷彿有什麼結凍了。我們很少吵架。茱麗安吵起架來可是激烈又衝動，如果我試圖要聰明或表現得漠不關心，她會嫌我自大，我會看到她眼中的痛。這次我只看到空白，一片狂風吹襲的空曠地帶，想橫越應該是找死。

蘇格蘭佬醒了，我聽到他在浴室唱歌。我試著把雙腿晃到地上，但腳動也不動。短短一瞬間，我擔心下肢癱瘓了，不過我發現我能感到毛毯的重量。我聚精會神，雙腿終於不甘願地回應了。

運動遲緩的狀況越發明顯。壓力是觸發帕金森氏症的要因，我應該要好好睡覺，規律運動，盡量別擔心。嗯，最好是啦！

蘇格蘭佬住在遠眺漢普斯特德荒野的大廈。一樓門房身穿制服，下雨天會替你撐傘，稱呼大家

「先生」或「太太」。蘇格蘭佬和第二任妻子曾買下整層頂樓，但離婚後他只付得起單房公寓。他還得賣掉哈雷機車，把科茲窩的小屋拱手讓給她。每次他看到昂貴的跑車，他都聲稱是娜塔莎的。

他總說，「現在回頭看，恐怖的不是前妻，而是丈母娘。」如同記者傑弗瑞．伯納德所說，自從離婚後，他成了四處漫遊的晚宴賓客，由外往內遠觀，像別人婚姻牆上的蒼蠅。

蘇格蘭佬和我的關係遠早於大學。同一間醫院的同一名婦產科醫生在同一天替我們接生，只差八分鐘。我們在一九六〇年八月十八號出生於漢默史密斯區的夏綠蒂皇后婦幼醫院，我們的母親在同一間待產室，婦產科醫生得在垂簾間跑來跑去。

我先出生，蘇格蘭佬的大頭卡住，醫生得用鉗子拉他出來。偶爾他仍會開玩笑說他晚一步出生，得努力趕上；實際上競爭對他來說絕不是玩笑。我們在育嬰室八成睡在隔壁，可能曾看著彼此，或鬧得對方睡不著。

我們的生命只差幾分鐘開始，下次見面卻是十九年後，可見個體的經驗多麼分散。茱麗安說命運把我們帶到一起，也許她說得對。除了給同一個醫生倒抓著拍屁股，我們的共通點非常少。我無法解釋蘇格蘭佬和我為什麼成為朋友。我對這段友誼有何貢獻？他是校園風雲人物，總是受邀參加最棒的派對，跟最漂亮的女生調情。我獲得的好處很明顯，但他呢？或許大家說有人就是「合得來」，就是這個意思吧。

我們的政治立場早就分道揚鑣，偶爾道德觀也不太相符，但我們就是擺脫不了彼此。他是我的伴郎，他兩次結婚我也是伴郎。我們有對方家的鑰匙、對方遺囑的影本。共同經驗會形成強烈的羈絆，但我們不只如此。

蘇格蘭佬一副右派老粗的外表，實際上心腸軟到不行。比起跟每一任前妻的和解金，他捐獻給慈善機構的錢更多。每年他都替大奧蒙德街醫院舉辦募款活動，十五年來從沒錯過倫敦馬拉松。去年他推了一台醫院病床去跑，上頭載滿穿褲襪和吊帶的「頑皮」護士。比起影集裡的基爾代爾醫生，他看起來更像喜劇演員班尼．希爾。

蘇格蘭佬從浴室出來，腰上圍著毛巾，赤腳越過客廳到廚房。我聽到冰箱門打開又關上。他切起柳丁，打開工業級尺寸的果汁機。廚房有各種玩意兒，他有一台機器磨咖啡，另一台篩咖啡粉，還有一台看起來像加農砲彈殼，不像滲濾壺。他可以用十幾種不同方式做鬆餅、瑪芬、煎餅或煮蛋。

換我進去浴室。鏡子一片霧氣，我用毛巾角落勉強擦出一個圓圈，足以看到我的臉。我看起來疲憊極了，週三晚上的電視重點節目指南倒著印在右臉頰上。我用濕面巾搓搓臉。

窗台上的小玩意兒更多，例如電動修鼻毛機，聲音聽起來像發瘋的蜜蜂困在瓶子裡。我看到十幾瓶不同品牌的洗髮精，不禁想到家。我總是笑說茱麗安的「乳液和魔藥」佔滿主臥浴室的每一吋空間。一堆化妝品中，有一根拋棄式刮鬍刀、一罐刮鬍膏和一根止汗棒是我的。問題是拿這些東西可能產生骨牌效應，撞倒浴室裡每個罐子。

蘇格蘭佬給我一杯柳橙汁，我們靜坐著看滲濾壺。

他提議，「我可以替你打電話給她。」

我搖搖頭。

「我可以跟她說你在這兒鬱鬱寡歡……對誰都不好……迷失自我……傷心寂寞……」

「講了也沒差。」

他問我們吵什麼，想知道她生氣的原因。是因為我被逮捕、新聞頭條，還是我對她撒謊？

「撒謊。」

「我想也是。」

他一直追問細節，我實在不想說，但隨著咖啡變冷，我的故事也說出了口。或許蘇格蘭佬能幫我理解。

當我講到在停屍間看到凱薩琳的屍體，我突然意識到他可能認識她。他比我認識更多馬斯登醫院的護士。

「嗯，我也有想過。」他說，「可是報紙刊的素描看了眼生。」他補上一句，「警察想知道她過世那晚，你是不是待在我這兒。」

「抱歉啊。」

「所以你去哪兒了？」

我聳聳肩。

「果然是**真的**，你在外頭偷吃。」

「不是這樣。」

「老兄，大家都說不是這樣。」

蘇格蘭佬像回到學生時代，想知道所有「煽情的細節」。我不陪他玩，他就不開心了。

「你為什麼不告訴警方你在哪兒？」

「我還是別說吧。」

挫折飛快閃過他臉上。他沒有再追問，反而改變策略，斥責我沒早點找他談。如果我要他當不在場證明，我至少應該告訴他。

「要是茱麗安問我呢？我可能會說錯話。早知道我就跟警察說你待在我這兒，不用推你出去送死。」

「你說了實話。」

「我可以替你撒謊。」

「要是我**真的**殺了她呢？」

「我還是會替你撒謊，換你也同樣會幫我。」

我搖搖頭。「如果我認為你殺了人，我不會替你撒謊。」

他對上我的視線，沒有挪開眼。接著他笑著聳聳肩。「看來我們永遠不會知道囉。」

第五章

我橫越辦公大樓的大廳，知道警衛和櫃台人員都盯著我。我搭電梯上樓，發現米娜坐在桌前，候診室空無一人。

「人呢？」

「大家都取消了。」

「全部嗎？」

我靠著她的桌子，俯視當天的約診表。每個名字都用紅線劃掉，只剩下巴比．莫蘭。

米娜還在說話。「立利先生的母親過世。漢娜．芭利摩得了流感。柔伊必須照顧姊姊的小孩……」我知道她想讓我好過一些。

「他沒有打來。」

我指向巴比的名字，要她劃掉。

「聽我的。」

雖然米娜努力打掃過，我的辦公室還是一團亂。警方搜索的痕跡比比皆是，包括用來擝指紋的細緻石墨粉。

「他們沒有拿走你的檔案，但有些弄亂了。」

我要她別擔心。如果沒了病人，筆記也不重要了。她站在門口，想講些正面的話。「我害你惹上麻煩嗎？」

「什麼意思？」

「那個應徵工作的女生……遭到謀殺那位……我處理錯了嗎？」

「千萬別這麼說。」

「你認識她嗎？」

「對。」

「請節哀順變。」

第一次有人認為凱薩琳死了我可能會難過，其他人都一副我沒感覺的樣子。或許他們以為我對悲傷有特殊了解，或控制得住。他們錯了。我的工作是了解病患，我知道他們最深沉的恐懼和秘密。專業關係會變得親密，別無他法。

我向米娜問起凱薩琳。她在電話上聽起來如何？她有問到我嗎？警方拿走她的信件和申請文件，但米娜留下她的履歷。

她替我拿來，我瞥了求職信和第一頁。履歷的問題在於根本無法告訴你一個人的重要特質。就讀學校、考試結果、高等教育、工作經驗——通通不會透露一個人的個性或性格，那就像想用髮色判斷身高。

我還沒讀完，外頭辦公室的電話響了。我希望是茱麗安，便趕在米娜轉接進來前拿起話筒。電話上的聲音像十級暴風。艾迪．巴略特爆出一串生動的怒罵，講到沒衛生紙時可以拿我的博士證書來用更是特別有創意。

「聽好了，你這個過譽的心理庸醫，我要向英國心理學會、資格認證委員會和英國專家證人登錄中心通報你。巴比．莫蘭也會控告你毀謗、違反義務，還有其他找得到的罪名。你真是丟臉！真該把你除名！講直接一點，你真是混帳！」

我沒有時間回應。每次我感到艾迪的長篇怒斥稍有停歇，他都會繼續下去。或許他就是這樣打贏那麼多案子——他幾乎不閉嘴，其他人都無法插嘴。

其實我無從辯解。我違反的專業規範和個人信條多到列不完，但若能重來，我還是會這麼做。巴比·莫蘭是虐待狂，慣性說謊，但同時我也感到無比失落。違背病患的信任形同打開一扇門，我越過門檻，踏入了應該禁止的領域。現在我在等門狠狠撞上我的屁股。

艾迪掛了電話。我盯著話筒，按下快撥鍵。答錄機傳來茱麗安的聲音，我的肚子一緊。少了她的人生難以想像。我不知道我想說什麼，我試著保持語氣歡快，因為我想查莉可能會聽到留言，結果錄音聽起來像聖誕老人。我打回去，留了另一段留言，但第二次感覺更糟。

我放棄打電話，開始整理檔案。警察清空了我的檔案櫃，好查看抽屜後方有沒有藏東西。我抬起頭，剛好看到芬威從門口探頭進來。他站在走廊上，緊張地回頭張望。

「老兄，可以聊一下嗎？」

「嗯？」

「真是辛苦了，只是想跟你說『打起精神吧』，就這樣。別讓那些無賴搞垮你。」

「謝謝你的安慰，芬威。」

他交換用左右腳支持身體。「真是糟糕，非常不幸。我相信你理解，這麼多負面報導……」他看來很苦惱。

「芬威，怎麼了？」

「鑒於現在的狀況，老兄，潔拉汀建議不要找你當伴郎可能比較好。其他賓客會怎麼說？這樣棒打落水狗我真的很抱歉。」

「沒關係，祝你好運。」

「太好了。呃……嗯……那就不打擾你了，下午開會見。」

「什麼會？」

「喔老天，沒有人告訴你嗎？怎麼這樣！」他的臉漲得粉紅。

「沒有。」

「呃，實在不該由我……」他嘟囔幾聲，搖搖頭。「所有合夥人四點要開會。有些人——當然不是我——有點擔心這件事對診所的影響，負面宣傳之類的。警方來搜索辦公室，記者狂問問題，總是沒好事。你應該懂。」

「當然。」我咬牙笑笑。芬威已經從門口退開，米娜瞪他一眼，逼他快步撤退。

不可能有好下場的。我敬愛的同事要討論我的合夥關係——是否要開除我。他們會要求我辭職，大家會同意一套說詞，跟首席會計師談過就能了結整件事，一點風波都沒有。想得美！

芬威已經走過半條走廊，我朝他的背影大叫：「你跟他們說，假如他們逼我走，我會控告診所。我不會辭職。」

米娜露出與我團結一致的眼神，混雜了我可能誤認為憐憫的表情。我不習慣別人可憐我。我告訴她，「我覺得妳可以回家了，待著沒意義。」

「那誰接電話？」

「我不認為會有人打來。」

米娜花了整整二十分鐘才離開，她在桌前整理東整理西，一直不安地瞄我，好像她違反了某種秘書的忠誠守則。剩我一個人後，我拉起窗簾，把尚未整理的文件夾推到一旁，往後靠著椅背。

我打破了哪一面鏡子？走過哪一座梯子下方？我不相信上帝、命運或宿命。或許這就是「平均法則」，或許伊萊莎說得對，我這輩子過得太輕鬆了。幾乎每個重大決策時刻我都勝出，現在運氣用光了。

古希臘人說幸運女神是美麗的女孩，留著捲髮，活在世人之間。或許她的名字叫業障。她是無常的情婦、謹慎的女子、蕩婦和曼聯足球隊的球迷。她曾屬於我。

我走去科芬園路上開始下雨。走進餐廳後，我抖抖外套，交給侍者。幾滴雨水流下我的額頭。伊萊莎十五分鐘後到，裹著溫暖的毛領黑色大衣，裡頭搭配深藍色細肩帶上衣、相襯的迷你裙，以及有背線的深色絲襪。她用亞麻手帕擦乾身子，手指梳過頭髮。

「我現在都不記得帶傘了。」

「為什麼？」

「以前我有一把握把彎起的傘，傘柄裡藏了一把短刀……以防碰到麻煩。看你把我教得多好。」

她笑了笑，補起口紅。我想用手指觸碰她的舌尖。

我無法說明跟如此美麗的女子坐在餐廳是什麼感受。男人垂涎茱麗安，但碰到伊萊莎，他們會內臟鼓動、心臟亂跳，展露真正的饑渴。她身上散發非常純真、衝動又生來性感的氛圍，彷彿把自身的性感精釀、過濾又濃縮，讓男人相信只要一滴就足以滿足一輩子。

伊萊莎回頭一瞥，立刻吸引侍者注意。她點了尼斯沙拉，我選了奶油培根筆管麵。

通常我很享受坐在伊萊莎對面的自信，但今天我感到老朽不堪，像樹皮清脆的扭曲橄欖樹。她講得很快，吃得很慢，叉子戳著炙燒鮪魚和紅洋蔥片。

雖然我讓她說，自己卻感到急迫不耐。我的救贖必須今天開始。她仍看著我，雙眼像鏡中的鏡子。我可以看到自己，我的頭髮黏在額頭上，感覺幾週以來都睡不到幾小時。

伊萊莎為「滔滔不絕說話」道歉。她伸手越過桌面，捏捏我的手。「你想跟我談什麼？」

我遲疑一下，才緩緩開口——告訴她我遭到逮捕，還有謀殺案的調查。我提到一個又一個低點，她的眼神跟著蒙上擔憂。「你為什麼不跟警察說你在我這兒？」她問道，「我不介意。」

「沒那麼簡單。」

「是因為你太太嗎？」

「不是，她知道了。」

伊萊莎聳聳肩，清楚總結她對婚姻的看法。她對婚姻這項文化制度沒有意見，畢竟她能從中找到最好的顧客。她們喜歡已婚男子勝過單身漢，因為他們較常洗澡，比較好聞。

「那你為什麼不告訴警方？」

「我想先問妳。」

這話聽起來好老套，她不禁笑了。我感到自己臉紅。

「妳回答之前，我希望妳仔細想清楚。」我告訴她，「當我坦承在妳家過夜，我的處境會非常為難。我違反了行為守則……道德守則。妳以前是我的病患。」

「都多少年前的事了。」

「沒差，他們會為此試圖攻擊我。由於我跟妓女合作，還拍電視紀錄片，他們早把我視為異數。他們可等不及拿這件事……拿妳來對付我。」

她眼神一閃。「他們不需要知道。我可以去警局做筆錄，告訴警方你跟我在一起。沒有其他人需要知道。」

我努力擠出剩餘的善意，但我的話依舊刺人。「妳想想要是我被起訴會怎麼樣。妳必須出庭作證，檢方會盡其所能毀掉我的不在場證明。妳以前是妓女，妳有惡意傷害的定罪紀錄，妳坐過牢。妳也是我以前的病人，我們認識時妳才十五歲。即使我們說破嘴說只有一夜情，他們都會覺得沒這麼簡單……」我失去精力，把叉子戳進吃一半的義大利麵。

伊萊莎點燃打火機，火焰照亮她已燃起火光的眼睛。我沒看過她差點失去冷靜。「交給你決定吧。」她輕聲說，「不過我願意做筆錄，我不怕。」

「謝謝妳。」

我們靜靜坐著。一會兒後，她伸手越過桌子，又捏捏我的手。「你都沒跟我說那天晚上為什麼那麼難過。」

「現在不重要了。」

「你太太**非常**生氣嗎？」

「對。」

「她有你很幸運，我希望她知道。」

第六章

我才打開辦公室的門，便感到有人在。檔案櫃上方的鉻色鐘面顯示三點半。巴比．莫蘭站在我的書櫃前，彷彿憑空出現。

他突然轉身。我不知道誰比較驚訝。

「我有敲門，但沒有人回應。」他垂下頭，「我有約診。」他像是讀透我的心思。

「你不是應該跟律師約時間才對嗎？我聽說你要告我毀謗、違反保密條款，還有他能挖出來的其他罪名。」

他看來很不好意思。「巴略特律師說我應該提告，他說我可以賺很多錢。」他擠過我身旁，站在桌邊。他靠得很近，我聞到炸麵團和糖的味道。參差不齊的濕瀏海黏在他額頭上。

「你為什麼來？」

「我想見你。」他語帶威脅。

「我幫不了你，巴比。你沒有跟我說實話。」

「你永遠都說實話嗎？」

「我盡量。」

「是嗎？所以你跟警察說我殺了那個女生？」

他從桌上拿起光滑的玻璃紙鎮，用右手掂掂重量，再換到左手，拿起來湊著光看。「這是你的水晶球嗎？」

「請放下來。」

「為什麼？怕我拿來砸你的額頭嗎？」

「你坐下吧？」

「你先。」他指向我的椅子。「你為什麼要當心理師？別告訴我，讓我猜猜看……因為專制的父親和過度保護的母親。還是有什麼黑暗的家族秘密？你有親戚突然對月亮嚎叫，或是你喜歡的阿姨得被關起來？」

我不會讓他知道他猜得多麼接近事實。「我們不是來談我的事。」

巴比瞥向我身後的牆。「你怎麼能掛那張證書？根本是笑話。直到三天前，你都還以為我是完全不同的人，但你仍打算出庭，告訴法官應該把我關起來，還是放我走。你哪來的權力毀掉別人一生？你不認識我。」

聽他這麼說，我意識到我終於跟真的巴比．莫蘭說上話了。他把紙鎮丟向桌面，紙鎮緩緩滾動，掉到我大腿上。

「你殺了凱薩琳．麥布萊嗎？」

「沒有。」

「你認識她嗎？」

他緊盯我的雙眼。「你不太會問這種問題吧？我以為你應該更厲害。」

「我不是在玩遊戲。」

「嗯，比遊戲重要多了。」

我們靜靜看著彼此。

「巴比，你知道什麼叫撒謊成性嗎？」我終於問，「就是在任何情況下，不管重要與否，你都覺得撒謊比說實話容易。」

「你這種人應該看得出對方是否撒謊。」

「我的能力不會改變你的為人。」

「我只是改了幾個名字和地點——其他都是你自己搞錯的。」

「奧琪呢？」

「她六個月前跟我分手了。」

「你說你有工作。」

「我說過我是作家。」

「你確實很會講故事。」

「別取笑我了。你知道你們這種人的問題在哪兒嗎？你們就是忍不住要把玩別人的心靈，更改他們處世的方法。你們扮演上帝，玩弄別人的人生……」

「『我這種人』是誰？你以前看過哪位醫生？」

「不重要啦。」巴比不當一回事。「你們都一樣，心理師、精神科醫生、心理治療師、塔羅牌老師、巫醫——」

「你待過醫院，你在那裡碰到凱薩琳．麥布萊嗎？」

「你一定以為我很蠢吧。」

巴比差點失控，但很快就恢復冷靜。他撒謊幾乎沒有生理反應，瞳孔放大程度、毛孔大小、肌膚顏色和呼吸都保持不變。他就像不會露餡的撲克牌玩家。

「這輩子我做過的每件事、接觸過的每個人都很重要——不管是好、是壞，還是難堪。」他語帶勝利意味。「我們是自己每個部分的總和，或是總和的一部分。你說你不是在玩遊戲，但你錯了。現在就是好對上壞，黑對上白。有些人是棋子，有些是國王。」

我問，「你是哪個？」

他想了一下。「我當過小卒，但我走到了棋盤邊緣。現在我要當什麼都可以。」

＊＊＊

巴比嘆了口氣，站起來。他開始覺得我們的對話無聊了。會診才過半小時，但他已經受夠了。這次會面根本不該發生，艾迪．巴略特會樂歪了。

我跟著巴比走出辦公室。我心裡有點想要他留下，我想搖晃大樹，看樹枝會掉什麼下來。我想知道真相。

巴比在等電梯。電梯門打開。

「祝你好運。」

他轉過身，好奇地看我。「我不需要好運。」他微微翹起的嘴角形成微笑的錯覺。

我回到桌前，盯著空的椅子。地上一樣物品吸引我的目光，看起來像刻製的小東西，像西洋棋子。我撿起來，發現是手刻的木製鯨魚，背上的小羊眼螺絲掛著鑰匙圈。通常這種東西會掛在小孩的背包或書包上。

一定是巴比掉的。我還追得上他，我可以聯絡大廳，請警衛要他等一下。我看向時鐘。四點十分，樓上的會議開始了。我不想待在這兒。

巴比光憑體型就鶴立雞群，他比大家高出一個頭，行人似乎會分開讓他通過。開始下雨了，我把手塞進大衣，手指握著光滑的木製鯨魚。

巴比走向牛津圓環地鐵站。如果我跟得夠近，運氣夠好，就不會在迷宮般的走道跟丟他。我不知道為什麼要跟蹤他。我猜我不想再聽謎語了，我想知道答案，我想知道他住哪裡，跟誰住。

他突然從我眼前消失。我壓下往前跑的衝動，繼續用同樣速度前進。我經過一家酒類專賣店，在櫃台瞥見巴比。我往前多走兩戶，踏進一家旅行社。身穿紅裙、白襯衫和叉骨領帶的女孩朝我微笑。

「您需要什麼嗎？」

「我只是看看。」

「想避冬嗎？」

我拿著加勒比海旅遊的傳單。「對，沒錯。」

巴比經過窗外。我把傳單還給她，她提議，「您可以帶走。」

「或許明年吧。」

我回到人行道，巴比領先我快三十公尺。他的身形很特殊，屁股不明顯，看起來像臀部給人偷了。他把褲子拉得很高，用腰帶緊緊扣住。

我們走下樓梯，進入地鐵站，人潮似乎越來越多。巴比手上已經有票，每一台售票機都有人在排隊。牛津圓環站有三條地鐵交會——如果我跟丟，他可能前往六個不同的方向。

我擠過人潮，忽視旁人的抱怨。我來到驗票口，雙手撐住兩側，把腿抬過柵門。這下我逃票了。手扶梯緩緩往下，運轉中的引擎把一股悶風從下方隧道吹上來。

我們來到貝克盧線的北上月台。巴比穿過候車群眾，一路走到月台盡頭。我跟著他，不敢離太遠。我覺得他隨時可能轉頭發現我。四、五名學生像青春痘和頭皮屑的人肉培養皿，互相扭打笑鬧，擠過月台。其他人都靜靜看著前方。

一陣風和噪音傳來，地鐵進站，車門打開。我讓人潮帶我往前進入車廂，巴比仍在我的眼角餘光中。車門自動關上，地鐵猛地向前加速前進。周遭都是濕毛料和積累的汗味。

巴比在華威大道站下車。天色已暗，黑色計程車快速駛過，輪胎摩擦聲比引擎還吵。車站距離大聯盟運河只有不到一百公尺，離凱薩琳陳屍的地點大概三公里多。

由於行人變少，我必須離得更遠，現在他成了我前方的黑影。我低著頭走，豎起領子。我經過人行道上一台水泥攪拌機，不小心踉蹌一步，鞋子踩進旁邊的水坑。我的平衡感要棄我而去了。

我們順著運河旁的布隆菲爾德路前進，直到巴比在福爾摩沙街的盡頭跨越行人步橋。聚光燈照亮一座英國國教會教堂，細碎的水霧在光線周圍看似飄落的亮粉。巴比在公園長椅坐下，凝望教堂好一會兒。我靠著樹幹，雙腳冷得逐漸麻痺。

他在這裡做什麼？或許他住在附近。殺害凱薩琳的凶手很熟悉運河：他不是只在地圖上看過，或偶爾造訪。他在這兒很自在，這是他的地盤。他知道要把屍體丟在哪兒，才不會太快有人發現。他很融入環境，沒有人覺得他是外人。

巴比不可能在飯店碰到凱薩琳。假如盧伊茲有做好工作，他應該給員工和常客看過他的照片了。大家不會輕易忘記巴比這種人。

凱薩琳獨自離開酒吧，不管她跟誰約見面，對方都沒有出現。她暫住在牧羊人叢林區的朋友家，走回去太遠了。她怎麼辦？招計程車，或往西邦爾公園站走，搭三站到牧羊人叢林站。這段路會橫越運河。

對街是倫敦交通局的車庫，公車時時刻刻都在進出。不管她碰上誰，一定都在橋上等她。我早該問盧伊茲在運河的哪一段挖出凱薩琳的手帳和手機。

凱薩琳身高一百六十七公分，體重六十公斤。氯仿要幾分鐘才會生效，不過以巴比的體格和力道來看，制伏她沒什麼問題。她會反抗或大叫，不是會乖乖投降的類型。

但如果我猜得對，他認識她，那可能就不需要氯仿了——直到凱薩琳意識到危險，試圖逃跑。

接下來發生什麼事？搬運屍體並不容易，或許他拖著她到曳船道。不對，他需要隱密的地點，事前準備好的地方。公寓或房子？鄰居可能問東問西。運河沿岸有不少廢棄工廠。他會冒險用曳船道嗎？遊民有時睡在橋下，或者情侶會在那兒幽會。

一艘窄船的影子劃過我，隆隆的馬達聲非常低沉，幾乎傳不到我耳中。船上唯一的光源在舵輪附近，紅色燈光照亮舵手的臉。我陷入沉思。凱薩琳的屁股和頭髮有機油和柴油的痕跡。

我繞過樹幹瞥了一眼，公園長椅空無一人。該死！他去哪兒了？教堂遠端有個人影，沿著欄杆移動，我不確定是不是他。我的腦袋高速奔馳，雙腿卻落在後頭，害我完美地跛腳跌倒。沒摔斷什麼，只有傷到我的自尊心。

我跌跌撞撞往前，來到教堂轉角，鐵欄杆轉了九十度。人影仍在人行道上，但走得快多了，我擔心跟不上。

他在做什麼？他看到我了嗎？我小跑步緩緩前進，偶爾會看不見他。疑慮啃咬我的決心。要是他在前面停下來呢？也許他在等我。巨大的水泥梁柱支撐西路高架橋的六線車道在我上方轉彎，車頭燈光太高，幫不了我。

我聽見前方噗通一聲，還有悶悶的哭喊。有人掉進運河，雙臂在水中胡亂揮舞。我跑了起來。橋下隱約可見人影的輪廓。運河在這兒兩岸較高，石牆又黑又滑。

我試著脫掉大衣，但右手臂卡在袖子裡，我不斷揮動手臂，直到袖子鬆脫。我叫道，「這邊！往這邊！」

他沒有聽見。他不會游泳。

我踢掉鞋子，縱身一跳。冷水重重摑了我一掌，害我吞進一大口水。我從嘴巴和鼻子吐出水來，划三下就到了他旁邊。我從後頭伸手抱住他，把他往後拖，維持他的頭在水面上。我溫柔地跟他說話，要他放鬆。我們會找到地方上岸。浸濕的衣服拖著他下沉。

我帶他游離橋邊。「這裡踩得到底了，抓住旁邊就好。」我手忙腳亂爬上石牆，接著拉他上來。他不是巴比，只是可憐的流浪漢，渾身酒味和嘔吐味，躺在我的腳邊咳嗽吐水。我檢查他的頭、脖子和四肢有沒有受傷。他的臉上沾滿鼻涕和眼淚。

「怎麼回事？」

「有個變態把我丟進河裡！前一秒我還在睡覺，下一秒就飛起來了。」他跪在地上，整個人彎下身，像水底植物前後搖晃。「我跟你講，現在哪兒都不安全，簡直像該死的野外叢林……他拿了我的毛毯嗎？如果他拿了我的毛毯，你可以把我丟回水裡了。」

他的毛毯還在橋下，堆在扁紙箱做成的簡陋床上。

「我的牙齒咧？」

「我不知道。」

他咒罵一聲，撈起他的東西，緊抱在胸口。我建議先叫救護車再報警，但他不肯聽。我全身開始發抖，感覺像吸進冰屑。

我取回大衣和鞋，交給他一張濕淋淋的二十鎊鈔票，要他找地方弄乾身子。他八成會去買酒，弄暖裡子。我爬階梯上橋，雙腳踩在鞋子裡吧唧作響。大聯盟飯店就在街角。

我像是突然想到，從橋邊探頭叫道，「你多常睡在這裡？」

他的聲音像石橋拱下方的迴聲。「只有麗池飯店客滿的時候。」

「你看過窄船停在橋下嗎？」

「沒有，他們都停得更過去一點。」

「幾個禮拜前呢？」

「我盡量不去記得，管好自己的事就好。」

他沒別的要說，我也沒有權限逼迫他。伊萊莎住在附近，我考慮去敲她的門，但我給她惹的麻煩夠多了。

二十分鐘後，我終於招到計程車。司機擔心我弄髒座椅，不願意載我，我只好答應多付二十鎊。我身上只是水，我相信他碰過更糟的乘客。

蘇格蘭佬不在家。我實在太累，勉強脫下鞋子就癱倒在空床上。凌晨我聽見他的鑰匙開門。一名女子酒醉輕笑，踢掉鞋子，把每件玩意兒評論了一番。

「妳等著看我臥房裡有什麼吧。」蘇格蘭佬說完又引來一陣咯咯笑。

我心想他有沒有耳塞。

外頭天色仍暗，我便用運動包裝好行李，在微波爐黏上字條。路上一台掃地車在清洗水溝，眼前連一張漢堡包裝紙都沒有。

我搭車穿越城市，沿路從後照鏡往外看。我換了兩次計程車，去了兩台提款機，才在尤斯頓路搭上公車。

我感覺像緩緩從麻醉中醒來。過去幾天，我讓細節從指間溜走，甚至不再相信我的直覺。

我不會把伊萊莎的事告訴盧伊茲。她不該在證人席遭受拷問，我想盡量避免她走到那一步。等整件事過去——如果沒有人知道她存在——我的職涯或許還有救。

我肯定巴比．莫蘭跟凱薩琳．麥布萊的死有些關係。如果警方不放大檢視他，就只能靠我了。殺人通常需要動機，但保全自由不需要。我**絕對**不會讓他們送我去坐牢，我**絕對**不會與家人分開。

我在尤斯頓火車站迅速盤點裝備。除了換洗衣物，我帶了巴比．莫蘭的病患筆記、凱薩琳．麥布萊的履歷、我的手機和一千鎊現金。我忘了帶查莉和茱麗安的照片。

我用現金買了火車票。距離發車還有十五分鐘，我有時間買牙刷、牙膏、手機充電器，以及看起來像擦車軟布的旅行用毛巾。

我懷抱希望詢問，「你們有賣雨傘嗎？」店主看我一眼，彷彿我想跟他買散彈槍。

我拿著外帶咖啡上車，找到面朝前方的雙人座。我把袋子放在身旁，用大衣蓋住。

空曠的月台從窗外滑過，北倫敦的城郊也一同消失。火車倚著浮動的車軸高速轉彎。我們飛快駛過月台空蕩的小車站，這兒火車似乎不再停靠，長期停車場停了一、兩輛車，看來太過古怪，我不禁懷疑會看到排氣孔接著管子，一具屍體癱軟在方向盤上。

我腦中充滿問題。凱薩琳來應徵當我的秘書，她打給米娜兩次，接著搭火車南下倫敦，提早一天抵達。

那天傍晚她為什麼打電話到辦公室？誰接了電話？她反悔不打算嚇我一跳了嗎？她想取消面試嗎？或許她被放鴿子，只是想出去喝酒。也許她想道歉造成我那麼多麻煩。

以上都是假設，但也符合細節的框架，可以繼續鑽研。每一塊拼圖都能套進這個說法，唯獨一塊不行——巴比。

他的外套有氯仿味，襯衫袖口有機油，凱薩琳的驗屍報告也提到機油。巴比跟我說過，「全都跟油有關。」他知道她身上有二十一道刺傷嗎？他帶我去她失蹤的地點嗎？

或許他在利用我製造精神失常的辯護理由。只要「裝瘋」，他或許就能避開無期徒刑。法官會送他去布羅德莫病院這種監禁病院，他會讓治療顯得極為有效，令監獄的精神科醫生深感驚豔。他不用五年就能出獄。

我聽起來越來越像他——拿巧合編織出陰謀論點。不管這整件事的核心為何，我都不能低估巴比。他在玩弄我，我不知道為什麼。

我得找地方開始調查，目前就挑利物浦吧。我拿出巴比．莫蘭的檔案，開始讀。我攤開新的筆記本，寫下要點——小學校名，他父親工作的公車路線編號，父母曾造訪的酒吧……

這些也可能都是巴比撒的謊，但我冥冥中覺得不是。我覺得他改了一些名字和地點，不過並非全部。他描述的事件和情感是真的。我必須找出真相的絲線，順著回到蜘蛛網中心。

第七章

萊姆街火車站的時鐘白得發亮，堅實的黑指針指著十一點。我迅速走過中央大廳，經過咖啡攤和關閉的公共廁所。一群少女在香菸煙霧中以一百一十分貝大聲喧鬧。

風從愛爾蘭海直接吹來，溫度肯定比倫敦低五度，我甚至覺得可能在天際線上看到冰山。對街聖喬治展覽廳的廣告布條在風中翻飛，宣傳最新的披頭四回顧展。

我經過萊姆街上的大飯店，轉進小路尋找較小的住處。走到大學附近時，我找到阿爾比恩飯店。大廳地毯磨損，一家伊拉克人駐紮在二樓樓梯平台，年幼的孩子躲在母親裙子後，害羞抬頭看我，家中男人不見人影。

我的房間在三樓，只放得下一張雙人床，還有一個衣櫥，門是用鐵絲衣架栓住。洗手台水龍頭下方有淚滴狀的鏽痕。窗簾只能拉上一半，窗台都是捻熄香菸的痕跡。

我很感激這輩子住過的飯店極少。不知為何，飯店裝潢總是帶著孤獨和悔恨。

我按下手機快撥鍵，聽到自動撥號的鈴聲。答錄機傳來茱麗安的聲音。我知道她在聽，我能想像她的樣子。我彎腳地試著道歉，請她接起電話。我告訴她有重要的事。

我等啊……等啊……

她接起電話，我的心震了一下。

「什麼事這麼重要？」她口氣嚴厲。

「我想跟妳談談。」

「我還沒準備要談。」

「妳沒有給我機會解釋。」

「喬，前天晚上我就給你機會了。我問你為什麼跟妓女上床，你說你覺得跟她說話比較容易……」她的聲音哽咽。「我猜我這個太太很差勁吧。」

「妳把一切都規劃好了，妳的人生走得跟時鐘一樣精準——房子、工作、查莉、學校；從來不會錯過一拍。我是唯一有問題的部分……無法好好運作……再也不行了……」

「你覺得是我的錯？」

「我不是這個意思。」

「好吧，我這麼努力不好意思喔。我以為我在打造我們美好的家，我以為我們很幸福。你可能無所謂，喬，你有你的工作和病人，他們覺得你走在水上都能漂。我沒有別的——只有我們。我為我們放棄一切，甘之如飴。我愛過你，但現在你毒害了我們的關係。」

「難道妳看不出來——我的病會毀了這一切……」

「不行，你不准怪罪疾病，全都是你自己搞砸的。」

我哀傷地說，「只是一個晚上。」

「不對！她是另一個人！你像吻我一樣吻她，還上了她！你怎麼可以這樣？」

即使生氣又哭得抽抽噎噎，她仍能保持口齒清晰尖銳。我自私、幼稚、撒謊又殘酷。我試著挑出哪個形容詞不符合我，卻挑不出來。「我錯了，」我虛弱地說，「對不起。」

「道歉不夠，喬，你傷了我的心。你知道我要等多久才能排到愛滋檢測嗎？三個月！」

「伊莱莎沒問題。」

「你怎麼知道？你在決定不戴套之前有問她嗎？我要掛電話了。」

「等一下！拜託！查莉還好嗎？」

「還好。」

「妳怎麼跟她說？」

「我說你是在外頭偷吃的混蛋，軟弱、可悲、自憐又自私的廢物。」

「不會吧。」

「我沒真的說，但我很想。」

「我會出城幾天。警方可能會問我在哪兒，所以最好還是別告訴妳。」

她沒有回答。

「打手機可以找到我，拜託打給我。替我多抱抱查莉。我掛電話了，我愛妳。」

我趕忙掛斷，害怕聽到她的沉默。

我外出鎖上門，把沉重的鑰匙深深塞進褲子口袋。下樓路上，我兩次想要摸鑰匙，卻摸到巴比的鯨魚。我用手指撫過鯨魚的外形。

來到室外，寒風推著我沿漢諾瓦街走向亞伯特碼頭。利物浦令我想到老太太的手提包，裝滿小玩意兒、零碎雜物，還有吃到一半的幾包硬糖果。愛德華時代的酒吧蹲在高聳的大教堂旁，裝飾藝術風的辦公大樓看似無法決定該屬於哪個大陸。有些較現代的建築舊得好快，看來像廢棄的賓果遊樂場，只等推土機來拆了。

老廳街上的棉花交易所莊嚴地提醒大家利物浦曾是國際棉花貿易中心，扶植起蘭開夏郡的紡織產業。交易所大樓在一九〇六年開張時已有電話、電梯、同步的電子鐘，還有直通紐約期貨市場的電纜線。現在這裡存放了各種東西，包括三千萬份蘭開夏郡的出生、死亡和結婚證明。

排隊查看索引的人員組合頗奇怪——校外教學的一班學生、追查遠親的美國遊客、身穿粗花呢裙的家庭主婦、遺囑認證研究員和尋寶狂。

我的目標明確，感覺還算實際。我在顏色分類的索引冊前排隊，希望能找到巴比的出生登記，好拿到出生證明，接著便能知道他的父母姓名、住處和職業。

索引冊擺在鐵架上，依照月份和年份分開。一九七〇和一九八〇年代每年分成四冊，照姓氏的英文字母順序排列。如果巴比沒有謊報年齡，我可能只要查四本。

應該是一九八〇年。我找不到巴比．莫蘭或羅伯．莫蘭的資料，就開始往兩端的年份找，一路回溯到一九七四年，往前快轉到一九八四年。我越查越挫折，便重看我的筆記。我猜想巴比是否改了名字拼法，或用改名契約把整個名字換了。這樣我就慘了。

我到正門諮詢處借了一本電話簿。我無法判斷我的笑容會打動還是嚇壞對方，帕金森氏症的面具臉無法預測。

巴比謊稱了他就學的地點，但或許沒有捏造校名。利物浦有兩間聖瑪莉學校——只有一間是中學。我記下電話，到門廳找安靜的角落打電話。學校秘書操著利物浦口音，聽起來像導演肯．洛區片中的低下階層角色。

「我們聖誕節放假。」她說，「我根本不該在學校，我只是來整理辦公室。」

我瞎掰說生病的友人想找以前的老朋友。我想找八〇年代中期的畢業紀念冊或班級團體照。她覺得圖書館有一整櫃這種東西，我可以等過完年再打來。

「我沒辦法等那麼久，我朋友病得很重。看在聖誕節的份上幫幫忙吧。」

「我或許能去看看。」她同情地說，「你要找哪一年？」

「我不太確定。」

「你朋友幾歲。」

「二十二歲。」

「他叫什麼名字？」

「我覺得他以前的名字可能不一樣，所以我才需要看照片，我認得出他。」

她突然不那麼相信我了。當我提議親自過去學校一趟，她更加懷疑。她想請示校長，如果我能把書面申請郵寄過去更好。

「我沒有時間了，我的朋友——」

「我很抱歉。」

「等一下！拜託！可以幫我查一個名字就好嗎？巴比．莫蘭。他可能有戴眼鏡，大概在一九八五年左右入學。」

她遲疑一下，沉默許久後建議我二十分鐘後回電給她。

我出去呼吸新鮮空氣。外頭巷口一名男子站在發黑的攤販車旁，時不時高喊「烤——栗子——」，喊得跟海鷗叫一樣哀戚。他交給我一個褐色紙袋，我坐在階梯上，剝掉溫暖栗子烏黑的殼。

我對利物浦數一數二美好的回憶就是食物。炸魚薯條和週五晚上的咖哩。果醬布丁捲、麵包奶油布丁、海綿糖漿布丁、香腸佐薯泥……我也熱愛這裡各種古怪的人——天主教徒、基督教徒、穆斯林、愛爾蘭人、非洲人、中國人——他們都是辛勤的工人，極度自豪，不怕把真心曬在袖子上，又用同樣的袖子擦鼻涕。

學校秘書這次沒那麼謹慎了。她燃起了好奇心，我的搜尋成了她的探索。

「很抱歉，我找不到叫巴比．莫蘭的人。你確定不是巴比．莫根？他一九八五到一九八八年在這兒就讀，第三學年離開。」

「他為什麼離開？」

「我不確定。」她的聲音疑惑，「當時我還不在這所學校。家裡出事？」她說她可以問問別的老師。她記下我的飯店名稱，保證會留言給我。

我回到以顏色分類的索引冊，重新查看名字。為什麼巴比只把姓氏改了一個字？他是想切割過去，還是試圖逃避過往？

我在第三冊找到羅伯·約翰·莫根的紀錄。一九八〇年九月二十四日出生於利物浦大學醫院。母親：布莉姬·艾希·莫根（本姓亞恩）。父親：李奧納·亞伯·愛德華·莫根，職業是商船船員。

我還是無法完全確定他就是巴比，但可能性頗高。我填好粉色申請表，要了一份他的完整出生證明。玻璃隔板後的行政人員長了挑釁的下巴和外擴的鼻孔，他把申請表推回給我。「你沒有寫申請原因。」

「我在追蹤家族歷史。」

「你的住址呢？」

「我來這裡領。」

他從頭到尾沒有抬頭看我，就在申請表蓋上拳頭大小的章。「過年後再來，我們從星期一開始休假。」

「我等不了那麼久。」

他聳聳肩。「星期一我們開到中午，你可以來試試。」

十分鐘後，我口袋裡裝著收據離開交易所大樓。三天，我等不了那麼久。橫越大馬路後，我就想好了新計畫。

《利物浦迴聲報》的辦公室看來像貼滿鏡子的魔術方塊。門廳擠滿參加一日遊的退休老人，每個人都手拿紀念品袋，胸前貼著名牌。

年輕的櫃台小姐坐在深色木質櫃台後方的高腳椅上，身形嬌小白皙，有一雙咖哩色的眼睛。她左方就是鐵製柵門，需要刷卡進入，隔開我們和電梯。

「我是喬瑟夫．歐盧林教授，我希望能使用你們的圖書館。」

「很抱歉，我們不開放民眾使用報社的圖書館。」她旁邊的櫃台放了一大束花。

我說，「真漂亮。」

「可惜不是給我的，免費好貨都給時尚編輯拿光了。」

「我相信妳收到的也不差吧。」

她知道我在跟她調情，卻還是笑了。

我問，「如果我想訂購照片呢？」

「請填這邊的表格。」

「要是我不知道照片的日期，或攝影師的名字呢？」

她嘆了口氣。「你不是真的想要照片吧？」

我搖搖頭。「我在找死亡通知。」

「最近嗎？」

「大概十四年前。」

她要我等她打電話到樓上，然後問我有沒有看來正式的證件，像門禁卡或名片。她把證件塞進塑膠套，別在我的衣服上。

「圖書館員知道你要上去。如果有人問你來做什麼，就說你在替醫療版的報導做研究。」

我搭電梯到五樓，順著走廊走。偶爾我會在擺動門後瞥見巨大的開放式新聞編輯室。我低著頭，試圖走得像有明確目標。我的腿不時會卡住，像上了夾板一樣往前晃。

圖書館員六十幾歲，頭髮染過，半圓鏡片的眼鏡用鍊子掛在脖子上。她的右手拇指戴著橡膠頂針，方便翻頁。十幾株仙人掌環繞她的桌子。

她注意到我的視線。「這裡的空氣必須保持過度乾燥，別的植物都活不了。」她解釋，「一點濕氣都會損壞新聞紙。」

長長的桌上堆滿報紙。一個人把報導剪下來，整齊疊成一堆，另一個人閱讀每篇報導，圈起特定的名字或詞彙，第三個人參考這些內容把剪報歸檔。

「我們裝訂成冊的檔案可以回溯一百五十年。」圖書館員說，「剪報撐不了太久，終究會從邊緣破損，化成灰燼。」

我說，「我以為現在全都存進電腦了。」

「只有過去十年。掃描所有裝訂的檔案太花錢了，會改用微縮膠卷保存。」

她打開電腦，問我需要什麼。

「我在找一九八八年左右刊登的死亡通知。李奧納・亞伯・愛德華・莫根……」

「跟老國王同名呢。」

「我認為他是公車車掌。他可能住在黑沃斯街，或在那兒工作。」

「埃弗頓區。」她用兩隻手指敲打鍵盤。「大部分本地公車的起站或終點站都在碼頭頂或天堂街。」

我記在筆記本上，專心把字母寫得大又間距均等。我感覺像回到幼稚園——用幾乎能靠在肩上的蠟筆在廉價紙上描繪巨大的字母。

圖書館員帶我走過層架的迷宮，架子從木地板一路伸展到天花板的灑水頭。我們終於來到一張木桌，上頭滿是切刀的痕跡，中央放著一台縮影單片機。她打開開關，馬達哼叫著開始運轉。另一個開關點亮燈炮，螢幕上出現一塊方形光線。

她交給我六盒一九八八年一月到六月的的底片，把第一卷插上捲軸，按下快轉，快速掃過頁面，似乎直覺知道何時該停下來。她指向公告版，我記下頁數，希望每天大約都在同一頁。

我用手指劃過依字母排列的告示，尋找字母「M」。確定沒有莫根後，我快轉到隔天……再隔天。聚焦控制鈕不好用，必須不斷調整。有時我得來回晃動，才能把報紙欄位維持在畫面上。

看完第一批後，我又跟圖書館員拿了六盒縮影單片。聖誕節左右的報紙頁數較多，要花更多時間搜尋。看完一九八八年十一月後，我越發焦慮。要是找不到呢？我可以感到身體前傾導致肩胛骨緊繃。我的眼睛好痠。

底片轉到新的一天，我找到死亡公告區，順著頁面看了好幾秒，才意識到我讀了什麼。我調回頭。找到了！我伸手指按住名字，彷彿擔心名字會消失。

十二月十日週六，李尼．莫根因卡內基工程工廠爆炸傷重不治，享年五十五歲。莫根先生是斯坦利區綠線機廠出名的公車車掌，過去曾任商船船員，亦是重要的工會代表。他死後留下姊妹露絲和露易絲，以及十九歲的兒子達維和八歲的兒子羅伯。追思會將於週二下午一點於史坦利區的聖詹姆教堂舉行。家屬請求與會人向社會主義工人黨捐款做為奠儀。

我回頭查看前一週的報紙，這種意外必然有報導。我在第五頁下方找到新聞，標題寫著：「公車機廠爆炸炸死員工。」

卡內基工程工廠於週六下午發生爆炸事件，導致一名利物浦公車車掌喪生。李尼·莫根（五十五歲）的焊接設備誤燃瓦斯廢氣，全身遭到八成燙傷。爆炸及火勢燒毀工作區，並燒壞兩輛公車。

莫根先生送至拉斯博醫院後未恢復意識，於週六傍晚辭世。利物浦法醫已開始調查爆炸起因。

昨日親友同事為莫根先生舉辦追思會。大家表示他古怪的個性在乘客間極受歡迎，上司伯特·麥穆倫說，「以前聖誕節，李尼會戴聖誕帽，唱聖誕頌歌給乘客聽。」

下午三點，我捲起微縮膠卷，放回盒子，感謝圖書館員幫忙。她忙著修復有人摔壞的裝訂本書背，沒問我是否找到想要的資料。

雖然我多看了兩個月的報紙，卻沒有再找到意外相關的資訊。總該有事故調查才對。我搭電梯下樓，一面翻看筆記。我在找什麼？跟凱薩琳的關係。我不知道她在哪裡長大，但她的祖父肯定曾在利物浦工作。我直覺認為她和巴比在養護機構認識——要不是兒童福利院，就是精神病院。巴比沒提過他有哥哥。由於布莉姬生下巴比時才二十一歲，達維可能是領養的，更有可能是李尼前一段婚姻的孩子。

李尼有兩位姊妹，但我只有她們婚前的姓氏，要找到人更難。就算她們沒結婚，利物浦電話簿裡有多少姓莫根的人？我不想走到那一步。

我推著旋轉門，整個人陷入沉思，以至於轉了兩圈才走出門外。我小心走下階梯，確定方向，朝萊姆街火車站走去。

我很不願意承認，但我挺享受搜索的過程。我充滿動力，有目標要完成。人行道上和公車站的隊伍都是趕在最後一刻採買禮物的人。我有點想找九十六號公車，看會開去哪裡，不過摸獎還是交給喜歡驚喜的人吧。於是我招了計程車，請司機開去綠線公車機廠。

第八章

技師烏黑的一手握著化油器，另一手替我指路。酒吧名叫電車飯店，伯特．麥穆倫通常都在那兒。

「我該怎麼認出他？」

技師輕笑幾聲，探進公車內裡，繼續修引擎。

我輕易就找到電車飯店。有人在門外的黑板畫了塗鴉：「喝啤酒就永遠不用說『我渴了』。」我推開門，走進昏暗的室內。骯髒的地板上擺放光裸的木製桌椅，吧檯上的紅色燈泡投射粉色光暈，搞得整間店像荒野大西部的妓院。牆上掛著有軌電車和古董公車的黑白照片，還有「現場」音樂表演的海報。

我好整以暇數了室內有八個人，包括幾個青少年，在廁所附近的後方凹室打撞球。我站在啤酒龍頭前，等酒保招呼我，但他似乎懶得從《賽馬郵報》抬起頭。

伯特．麥穆倫坐在吧檯盡頭。他身上起皺的花呢夾克在手肘有補丁，還別上許多徽章和別針，全都跟公車有關。他一手拿菸，另一手拿空的啤酒杯。他用手指轉動酒杯，好像在讀刻在側面的隱形文字。

伯特朝我低吼，「你看什麼看？」他濃密的鬍子似乎直接從鼻子長出來，幾滴泡沫和啤酒掛在灰黑的毛髮末端。

「抱歉，我不是故意盯著你看。」我提議請他再喝一杯。他半轉過身打量我，眼睛像水汪汪的玻璃蛋，視線停在我的鞋上。「你那雙鞋多少錢？」

「我不記得了。」

「大概估計就好。」

我聳聳肩。「一百英鎊。」

他一臉鄙視搖搖頭。「要我用兩根棍子撿回家，我都不要咧。這種鞋走不到三十幾公里就會壞掉。」他繼續盯著我的鞋，揮手叫酒保過來。「嘿，菲爾，你看看這雙鞋。」

菲爾傾身越過吧檯，瞇眼瞧向我的腳。「這叫什麼鞋？」

我不自在地回答，「樂福鞋。」

「別鬧了！」兩人不可置信互看一眼。「你怎麼會想穿叫樂福的鞋？」伯特說，「你腦袋都裝水吧。」

「這是義大利製的。」我講得一副很重要。

「義大利製！英國鞋有什麼問題？你是外國佬啊？」

「不是。」

「可是你穿外國佬鞋啊。」伯特把臉貼近我，我聞到烘豆的味道。「我想穿這種鞋的人一輩子都沒有好好幹過活吧。小鬼，你得穿靴子，鞋尖要有鋼片，鞋跟有點抓地力。真正工作起來，你那雙鞋撐不了一個禮拜。」

酒保說，「當然除非他坐辦公桌。」

伯特謹慎看著我。「你是大衣一族嗎？」

「什麼？」

「從來不脫外套的人。」

「我很認真工作了。」

「你投工黨嗎？」

「我覺得不干你的事。」

「你是教徒嗎？」

「不可知論者。」

「不可什麼鬼？」

「不可知論者。」

「我的天哪！好，最後一次機會。你支持偉大的利物浦足球隊嗎？」他在胸前劃十字。

「沒有。」

他鄙視般嘆氣。「回家去吧，你媽準備好蛋奶凍等你了。」

我看看他們倆。利物浦人就是這點很麻煩，直到他們端酒給你，你永遠不知道他們是在開玩笑，還是講真的。

伯特朝酒保眨眨眼。「他可以請我喝一杯，但不准在這兒瞎混，五分鐘後最好就閃人。」

菲爾朝我咧嘴笑。他的耳朵掛滿銀耳環和垂墜耳飾。

酒吧的桌子沿牆放，中央留下舞池。那群青少年還在打撞球，其中唯一的女生看來未成年，身穿貼身牛仔褲和細肩帶上衣，露出光裸的腰部。男生忙著想讓她刮目相看，但一眼就看得出誰是她的男友。他靠重訓練得體格壯碩，看來像快爆掉的膿腫。

伯特看泡沫升到他的健力士啤酒頂端。時間一分分過去，我感覺越來越渺小。他終於把酒杯湊到嘴邊，大口喝起酒，喉結上下跳動。

「我想問你李尼．莫根的事。我在機廠問了一輪，大家都說你們是朋友。」

他沒什麼情緒反應。

我繼續說。「我知道他因為火災過世，也知道你們共事過。我只是想了解發生什麼事。」

伯特點燃香菸。「這干你什麼事？」

「我是心理師。李尼的兒子惹了一點麻煩，我想幫他。」我聽到自己講的話，感到一丁點的愧疚。我有嗎？我有試著要幫他嗎？

「他叫什麼名字？」

「巴比。」

「我記得他。李尼以前放假會帶他來機廠，他會坐在後頭按響鈴，對駕駛示意。他做了什麼？」

「他打傷一個女生，快要判刑了。」

伯特諷刺一笑。「這種鳥事常發生啊。你問我家老婆，我打過她一兩次，但她出拳比我還痛。一早起來就忘了。」

「這個女生傷得很重。巴比把她從計程車拖下來，在車水馬龍的路上把她踹到昏迷。」

「他們有一腿嗎？」

「沒有，他不認識她。」

「你站在誰那一邊？」

「我在評估他。」

「所以你想把他關起來？」

「我想幫他。」

伯特哼了一聲。外頭街上的車燈掃過牆上。「聽起來都沒差啦，小子，不過我看不出來這跟李尼有什麼關係。他都過世十四年了。」

「失去父親可能造成很大的創傷，或許能解釋一些他的行為。」

伯特停下來思考。我知道他在偏見和直覺之間取捨。他不喜歡我的鞋，不喜歡我的衣服，不喜歡陌生人。他想抵著我的臉怒吼，但他需要夠好的理由。再來一杯啤酒，他就能決定了。

伯特說，「你知道我每天早上都做什麼嗎？」

我搖搖頭。

「我會躺在床上一小時，背痛到甚至無法翻身拿菸。我會盯著天花板，思考今天要做什麼。每天都一樣：我會起床，一拐一拐走去浴室，再去廚房。吃完早餐，我會一拐一拐走來這兒，坐在這個凳子上。你知道為什麼嗎？」

我搖搖頭。

「因為我參透了復仇的秘密。活得比那些混帳久，我就能在他們墳上跳舞。舉瑪姬．柴契爾為例吧。她毀了這個國家的工人階級，關閉礦坑、碼頭和工廠。可是現在她也不行了——就像外頭那些船。不久前她中風了。不管你是驅逐艦還是小帆船——鹽最終都會把你搞壞。等她走了，我要在她的墳上**撒尿**。」

他喝乾酒，好像要洗掉嘴中噁心的味道。我對酒保點點頭，他開始倒下一杯。

「巴比長得像爸爸嗎？」

「才不像，他就像圓圓胖胖的布丁，還戴眼鏡。他很崇拜李尼，總像小狗跟在他後頭，替他跑腿端茶。李尼帶他去工作時，他會坐在酒吧外面喝檸檬水，等李尼喝幾杯啤酒，然後一起騎腳踏車回家。」

伯特漸漸來勁了。「李尼以前是商船船員，前臂都是刺青。他話很少，但如果聊開了，他會告訴你每個刺青的故事，還有他怎麼刺的。大家都喜歡李尼，提到他的名字都會笑。他人太好了，有些傢伙會佔他便宜……」

「什麼意思？」

「例如他太太，我不記得她的名字。她是愛爾蘭天主教徒，在商店工作，屁股很翹，內褲一扯就開。我聽說李尼只上過她一次，他太紳士了，不敢多說。她懷孕後就跟李尼說孩子是他的，任誰都會懷疑，但李尼馬上娶了她。他買了房子——用掉跑船存下來所有的錢。我們都知道他太太什麼德性：真是香爐人人插，機廠肯定有一半的人都搞過她。我們給她的綽號是『二十二號』——這裡最熱門的公車路線。」

伯特哀傷地看我，拍掉袖子上的煙灰。他解釋李尼起初是工廠的柴油引擎技師，後來減薪出去外勤工作。乘客喜歡他搞笑的帽子和突如其來的高歌。一九八一年利物浦隊在歐冠盃決賽擊敗皇家馬德里隊時，他還把頭髮染紅，用廁所衛生紙裝飾整台車。

據伯特所說，李尼知道太太不檢點。她大肆招搖她的不忠——穿迷你裙和高跟鞋，每晚在帝國舞廳和嘉富頓宴會廳跳舞。

伯特毫無預警突然揮動手臂，似乎想揍什麼。他的臉痛苦扭曲。「他太軟弱了——心腸軟，腦袋也軟。如果天空在下湯，李尼手裡只會有叉子。有些女人需要管教。她奪走一切……他的心，他的房子，他的兒子。大部分男人都會殺了她，但大部分男人不像李尼。她榨乾他，吸乾他的靈魂。她每個月花的錢比他的薪水多一百鎊，他已經上兩份班，還要做家事。我常聽他在電話上哀求她——『小乖，今天晚上妳會在家嗎？』她只是笑他。」

「他為什麼不離開她？」

他聳聳肩。「我猜他就是有盲點吧，或者她威脅要帶走孩子。李尼不是軟腳蝦，我看過他把四名流氓趕下公車，因為他們惹到其他乘客。李尼啊，他自己處得很好，只是處理不了**她**。」

伯特靜下來。我第一次注意到酒吧坐滿了，變得吵雜許多。週五晚間表演的樂團在角落準備。許多人看著我，試圖判斷我在做什麼。當你格格不入，很難保持匿名。

紅燈開始搖晃，木地板響起回音。我努力跟著伯特一杯一杯喝，試圖跟上他。

我問起那場意外。伯特解釋說李尼週末偶爾會借用工廠來製作他的發明，老闆都當作不知道。週末公車有開，但工廠沒人。

伯特問，「你有多了解焊接？」

「不太懂。」

他把啤酒推到一旁，拿起兩個杯墊，解釋如何集中熱源把兩片鐵焊在一起。通常有兩種方法生熱。弧焊使用強烈的電弧，低壓和高電流會產生華氏一萬一千度的高溫。另一種方法是燃氧氣焊，把乙炔或天然氣與純氧混合燃燒，產生可切穿金屬的火焰。

「一般人不會拿這些設備開玩笑。」他說，「不過我這輩子沒見過比李尼厲害的焊工，大夥以前都說他可以把兩張紙焊在一起。」

「我們在工廠非常小心謹慎。所有可燃液體都儲放在另一個房間，遠離切割或焊接工作區。易燃物至少要放在十公尺外。我們把排水溝蓋起來，滅火器就放在附近。」

「我不知道李尼在做什麼東西。有人開玩笑說他在造火箭，準備把前妻送去外太空。爆炸撞倒一輛八噸重的公車，乙炔桶飛了九十幾公尺遠，把天花板撞穿一個洞。」

「李尼最後倒在捲門附近，全身只剩胸口沒有燒焦。他們認為火球吞噬他的時候，他一定躺著，因為胸口的衣服只有微微燒黑。」

「幾名司機把他拖出火海。我還是不知道他們怎麼做到的……畢竟現場又熱，火勢又大。我記得事後他們說李尼的靴子冒煙，皮膚都脆到劈啪響了。他還有意識，但沒了嘴唇，無法說話。我很慶幸我沒看到，否則到現在還會做惡夢呢。」伯特放下酒杯，胸口起伏，短短嘆了一口氣。

「所以是意外囉？」

「一開始看來是。大家認為焊槍的火花點燃了乙炔桶。管線可能有破洞，或其他問題。或許他焊接的桶子裡累積了可燃氣體。」

「你說『一開始』是什麼意思？」

「他們撕下李尼的衣服，發現胸口有寫字。他們說每個字母都寫得工整完美——但我不相信，上下顛倒、由左到右寫的話不可能。他用焊槍在皮膚上燒出『對不起』三個字。我說過了，他這個人話很少。」

第九章

我不記得自己怎麼離開電車飯店，喝到第八杯後我就數不清了。冷風迎面襲來，我發現自己跪在地上，把胃裡的東西吐在一塊空地的碎石和煤渣上。

看來這是酒吧的臨時停車場。樂團仍在演奏鄉村西部音樂，翻唱威利．納爾遜的歌，唱著母親不讓孩子長大成為牛仔。

我試著站起來，但有人從後面推我一把，我倒在油膩的水坑中。先前酒吧裡的四名年輕人站著俯瞰我。

女孩問道，「你有錢嗎？」

「滾開！」

他們想踢我的頭，但沒踢中。另一腳踢到我的肚子，我的胃腸一鬆，害我又想吐了。我吸進空氣，努力思考。

女孩說，「天哪，巴茲，你說沒有人會受傷！」

「給我閉嘴！不要叫名字。」

「去死啦。」

名叫奧希的少年罵道，「你們兩個別吵了。」他是左撇子，喝蘭姆酒可樂。

「呆瓜，你少插嘴。」巴茲死瞪著他。

有人從我的外套拿出錢包。

巴茲說，「別拿信用卡，拿現金就好。」他年紀較長——二十歲出頭——脖子上有卍符號的刺青。他輕易把我拎起來，緊貼我的臉。我聞到啤酒、花生和菸味。

「嘿，廢物，聽清楚！這裡不歡迎你。」

他們把我推倒在頂端有鋼刺的鐵絲網上。巴茲面對面緊貼著我，他比我矮七公分，跟桶子一樣結實。他手中的刀鋒閃閃發亮。

我說，「請把錢包還我。還給我，我就不控告你們。」

他笑我，模仿我的聲音。**我聽起來真的那麼害怕嗎？**

「你們跟著我從酒吧出來。我看到你們在打撞球，你最後一局因為黑球輸了。」

女孩把眼鏡推上鼻樑，她的指甲咬得很短。

「巴茲，他在說什麼？」

「閉嘴！媽的別說我的名字。」他作勢要打她，但她兇猛地瞪他一眼。沉默蔓延，我現在不覺得醉了。

我聚焦在女孩身上。「丹妮，妳應該相信直覺才對。」

她睜大眼睛看我。「你怎麼知道我的名字？」

「妳叫丹妮，未成年——十三歲，或許十四歲。他是巴茲，妳的男朋友。那兩個是奧希和卡爾——」

「給我閉嘴！」

巴茲用力把我抵在圍欄上，他感到他失去優勢了。

「丹妮，妳希望這樣嗎？等警察找上門，妳媽媽會怎麼說？她以為妳在女生朋友家過夜吧？她不喜歡妳跟巴茲出去，她覺得他沒出息，沒指望。」

「巴茲，叫他別說了。」丹妮摀住嘴巴。

「給我閉嘴！」

沒人說話，大家都看著我。我往前一步，對巴茲悄聲說，「動動你的腦袋，巴茲。我只想要我的錢包。」

丹妮打岔，聽起來快哭出來了。「就把錢包給他吧，我想回家了。」

奧希轉向卡爾。「走吧。」

巴茲不知道該怎麼辦。他可以輕易搞死我，但現在他孤立無援。其他人早已離開，步態輕鬆，沿路笑鬧。

他用力把我推向圍欄，拿刀抵住我的脖子，臉湊到我臉旁。他咬住我的耳垂。高熱。劇痛。他把頭甩到一邊，奮力朝水坑吐了一口，推開我。

「巴比給你的紀念品！」

他抹掉嘴邊的血跡，大搖大擺走開，踢了旁邊的車門一腳。我坐在水中，靠著圍欄，錢包落在腳邊。默西河遠端的工業起重機頂端閃著指示燈。

我緩緩坐起身，試著站起來，但右腿一軟，害我跪倒在地。溫熱的血順著脖子流下。

我踉蹌走到大馬路，但路上沒有車。我回頭張望，擔心他們跑回來。我沿路走了八百公尺，找到一家計程車行，大門和窗戶都裝著鐵窗，室內瀰漫香菸和外帶食物的味道。

格柵後方的胖子問道，「你怎麼了？」

我在窗戶上瞥見自己的倒影。我耳朵的下半部不見了，上衣領子吸滿了血。

「我被搶了。」

「誰搶你？」

「一群小鬼。」

我打開錢包，現金還在……全都在。

胖子翻了個白眼，不再擔心我。我只是跟人打架的酒鬼。他用無線電叫了車，要我在人行道上等。我緊張地來回打量馬路，尋找巴茲的蹤影。

紀念品！巴比的朋友還真有趣。他們為什麼不拿錢？何必這麼做？除非他們想警告我收手。利物浦大到會迷路，卻又小到會遭人注意，尤其如果我四處打聽。

我癱坐在老舊的馬自達六二六轎車後座，閉上眼睛，讓心跳緩下來。肩胛骨之間的汗涼了，害脖子感覺發僵。

計程車在大學醫院放我下，我等了一小時，給耳朵縫了六針。實習醫生拿毛巾擦掉我臉上的血，問我報警了沒，我撒謊說有。我不希望盧伊茲知道我在哪裡。

醫生給了我一劑撲熱息痛止痛。我離開醫院，橫越城市來到碼頭頂。伯肯黑德開來的最後一班渡輪正在靠岸，引擎顫動周圍的空氣，紅黃繽紛的光線洩漏出來。我盯著水面，總覺得看到深色的形體。屍體。我再仔細一看，卻看不到了。為什麼我老是在找屍體？

小時候，偶爾我會跟姊姊去泰晤士河划船。有一天我找到一個袋子，裝了五隻死掉的小貓。派翠西亞一直朝我尖叫，叫我放下袋子。蕾貝卡想看袋子裡面，她跟我一樣，除了蟲和蜥蜴，沒看過死掉的東西。

我倒空袋子，小貓滾到草地上，濕淋淋的毛髮豎起來。我既感興趣，又心生厭惡。牠們曾有柔軟的毛和溫熱的血，跟我沒什麼不同。

後來到了青春期，我想像自己三十歲就會死了。當時正處冷戰高峰，世界顫巍巍懸在絕境的邊緣，全看美國白宮或蘇聯克里姆林宮的哪個狂人會突然想「真好奇這個按鈕按了會怎樣？」

自此以來，我內心的末日時鐘大幅度來回擺盪，跟實際的末日時鐘差不多。跟茱麗安結婚讓我變得極為樂觀，生下查莉更是加分。我甚至開始期待悠閒的老年生活，我們會把背包換成附輪的行李箱，花時間陪孫兒玩，把懷舊老故事講到他們不耐煩，學習古怪的嗜好……

現在未來完全不同了。我的眼前不再是璀璨的探索之路，而是困在輪椅上抽搐、結巴、流口水的窘境。「我們今天非得去看爸爸嗎？」查莉會問，「我們就算不去，他也不會知道。」

一陣強風吹得我牙齒打顫，我從圍欄推起身站好。我離開碼頭，不再擔心迷路。同時我覺得脆弱，暴露無援。

回到阿爾比恩飯店，櫃台小姐在勾毛線，動著嘴巴數針數。她腳邊某處傳來罐頭笑聲。她織完一排才抬頭招呼我，交給我一張字條，上頭寫了聖瑪莉學校教過巴比的老師姓名和電話。很快就要天亮了。

樓梯感覺變陡了。我又累又醉，只想躺下來睡覺。

我忽然驚醒，大口喘氣。我的手滑過床單，尋找茱麗安。當我在睡夢中哭喊，她通常會醒來，把手放在我胸口，悄聲說一切都沒事。

我深呼吸，等待心跳緩下來，接著滑下床，躡手躡腳走到窗邊。路上空無一人，只有運報車在送報。我輕碰耳朵，摸到粗糙的縫針。

我的枕頭上有血。

房門打開。事前沒有人敲門，也沒有腳步聲接近。我很肯定我鎖了門。一隻手出現，長長的手指塗了紅色指甲油。接著冒出一張臉，畫著唇膏和腮紅。她肌膚雪白，身材纖細，一頭金色短髮。

「噓噓噓！」

有人在她身後咯咯笑。

「拜託，你安靜點好嗎？」

她伸手要去開燈。我的影子打在窗上。「這個房間有人喔。」

她對上我的視線，驚訝地罵了一個字。她身後衣衫不整的高大男子身穿不合身的西裝，手伸進她的上衣。她說，「你嚇死我了。」她把他的手推開，他又醉醺醺去抓她的胸部。

「妳怎麼進來的？」

她不好意思地翻了個白眼。「搞錯了。」

「我有鎖門。」

她搖搖頭。她的男性友人越過她的肩膀探出頭。「他在**我們**房間做什麼？」

「蠢豬，這是**他的**房間！」她拿銀色鑲鑽手拿包打他的胸口，開始把他往後推。關上門前，她轉頭對我一笑。「你需要人陪嗎？我可以把他打發走。」

她實在好瘦，我可以看到她胸部上方的胸骨。「不用了，謝謝。」

她聳聳肩，拉高迷你裙下的絲襪。房門關上，我聽到他們試圖躡手躡腳走過走廊，爬到另一層樓。

我一時感到一肚子火。我真的忘了鎖門嗎？我喝醉了，或許還有點腦震盪。

剛過六點，茱麗安和查莉還在睡。我拿出手機，打開電源，在黑暗中盯著她們發亮的臉。沒有未讀的訊息。這是我的懺悔……不論是睡是醒都想著我的妻女。

我坐在窗台上，看天色漸亮。鴿子盤旋飛過屋頂，讓我想起印度的瓦拉那西，那兒的禿鷹會在葬禮火堆上高高徘徊，等燒焦的屍體丟進恆河。瓦拉那西是一座可悲的貧民窟，建築殘破不堪，孩童斜視，除了色彩亮麗的紗麗服和女人搖擺的臀部，毫無美感可言。瓦拉那西令我驚駭又著迷，利物浦也是。

我等到七點才打給茱麗安。一名男子接起電話，起初我以為打錯號碼，但我認出蘇格蘭佬的聲音。

他宏亮地說，「我才想到你呢。」我在背景聽到查莉說，「是爸爸嗎？我可以跟他說話嗎？拜託。」

蘇格蘭佬蓋住話筒，但我還是聽得見。他要她去找叫茱麗安，查莉抱怨幾聲，不過還是去了。

蘇格蘭佬親切友好地跟我話家常，我打斷他。「蘇格蘭佬，你在我家做什麼？出事了嗎？」

「你家的水管還是很爛。」

他對我家該死的水管有什麼概念？他用跟我一樣冷漠的態度回應我，我可以想像他的表情變了。

「有人試圖闖進你家。茱麗安有點嚇到，她不想一個人待在家。我提議過來陪她。」

「誰？什麼時候的事？」

「可能只是哪個毒蟲吧。水電工沒關門，他從大門跑進來。達約在書房發現他，一路追到馬路上，但在運河附近跟丟了。」

「有東西不見嗎？」

「沒有。」

我聽到樓梯上的腳步聲。蘇格蘭佬用手蓋住話筒。

「我可以跟茱麗安說話嗎？我知道她在。」

「她說不行。」

我感到一陣怒火湧上。蘇格蘭佬又想開玩笑。「她想知道你為什麼凌晨三點打給她媽媽。」

模糊的記憶浮上腦海：撥打電話；她媽媽冰冷的斥責。她掛我電話。

「讓我跟茱麗安說話就是了。」

「沒辦法，老兄。她不太舒服。」

「什麼意思？」

「就我說的意思，她有點不適。」

「有什麼問題嗎？」

「沒有，她身體很好，我給她做過全身檢查了。」他想惹我生氣，非常有效。

「**媽的**把電話給她——」

「喬，我不認為你有立場對我發號施令。你只會越搞越糟。」

我想揮拳揍向他每天做一百次仰臥起坐的肚子。這時我聽到明顯咔的一聲。有人拿起我書房的話筒，但蘇格蘭佬不知道。

我擺出願意和談的姿態，跟他說我晚點再打來。他放下話筒，但我豎著耳朵繼續等。

查莉緊張地問，「爸，是你嗎？」

「寶貝，妳好嗎？」

「我很好。你什麼時候回家？」

「我不知道，我得跟媽咪處理幾件事。」

「你們吵架了嗎？」

「妳怎麼知道？」

「媽媽生你氣的時候，我真不該讓她梳我的頭髮。」

「對不起。」

「沒關係。是你的錯嗎？」

「對。」

「你為什麼不道歉就好？我跟泰勒·瓊斯吵架的時候，你就要我道歉呀。」

「這次我覺得光道歉不夠了。」

我聽得出來她在思考，甚至能想像她專注咬著下唇。

「爸？」

「嗯。」

「那個……呃……我想問你一件事，是跟……那個……」她反覆開口又停下來，我要她在腦中想好整個問題再問。

她終於脫口而出。「報紙上有一張照片……有個人頭上罩著外套。學校……有些同學在講，拉克倫·歐布萊恩說是你，我說他亂講。可是昨天晚上，我從垃圾桶拿出一份報紙。媽媽把報紙都丟了。我偷偷拿上樓到房間——」

「妳讀了報導嗎？」

「嗯。」

我的肚子一緊。我該怎麼向八歲小孩解釋錯誤逮捕和認錯身分？我們向來教導查莉要相信警方。公平公正很重要——即使在遊樂場也是。

「他們搞錯了，查莉，警察搞錯了。」

「那為什麼媽媽生你的氣？」

「因為我犯了別的錯，不同的事，跟警察或妳都沒關。」

她陷入沉默，我幾乎能聽到她在思考。

我問，「媽咪怎麼了？」

「我不知道。我聽到她跟蘇格蘭佬叔叔說她晚來了。」

「什麼晚來了？」

「她沒有說，她只說她晚來了。」

我請她一字一句重複那句話，她不懂為什麼。我口乾舌燥，但不只因為宿醉。我在背景聽到茱麗安叫查莉的名字。

「我得掛了。」查莉悄聲說，「早點回家。」

我還來不及說再見，她就急忙掛掉電話。我的直覺反應是立刻打回去，我想一直打到茱麗安跟我說話為止。「晚來」跟我想的意思一樣嗎？我感到肚子一陣反胃，腦袋一片絕望。

如果現在去趕火車，我三小時內就能到家。我可以站在門前，直到她同意跟我說話。或許她希望這樣——要我跑回去爭取她。

我們等了六年。茱麗安從未喪失信心，是我放棄了希望。

第十章

我走進店內，頭上的鈴鐺叮叮響起。精油、香氛蠟燭和藥草膏的香味飄進鼻孔。深色木板做的狹窄層架從地面延展到天花板，上頭塞滿香、肥皂和精油，鐘形罩裡從浮石到海藻應有盡有。

一名壯碩的女子從隔板後方走出來。她身穿顏色亮麗的寬鬆長袍，布料從喉頭往外飄逸，罩住豐滿的胸部。她的頭殼上吊著一串串珠子，走路時碰撞作響。

「進來，進來，別害羞。」她揮手要我過去。她叫露易絲．艾伍德，我認出她在電話上的聲音。有些人的長相跟聲音如出一轍，她也不例外──深沉、低啞又大聲。她跟我握手，手臂上的手環叮噹作響。她的額頭中央貼了一顆紅點。

「唉呀，唉呀，唉呀。」她伸手扶著我的下巴。「你來得正是時候。看看這雙眼睛，無神又乾燥。你最近睡不好吧？血液裡有毒素，吃太多紅肉了，搞不好還對小麥過敏。你的耳朵怎麼了？」

「理髮師太激動了。」

她挑起一邊眉毛。

「我們講過電話。」我解釋，「我是歐盧林教授。」

「果然！看你這副德性！醫生和學者都是最糟的病人，從來不聽自己的建議。」

她意外靈活地踮腳旋轉，急匆匆往店裡去，沿路仍說個不停。她周遭沒有男人明顯的痕跡，告示板上的孩童照片大概都是侄兒姪女。她有一隻緬甸貓（貓毛）、整個抽屜的巧克力（地上的鋁箔紙），還對羅曼史情有獨鍾（凱瑟琳．庫克森寫的《沉默女士》）。

隔板後方是一個小房間，剛好夠放一張桌子、三張椅子，以及有小水槽的工作台。唯一的插座插著熱水壺和收音機。桌子中央的女性雜誌攤到填字遊戲那頁。

「喝花草茶嗎？」

「妳有咖啡嗎？」

「沒有。」

「茶也可以。」

她連珠炮般丟出十幾種不同口味，等她說完，頭幾個我都忘了。

「洋甘菊。」

「選得好，適合舒緩緊張壓力。」她頓了一下，「你不信這一套吧？」

「我一直搞不懂為什麼花草茶聞起來那麼香，喝起來卻毫無味道。」

她笑了，整個身體跟著抖動。「花草茶的口感幽微，與身體協調合作。五感當中嗅覺反應最快。觸覺可能更早出現，最晚消失，但氣味可是直接寫進我們的腦袋。」

她拿出兩個小瓷杯，把冒煙的熱水倒進陶壺，用銀製茶篩濾了茶葉兩次，才把其中一杯推給我。

「所以妳不讀茶葉占卜囉？」

「教授，別開我玩笑了。」她沒有生氣。

「十五年前，妳是聖瑪莉學校的老師。」

「為了贖罪啊。」

「妳記得一個叫巴比．莫根的男生嗎？」

「當然記得。」

「妳對他有什麼印象？」

「他蠻開朗的，不過對自己的體態有些介意。他不太擅長體育，其他男生有時會嘲笑他，但他唱歌很好聽。」

「妳是合唱團老師？」

「對。我建議讓他上聲樂課，但他母親不太好親近。我只在學校看過她一次，她來抱怨巴比從她的錢包偷錢，好參加去利物浦博物館的校外教學。」

「他父親呢？」

她一臉疑惑看著我。看來我應該要知道才對，現在她在判斷是否該說下去。

「巴比的父親不能進來學校。」她說，「巴比二年級的時候，法院下了禁制令。巴比沒告訴你嗎？」

「沒有。」

她搖搖頭，串珠左右搖晃。「我提報的。幾週內，巴比就在課堂上尿褲子兩次，後來又大在褲子上，整個下午都躲在男生廁所。他很難過，我問他怎麼回事，但他不說。我帶他去看學校護士，她幫他換了一條褲子。這時她注意到他腿上的疤痕，看來像被打過。」

學校護士依照正常程序告知副校長，副校長則通報給社會局。我對這套流程再清楚不過。緊急待命社工會記下通報內容，跟區域經理討論。骨牌開始傾倒——醫療檢查，訪談，指控，否認，個案討論，判定「有風險」，核發臨時照護令，上訴——一塊撞倒一塊。

我問道，「我想多了解法院判決的內容。」

她只記得些許細節。性侵指控，但父親否認了。禁制令。下課有人監護巴比。

「警方有調查，但我不知道結果。都是副校長在應付社工和警察。」

「她還在嗎？」

「沒有，她十八個月前辭職了；家庭因素。」

「巴比後來怎麼了？」

「他變了，沉靜得不像大部分小孩，很多老師覺得非常恐怖。」她盯著茶杯，輕輕前後搖動杯子。「他父親過世後，他變得更加孤立。感覺好像他在外頭，臉緊貼著玻璃往內看。」

「妳覺得巴比遭到家暴嗎？」

「歐盧林教授，聖瑪莉學校在很貧窮的學區。對有些家庭來說，光是早上起床就是一種暴力。」

我對車幾乎毫無概念。我懂得加油、替輪胎打氣、替散熱器加水，但我對車款、型號或現代內燃機的動力不感興趣。通常我不會注意路上其他車輛，但今天不同。我一直看到一輛白色廂型車。第一次是早上離開阿爾比恩飯店時，車子停在對街。別的車上都蓋著一層霜，但廂型車沒有，擋風玻璃和後車窗上露出參差不齊的透明圓形。

同一輛白色廂型車——或另一輛一樣的車——停在露易絲．艾伍德的店對街的送貨斜坡上。後車門打開，我看到裡頭地上堆滿粗麻布袋。利物浦至少有數百台白色廂型車；搞不好某家貨運公司的整個車隊都是。

昨天晚上後，我在每個門口都看到鬼影潛伏，現在連車上也是。我橫越廣場，停在百貨公司櫥窗前。我可以從玻璃反射看到後方的廣場，沒有人跟著我。

我還沒吃飯。為了暖身子，我在購物中心二樓找了一間俯瞰中庭的咖啡廳。我的位子可以看到手扶梯。

身兼記者、酒鬼及智者的H．L．孟肯曾說，每個複雜的問題都有一個簡單、明瞭又錯誤的解決方案。我同樣不相信明顯的答案。

大學時我常常質疑直白的假設，往往逼得講師分神。「為什麼你不能接受事情就是這樣？」他們會問，「為什麼簡單的答案**不能**是對的？」

因為大自然不是這樣。如果演化是為了追求簡單的答案，我們都會有較大的腦袋，不會看《你上電視了！》這種綜藝節目，或者有較小的腦袋，不會發明大規模毀滅性武器。母親會有四條手臂，嬰兒出生六週就會離家。我們會有鈦金屬骨骼、抗紫外線的皮膚、X光視線，還可以永遠勃起，連續高潮。

巴比．莫根——我要用本名稱呼他了——身上有許多遭到性侵的標準跡象。即便如此，我也不希望是真的。我越來越欣賞李尼．莫根，他成功養大巴比，大家都親近他，巴比也崇拜他。

也許李尼這個人有兩面，家暴者未必不是安全和藹的家長。這樣假設就能解釋他為何自殺，也可能說明巴比為何需要兩個人格才能存活。

第十一章

社會局會保存性侵受害兒童的檔案。以前我能自由存取所有檔案，但現在我不在體制內工作了。隱私權法規非常嚴格。

我需要找超過十年沒見的人幫忙。她叫梅琳達．柯西默，我擔心我可能認不出她。我們約好在裁判法院對面的咖啡廳見面。

當年我初到利物浦，小梅是緊急待命社工，現在她是區域經理了（他們稱作「保護兒童專員」）。沒有多少人能在社福領域撐這麼久，要不是消磨殆盡，就是爆走離開。

小梅是正港龐克，一頭尖刺般的頭髮，衣櫃裡都是仿古皮衣和破洞牛仔褲。她總是挑戰大家的意見，因為她喜歡看人力挺自己的信念，不管她同意與否。

她在康瓦爾郡長大，從小就聽在當地當漁夫的父親自以為是高談「男人的工作」和「女人的工作」哪裡不同。可想而知，她成了狂熱的女性主義者，博士論文的題目是「當女人穿上褲子」。她父親在墳裡一定氣得打滾吧。

小梅的丈夫博伊德是蘭開夏郡人，總穿卡其褲和高領毛衣，抽捲菸。他又高又瘦，十九歲就白了頭髮，卻把頭髮留長綁成馬尾。只有一次打完羽球沖澡時，我看過他放下頭髮。

他們很好客。幾乎每個週末，我們都在博伊德破舊的陽台上舉辦晚宴。陽台上有「風鈴」花園，以及種在舊魚池裡的大麻。我們都工作過量，不受重視，但仍充滿理想。茱麗安會彈吉他，小梅的歌聲堪比歌手瓊妮．密契爾。我們會吃素食大餐，飲酒過量，吸一點大麻，替世界撥亂反正。我們會宿醉到星期一，肚子脹氣到週間。

小梅隔著窗戶朝我扮鬼臉。她的頭髮筆直，往後夾露出臉。她身穿深色長褲和合身的米白色外套，領口別著白緞帶，我不記得是代表哪個慈善組織了。

「這是管理階層的打扮嗎？」

「不是，是中年人的打扮。」她笑笑，似乎很感激能坐下。「這雙鞋快痛死我了。」她踢掉鞋子，揉揉腳踝。

「妳去逛街嗎？」

「去兒童法庭出庭。緊急照護令。」

「結果好嗎？」

「至少沒更糟。」

我去點咖啡，留她佔位子。我知道她在打量我，想判斷我變了多少。我們還有共通點嗎？為什麼我突然出現？照護領域的人特別容易起疑。

「你的耳朵怎麼了？」

「狗咬的。」

「你不該跟動物工作。」

「我知道啊。」

小梅看我試圖用左手攪拌咖啡。「你跟茱麗安還在一起嗎？」

「嗯哼。我們生了查莉，她八歲了。我覺得茱麗安可能又懷孕了。」

「你不確定嗎？」她笑了。

我跟著一起笑，卻感到一絲愧疚。

我問起博伊德。我想像他是個老嬉皮，依然穿亞麻上衣和束腳垮褲。小梅撇開臉，但我還是看到痛苦像雲飄過她的眼睛。

「博伊德過世了。」

她靜靜坐著，讓沉默逐漸適應消息。

「什麼時候的事？」

「一年多前。一輛裝了防撞架的四輪驅動大車闖紅燈，把他掃出去。」

我跟她說我很遺憾。她哀戚一笑，舔掉湯匙上的奶泡。

「大家都說第一年最難熬。我跟你說，感覺就像五十個拿警棍和防暴盾牌的警察毒打你。我還是無法相信他不在了。我甚至一度怪**他**，覺得他拋棄了我。聽起來很蠢，不過我一氣之下賣掉他收藏的唱片，後來花了我兩倍的錢才買回來。」她顧自笑笑，攪拌咖啡。

「妳應該聯絡我們，我們都不知道。」

「博伊德弄丟了你們的地址，真是沒用。我知道我找得到你們。」她不好意思地笑。「我只是有一陣子不想見人，否則只會讓我想起過去的美好時光。」

「現在他在哪兒？」

「我家檔案櫃上的小銀壺。」她講得像是他在花園小屋裡瞎忙。「我沒辦法把他埋在這兒，天氣太冷了，要是下雪呢？他最討厭冷天氣了。」她哀傷地看著我。「我知道很蠢。」

「我不覺得。」

「我想說存一筆錢，帶他的骨灰去尼泊爾。我可以爬上山灑骨灰。」

「他懼高耶。」

「也是。或許我就把骨灰倒進默西河好了。」

「可以嗎？」

「我不覺得有人能阻止我。」她悲傷地笑笑。「你怎麼會回來利物浦？當初你簡直像逃難一樣馬上就走了。」

「真希望當初能帶你們一起走。」

「下去南部！少來了！你也知道博伊德怎麼看倫敦。他說倫敦人都在尋找別處找不到的東西，卻沒用心看。」

我完全可以想像博伊德說這句話。

「我要找一份兒童保護檔案。」

「紅邊檔！」

「沒錯。」

我好久沒聽到這個詞了。利物浦的社工用紅邊檔暱稱通報的保護兒童案件，因為呈報檔案有深紅色的邊框。

「哪個小孩？」

「巴比．莫根。」

小梅馬上想起來，我從她眼中看得出來。「我凌晨兩點把裁判官叫起來簽臨時照護令。他父親自殺。你總該記得吧？」

「我沒印象。」

她皺起眉頭。「或許是厄斯金處理的。」魯伯．厄斯金是我們部門的資深心理師，我是資淺的那一個——他一有機會就提醒我。小梅是接下巴比案子的緊急待命社工。

「學校老師通報的。」她解釋，「他母親起初不想多說，直到看到醫學檢查證據才崩潰，說她懷疑是她先生。」

「妳能弄到檔案給我嗎？」

我看得出來她想問為什麼，但同時她也意識到置身事外或許比較安全。結案的兒童照護檔案存放在哈頓花園——利物浦社會局的總部。檔案會保存八十年，只有特定職員、取得授權的主管機關或法院職員可以調閱。所有查閱紀錄都會納入檔案本身。

小梅盯著茶匙上她的倒影。她必須做決定，要幫我還是拒絕？她瞥了手錶一眼。「我打幾通電話看看，一點半來我的辦公室。」

離開時她吻了我的臉頰。我又點了一杯咖啡，繼續等待。閒暇時間最討厭了，給我太多時間思考。這時各種思緒會隨機跳過我的腦袋，像罐子裡的乒乓球：茱麗安懷孕了。我們需要在樓梯底端裝兒童門欄。查莉今年暑假想去露營。巴比和凱薩琳的關係是什麼？

另一輛廂型車開過——但不是白車。司機把一綑報紙丟在咖啡廳門口的人行道上。頭版標題寫著：「懸賞麥布萊案兇手」。

小梅的辦公桌很乾淨，兩側各有一疊亂糟糟的文件。她的電腦貼滿貼紙、頭條和漫畫。其中一張畫了強盜舉槍說，「要錢還要命！」受害者回答，「我沒錢也沒命，我是社工。」

我們在社會局四樓，大部分的辦公室週末都沒有人。小梅的窗戶看出去是一棟半建造、半搭造的倉庫。她成功替我弄到三份檔案，分別用紅色膠帶黏起來。她逛街回來前，我有一個小時。

我知道會讀到什麼。智慧維修的大原則是保存所有零件，社會局也不例外。他們亂搞別人的生活時，會詳細記下每一個決定。檔案會留下訪談、家庭評估、心理報告和醫療紀錄，每次個案討論和策略會議的會議紀錄，還有警方筆錄和法院判決的副本。

如果巴比待過兒童養護之家或精神病房，都會留下紀錄，會有名字、日期和地點。運氣好的話，我可以跟凱薩琳．麥布萊的的檔案交叉比對，找出關聯。

檔案第一頁是聖瑪莉學校打來的電話紀錄。我認出小梅的筆跡。巴比「近來展現數次行為異變」。除了在褲子上大小便，他還「展現不恰當的性舉動」。他曾脫掉內褲，與一名七歲女童模擬性交。

小梅把相關資訊傳真給區域經理，同時聯絡區域辦公室的行政人員，要求查詢索引，確認巴比、他的父母或手足是否曾出現在檔案中。索引查詢沒有結果，於是她建了新檔案。巴比的傷勢最令她擔心，她詢問兒童部門的魯卡斯．道頓協理，他決定發起調查。

由於邊框顏色特殊，「紅邊檔」很容易找到。檔案記下巴比的姓名、生日、地址、父母詳細資訊、學校、家醫師和已知健康問題。裡頭也有原始通報人聖瑪莉學校副校長的資訊。

小梅安排了完整的醫療檢查。理查．雷尚德醫生發現「左右屁股上皆有兩到三道約十五公分長的痕跡」。他說傷痕符合「用硬物連續抽打二到三次，例如使用裝有飾釘的皮帶」。

巴比接受檢查時焦躁不安，拒絕回答任何問題。雷尚德醫生注意到肛門周圍看似有舊的疤痕組織，他寫下「不清楚傷口成因是意外或刻意插入」。後續報告中他越發肯定，描述疤痕「符合虐待造成的傷痕」。

布莉姬．莫根接受訪談。起初她態度不善，指控社會局好管閒事。聽聞巴比的傷勢和行為後，她開始修飾她的回答，最終替先生找起藉口。

「他人很好，但就是忍不住。他生氣就會失控。」

「他打過妳嗎？」

「有。」

「巴比呢？」

「他被打得最慘。」

「他都用什麼打巴比？」

「狗項圈……如果他知道我在這兒，他會殺了我……你不知道他是什麼德性……」

當問及丈夫是否有不當的性舉動，布莉姬嚴正否認先生會做這種事。隨著訪談進行，她抗議得越來越激動，最終哭了起來，要求見巴比。

所有性侵指控都必須通報警方，布莉姬．莫根聽說之後變得更加焦慮。她明顯情緒激動，坦承擔憂丈夫與巴比的關係。她不願或無法多加說明。

巴比和母親被帶到馬許巷警察局接受正式偵訊。警局召開策略會議，與會人有小梅．柯西默、她的直屬上司魯卡斯．道頓、偵查佐海倫娜．布朗特和布莉姬．莫根。莫根太太與巴比獨處幾分鐘後，承認有必要調查。

我翻閱她在警局的筆錄，試圖挑出指控中的癥結。兩年前，她宣稱看到巴比沒穿內褲坐在先生大腿上，先生只有腰上圍著毛巾，看似把巴比的手推到他的雙腿間。

過去一年，她經常在巴比脫衣服洗澡時發現他沒穿內褲。她問他為什麼，他說，「爸爸不喜歡我穿內褲。」

母親也宣稱丈夫只在巴比醒著時洗澡，而且不關浴室門。他往往會邀巴比一起洗，但孩子會找藉口拒絕。

雖然不是罪證確鑿的聲明，但在厲害的檢察官手中，殺傷力已經夠了。我以為接下來是巴比的筆錄，卻沒看到。我翻了幾頁，都沒提到有正式筆錄，或許能解釋為何最終沒有起訴李尼．莫根。檔案裡倒是有一捲錄影帶和一疊手寫筆記。

小孩給的證據至關重要。除非他們坦承遭到侵犯，否則勝訴的機率微乎其微。要不加害者得承認犯行，不然醫學證據就得無可辯駁。

小梅的辦公室有錄影機和電視。我從硬紙盒抽出錄影帶，標籤上寫著巴比的全名，還有訪談的日期和地點。螢幕閃過開頭畫面，左下角顯示時間戳。

由於時間有限，兒童照護評估跟一般的病人諮詢非常不同。若想建立信賴關係，讓孩子緩緩吐露內心世界，往往要花上數週。因為評估必須迅速完成，提問方式會直接許多。

兒童友善的訪談室地上放著玩具，牆面色彩鮮豔，桌上擺了圖畫紙和蠟筆。小男孩緊張地坐在塑膠椅上，看著空白的紙。他身穿學校制服，短褲寬鬆，鞋子磨損。他瞥向攝影機，我清楚看到他的臉。十四年來他變了很多，但我仍認出他。他木然坐著，彷彿認了他的命運。

我還想起別的，不只這樣。細節像投降的士兵返回腦中。我看過這個男孩。魯伯・厄斯金曾請我評估一個案子，有個男孩對他的提問毫無反應，他需要新的做法，或許換張新面孔。

影片還在播。我聽到**我的**聲音。「你喜歡別人叫你羅伯特、羅伯還是巴比？」

「巴比。」

「巴比，你知道你為什麼在這兒嗎？」

他沒有回答。

「我得問你幾個問題，可以嗎？」

「我想回家。」

「再等一下。巴比，我問你喔，你了解真話和謊話的差別吧？」

他點頭。

「如果我說我的鼻子是胡蘿蔔，這算是？」

「謊話。」

「沒錯。」

錄影帶繼續播放。我問了學校和家裡的籠統問題，巴比談起他喜歡的電視節目和玩具。他放鬆下來，一面說話一面在紙上塗鴉。

如果給他三個魔法願望，他要許什麼？他支支吾吾兩次，輪換了幾個選項，才終於決定：一、開巧克力工廠；二、去露營；三、打造讓大家快樂的機器。他最想當誰？音速小子，因為「他跑得很快，又能拯救朋友」。

我看著影片，認出成人巴比的一些動作和肢體語言。他很少微笑或笑出聲，視線交會時間都很短。

我問起他的父親。起初巴比神采奕奕，直言不諱。他想回家看爸爸。「我們在發明東西，可以確保購物袋放進後車廂後，裡頭的商品不會掉出來。」

巴比畫了一張自己的畫，我要他說出各個身體部位的名稱。他講到「私處」時含糊帶過。

「你喜歡跟爸爸一起洗澡嗎？」

「嗯。」

「為什麼喜歡？」

「他會搔我癢。」

「他會搔你哪裡？」

「全身。」

「他會用你不喜歡的方式碰你嗎？」

巴比皺起眉頭。「不會。」

「他有碰過你的私處嗎？」

「沒有。」

「替你洗澡的時候呢？」

「可能吧。」他喃喃說了什麼，我聽不出來。

「媽媽呢？她有碰過你的私處嗎？」

他搖搖頭，表示想回家。他揉起圖畫紙，拒絕再回答問題。他沒有生氣或害怕，遭到性侵的孩子常這樣「保持距離」，試著把自己縮小，避免成為目標。

訪談結束，明顯沒有定論。孩子的肢體語言和動作不足以構成意見。

我回頭繼續讀檔案，拼湊出後續發生的事。小梅建議把巴比加進兒童保護清單——視為有風險的當地兒童名單。她申請臨時照護令，凌晨兩點叫起裁判官簽名。

警察逮捕了李尼．莫根，搜查他的家、他在公車機廠的櫃子，以及附近租來當工作室的車庫。從頭到尾他都宣稱無罪。他自詡是慈愛的父親，從沒做錯事，沒跟警方起過衝突。他宣稱不知道巴比的傷勢，但承認兒子拆開弄壞一個完好的鬧鐘時，他「打了他一下」。

我對後續發展一無所知，我的參與在訪談後就結束了。這是厄斯金的案子。

八月十五日星期五召開了兒童保護個案討論會。會議主席是魯卡斯．道頓，與會人包括緊急待命社工、心理師顧問魯伯．厄斯金、巴比的家醫科醫師、學校的副校長，還有偵查佐海倫娜．布朗特。

會議紀錄顯示魯卡斯．道頓主導會議進行。我記得他。我第一次參加個案討論時提出與他不同的建議，他立刻憤而駁斥我的說法。主管很少遭到質疑——更別說對方是資淺心理師，學位證書新到墨水都還沒乾呢。

警方沒有足夠的證據起訴李尼．莫根，但刑事調查仍持續進行。根據物證和布莉姬．莫根的筆錄，討論會成員提議把巴比送去寄養家庭，除非父親同意自行離家。可以安排他們每日見面，但父子兩人不得獨處。

巴比在寄養家庭待了五天，李尼才同意搬去別處住，等候對他的指控調查完畢。

第二份案件檔案以目次開頭，我掃過清單，繼續讀下去。社工和心理師追蹤莫根一家三個月，試圖探究這個家庭如何運作。他們監督審視巴比的行為，特別是父親來訪視的時候。厄斯金分別訪談了布莉姬、李尼和巴比，記下詳細的紀錄。他也跟巴比的外婆寶琳．亞恩和布莉姬的妹妹談過。

兩人似乎都證實了布莉姬對李尼的懷疑。寶琳．亞恩甚至宣稱看過父子間不妥的行為，她說父子倆睡前扭打著玩，她看到李尼的手伸進巴比的睡褲。

我比較她和布莉姬的筆錄，注意到她們用了許多相同的詞彙和描述。假如是我的案子，我會感到蹊蹺。血濃於水——搶小孩監護權時尤其明顯。

李尼．莫根的第一任妻子車禍過世。他第一段婚姻的兒子達維．莫根十八歲離家，從未引起社會局注意。

他們試著找他好幾次。兒童照護專員追查到他的老師和游泳教練，雙方都說不曾擔心他的行為表現。達維十五歲離校，到當地建築公司當學徒。他尚未學成就離職，最後已知的地址是澳洲南部一間背包客棧。

檔案裡有厄斯金的結論，但沒有他的會診筆記。他描述巴比「焦慮，坐立不安，性格脆弱」，並展現「創傷後壓力症候群的症狀」。

「問及是否曾遭到性侵，巴比變得越發焦躁，防衛心強。」厄斯金寫道，「如果有人暗示他的家庭不甚理想，他也會出面反駁，似乎努力想隱藏什麼。」

針對布莉姬．莫根，他寫道：「她最擔心的對象永遠是兒子。她特別不願意繼續允許訪談巴比，因為會造成他焦慮。據說巴比近來會尿床，也難以入睡。」

她的擔憂不難理解。粗略算算，我估計巴比給治療師、心理師和社工訪談了超過十幾次，同樣的問題換句話說不斷重複。

自由遊戲會診時，他們觀察到巴比脫掉玩偶的衣服，指出身體部位的名字。這些會診沒有錄影，但一名治療師提報巴比把一個玩偶放在另一個上面，發出悶哼聲。

厄斯金在檔案中放了兩張巴比的畫。我伸長手臂拿起來看。以抽象畫來說，他畫得挺不錯——介於畢卡索和摩登原始人之間。他畫的人像機器人，臉部歪曲。大人畫得特別大，小孩非常小。

厄斯金總結：

> 就我來看，數項重要證據強烈佐證莫根先生與兒子可能有性接觸。首先是布莉姬．莫根及外婆寶琳．亞恩太太給的證據。兩人看來都沒有偏見，亦沒有理由誇大說詞。兩人都目睹莫根先生在兒子面前暴露下體，並脫下兒子的內褲。
>
> 其二是理查．雷尚德醫生給的證據。他發現「孩子的左右屁股上皆有兩到三道約十五公分長的疤痕」。肛門周圍的疤痕組織更令人擔心。
>
> 除此之外，我們還看到巴比的行為轉變。他展現出對性事的病態興趣，對實際進行方式的理解也遠超過一般八歲孩童。
>
> 依照上述事實，我相信巴比極有可能遭到性侵，對象應該就是父親。

十一月中一定還有一次個案討論，但我找不到會議紀錄。警方暫停調查，但案子沒有結案。第三份檔案都是法律文件，有些用蝴蝶結綁繩裝訂。我認出這些文件。社會局確定巴比有危險，便申請了永久照護令。律師出籠了。

「你在喃喃自語什麼？」小梅逛街回來，用帳本端來兩杯咖啡。「抱歉沒有更烈的給你喝。還記得以前我們聖誕節會偷渡好幾箱酒進來嗎？」

「我記得博伊德喝醉，吐在大廳的塑膠盆栽裡。」

我們都笑了。

「有激起一些印象嗎？」她指向檔案。

「唉，有啊。」我的左手顫抖，我把手抵著大腿。「妳覺得李尼・莫根怎麼樣？」

她坐下來，踢掉鞋子。「我覺得他是沙豬，暴力又會攻擊人。」

「他做了什麼？」

「他在法庭外找我對質。我在大廳打電話，他問我為什麼這麼做——彷彿我對他有意見。我試著閃過他，但他把我推到牆上，伸手掐住我的喉嚨。他眼中的神情……」她打了個哆嗦。

「妳沒有提告？」

「沒有。」

「他很生氣？」

「對。」

「他太太呢？」

「布莉姬。全身皮草，沒穿內褲。標準想往社會上流爬的那型。」

「不過妳喜歡她？」

「對。」

「照護令後來怎麼了？」

「一名裁判官同意，兩名認為佐證的證據不足。」

「所以妳試圖要法院監護巴比？」

「當然，我可不會讓他父親接近他。我們馬上去地方法院，當天下午就開了聽證會。文件應該都在裡頭。」她指向檔案。

「誰出庭作證？」

「我。」

「厄斯金呢？」

「我用了他的報告。」

小梅對我的問題開始不耐煩。「每個社工都會跟我採取同樣的作法。如果裁判官不講理，就去找法官，十之八九可以申請到法院監護。」

「現在不行了。」

「對。」她聽起來頗失望。「規則改了。」

巴比由法院監護後，生活福祉的每個重大決策都不再由家人決定，而是交給法院。沒有法院許可，他不能更換學校、申請護照、從軍或結婚，同時也確保父親永遠不得重回他的生活。

我翻閱檔案，找到法院判決。總共約有八頁，我快速掃過，尋找結論。

> 夫妻雙方都真心關懷孩子的福祉。我很慶幸過去他們曾試圖盡其所能履行父母的責任。可惜就我所見，父親想確切適當履行對孩子的義務，卻受到對其指控的負面影響。
>
> 我考量了反面證據——即父親的否認。我也了解孩子希望與父母同住。顯然在尊崇他的願望與其他攸關巴比福祉的事宜之間，必須達成平衡。
>
> 兒童福祉綱要和測試指引很明確，巴比的利益為首要之務。若給予家長監護權或接觸孩童

的權利，會使孩童暴露於無法接受的性侵風險中，則法院無法同意。

我希望未來等巴比有一定程度的自我保護、成長和理解，他會有機會與父親共享天倫。然而我很遺憾那一天仍遠在未來，在那之前，他不應與父親接觸。

判決蓋有法院章，由凱薩琳的祖父亞歷山大·麥布萊法官簽署。

小梅從桌子遠端看我。「找到你要的東西了？」

「不完全。妳常跟麥布萊法官交手嗎？」

「他是個好傢伙。」

「我想妳聽說他孫女的事了。」

「真是糟糕。」

她緩緩轉動椅子，伸長腿，把鞋子擱在牆上。她的雙眼直盯著我。

我故作輕鬆問，「妳知道凱薩琳·麥布萊有沒有檔案嗎？」

「你會問還真有意思。」

「為什麼？」

「剛才也有人想調查她。同一天就有兩份有趣的申請呢。」

「誰想看她的檔案？」

「重案組的警探，他想知道**你的**名字有沒有在檔案裡。」

她眼神銳利，很生氣我有所隱瞞。社工不會輕易向人傾訴，他們學會不能相信人……畢竟他們面對的都是受虐兒童、受暴妻子、毒蟲、酒鬼和爭奪監護權的父母。沒有什麼事能單看表面。絕不能相信記者、辯護律師，還有害怕的父母。訪談時不能放棄，或向孩子做出承諾。絕不能仰賴寄養家庭、裁判官、政治人物或高階公務人員。小梅以前信任我，我卻讓她失望了。

「警探說你是嫌疑人。他說凱薩琳曾申訴你性侵她，他想知道有沒有其他的申訴。」

這是小梅的專業領域。她對男人沒有意見，只是看不下去他們做的事。

「性侵事件是假的，我沒碰過凱薩琳。」

我藏不住口氣中的怒氣。想視而不見的人才會把另一邊臉頰也給人打，我受夠別人指控我沒做的事了。

走回阿爾比恩飯店路上，我試著拼湊起事件全貌。縫過的耳朵陣陣刺痛，卻協助我專注思考，就像把電視開到最大聲更能專心。

巴比失去父親時跟查莉差不多同年。這種悲劇可能造成嚴重傷害，但要形塑小孩的心智得靠不只一個人，還有祖父母、叔伯舅舅、阿姨姑姑、兄弟姊妹、老師、朋友跟一堆臨時演員。如果能找來這些人受訪，或許就能弄清楚他怎麼了。

我缺了什麼？小孩交給法院監護，他的父親自殺。很可憐沒錯，但並不特別。九零年代初期修了法，現在小孩不再給法院監護了。舊體系太容易遭到濫用，不需要多少證據，也沒有稽核和平衡機制。

巴比具備遭到性侵的所有跡象。受虐兒童會想辦法保護自己，有些出現創傷失憶，有些把痛苦埋進無意識的腦中，或拒絕回想發生的事。同時有些社工只會「查核」，卻不質疑虐待的指控。他們相信指控者絕不會撒謊，而加害者永遠滿口胡言。

巴比越否認出事，大家就越相信肯定有問題。這樣鐵打的假設成了整個調查的基石。要是我們搞錯了呢？

密西根大學的研究員曾拿一名兩歲女童的真實案件摘要給一群專家看，包括八名臨床心理師、二十三名研究生，以及五十名社工和精神科醫生。研究員一開始就知道孩子**沒有**遭到性侵。母親在女兒腿上找到瘀青，在尿布裡找到一根陰毛（她認為看來像父親的），便宣稱女兒遭到侵犯。四次醫學檢查都沒有找到性侵的證據，兩次測謊加上警方與兒童保護局的共同調查還給父親清白。

即便如此，四分之三的專家都建議密切監督父親與女兒的接觸，或認為應該全面禁止。數人甚至總結女童遭到雞姦。

虐童案件沒有無罪推定可言，嫌犯在證明無罪前都有罪。指控的污漬雖然隱形，卻洗不掉。我知道針對這種看法的所有反論。錯誤指控很罕見，我們判斷正確的次數多於誤判。

厄斯金是優秀的心理師，也是好人。他一路照顧得了多發性硬化症的太太，直到她過世，並以她的名義替研究獎助金募到一大筆錢。小梅的熱誠和社會良知總是令我慚愧，但她也從未裝出中立的態度。她很清楚自己知道什麼，本能直覺很重要。

我不知道這些資訊對我有何幫助。我又累又餓，還是沒有巴比**認識**凱薩琳·麥布萊的證據，更別說證明他殺了她。

距離飯店房間還有十幾步，我就知道事情不對勁。我的房門打開，地毯上一道酒紅色的污漬一路流向樓梯。門口橫倒著一棵棕櫚樹，陶製花盆削斷門把時一定破了。

清潔工的推車停在樓梯井，載著兩個水桶、拖把、刷子和幾條濕抹布。打掃阿姨站在我的房間中央。床翻了過來，上頭都是壞掉的抽屜殘骸。牆上水槽被扯下來，躺在一根破掉的水管下，漏出的水穩定滴下來。

我的衣服散落在浸濕的地毯上，其間參雜撕下的筆記頁和扯破的文件夾。我的運動包給塞進馬桶座，上頭妝點了一坨屎。

我說，「房間好好打掃一番真不錯，對吧？」

打掃阿姨不可置信地看著我。

鏡子上用綠薄荷牙膏寫了訊息，充滿當地風味：「**滾回家，不然就進棺材**」。簡單，精簡，明確。飯店經理想報警，我得掏錢才說服他改變心意。我在斷垣殘壁中翻找，但沒什麼值得搶救了。我小心翼翼挑起一疊沾滿墨水的潮濕紙頁，只剩凱薩琳的履歷最後一頁看得懂。我在辦公室只讀了她的求職信，沒有繼續看下去。我掃過頁面，看到三名推薦人名單。只有一個名字重要：埃姆林・羅伯・歐文醫生。她給了蘇格蘭佬在哈雷街的地址和電話。

第十二章

維修作業、軌道積累落葉、號誌故障、轉轍器出錯……不論是哪一個問題，最後的結果都一樣——火車抵達倫敦會誤點。車掌透過廣播不停道歉，搞得大家都睡不著。

我在餐車買了一杯茶，外加一個「美食」三明治，證明烹飪用語多麼貶值，三明治吃起來只有美乃滋的味道。各種思緒不斷推擠我的疲憊。缺失的拼圖一角，新的一片拼圖，完全沒有拼圖。

有些小謊微乎其微，信不信都無所謂。有些謊言感覺不重要，卻有嚴重後果。有時重點不在說了什麼，而是什麼沒說。蘇格蘭佬的謊話總是貼近事實。

凱薩琳跟馬斯登醫院的職員外遇——對方是已婚男性。她愛他，他提分手令她難以接受。她過世當晚約好跟某人見面。是蘇格蘭佬嗎？或許她**因此**打電話到我的辦公室——因為他沒出現。或者他**真的**去了。他已恢復單身，舊情死灰復燃。

蘇格蘭佬把巴比轉介給我，他說是為了賣艾迪．巴略特人情。

天哪！我怎麼想都想不透。我希望能沉沉睡去，在不同的身體裡醒來——或不同的人生。什麼情況都比現在好。我最好的朋友——我希望我搞錯了。我們從最初就在一起。我曾認為共享一間產房讓我們情同兄弟；好比異卵雙胞胎，來到世上時呼吸同樣的空氣，看到同樣刺眼的光。

我不知道該怎麼想了。他騙了我。他在我家，利用發生的一切撈盡好處。我看過他看茱麗安的眼神——那情緒比忌妒卑鄙多了。

碰上蘇格蘭佬，每件事都是比賽、決鬥。他最討厭對手不努力競爭，因為他的勝利會因此變得廉價。

凱薩琳是容易征服的目標。蘇格蘭佬可以老是挑脆弱的女生下手，即使她們不像自信又冷酷的女孩令他興奮。他的外遇導致兩次離婚，他就是忍不住。

他傷了她的心，凱薩琳為什麼還跟他聯絡？為什麼她在履歷上把蘇格蘭佬列為推薦人？

一定有人告訴她我在徵秘書。如果她剛好應徵廣告上的職缺，結果發現是替我工作，未免太巧了。或許蘇格蘭佬又跟她交往了。這回他不需要保密，除非他對凱薩琳給我惹的麻煩感到過意不去。

我少看了什麼？

她獨自離開大聯盟飯店。蘇格蘭佬沒有出現，或者他安排晚點見面。不對！太蠢了！蘇格蘭佬不會虐待人——逼她把刀插進自己的肉。他可能是惡霸，但不是虐待狂。

我在兜圈子。我知道的事什麼是真的？他認識凱薩琳，他知道她會自殘，他謊稱不認識她。

一陣恐懼劃過腦海，像是微燒。葛蕾西姨婆會說那感覺是有人踏過我的墳上。

尤斯頓火車站的夜晚冷洌澄澈。排隊等計程車的人龍沿著人行道一路爬上階梯。開往漢普斯特德區路上，我看跳錶的紅數字不斷跳升，做出了計畫。

蘇格蘭佬家公寓的門房已經回家了，但管理員認出我的臉，放我進入大廳。

「你的耳朵怎麼了？」

「蟲咬，感染了。」

室內樓梯是深色桃花心木，扶手立桿反射水晶燈的光，亮麗閃耀。蘇格蘭佬的公寓一片漆黑。我打開門，注意到警報器的紅燈閃爍。警報器沒有開，蘇格蘭佬總是記不住密碼。

我沒有開燈，穿過公寓走到廚房。黑白大理石磁磚像巨大西洋棋盤，爐子上方的燈照亮地面和低層櫥櫃。我不知道為什麼我不敢開頭上的大燈，我猜這次感覺不像拜訪，而像私闖民宅吧。

首先我拉開電話下的抽屜，尋找他認識凱薩琳的證據——通訊錄、信件或舊的電話帳單。接著我到主臥室的衣櫃。蘇格蘭佬依照顏色擺放他的襯衫、西裝和領帶，十幾件仍包著塑膠袋的襯衫擺在不同的層架上。

我在衣櫃後方找到一整盒懸掛式文件夾，其中一個裝滿帳單和收據。最近一期的電話帳單放在透明塑膠信封裡，服務概要分別列出長途電話和國際電話，還有打給手機的撥號。

我掃過第一組清單，尋找「○一五一」開頭的號碼——利物浦的區域碼。我沒有凱薩琳的電話。不對，我有！她的履歷！

我從外套掏出還濕的紙頁，小心攤放在地毯上。墨水都染到角落了，但我仍能看出地址。我查看十一月十三日打的電話，拿號碼跟電話帳單比對。我馬上看到了——他打給凱薩琳的手機兩次。第二通是晚上五點二十四分，講了三分多鐘——長到不可能是打錯電話，又夠長能約好見面。

有點不合理。盧伊茲有凱薩琳的通聯紀錄，他一定知道這幾通電話。

盧伊茲的名片在我的錢包裡，不過我跳進運河後，名片幾乎變成紙漿了。起初我打到答錄機，但我還來不及掛斷，有個粗啞的聲音就罵了討厭的科技一聲，叫我等一下。我可以聽到他試圖關掉機器。

「盧伊茲督察長。」

「啊，教授回來了。」他在顯示螢幕看到蘇格蘭佬的號碼。「利物浦怎麼樣？」

「你怎麼知道？」

「有隻小鳥跟我說你需要醫療處置，可疑的攻擊事件都需要通報。耳朵還好嗎？」

「只是凍傷而已。」

我聽見他在吃東西，大口把微波咖哩或外帶餐點吞下口。

「我們差不多該再聊一聊了，我可以派車去接你。」

「我得跟你改天再約了。」

「也許你沒聽懂我的意思，今天早上十點已經發出你的逮捕令了。」

我順著走廊瞥向大門，心想多久盧伊茲就會派人踹門進來。

「為什麼？」

「還記得我說我會找到別的證據嗎？凱薩琳．麥布萊有寄信給你，她留了副本，我們在她的電腦硬碟上找到了。」

「不可能，我沒收過她的信。」

「好吧，那你應該不介意進來警局解釋。」

「肯定哪裡搞錯了，太誇張了。」有那麼一會兒，我忍不住想告訴他一切──伊萊莎、蘇格蘭佬和凱薩琳的履歷。不過我忍下來，想辦法挖出更多資訊。「你說凱薩琳打的最後一通電話是到我的辦公室，但那天她一定打過其他電話，或其他人有打給她。你查過那些通話紀錄吧？你總不會在通聯紀錄上看到我的號碼，其他就不管了吧？」

盧伊茲沒有回答。

「她在馬斯登醫院還認識一個人，我覺得他們當時有外遇。我認為那天他聯絡她──十三號的時候。你有在聽我說嗎？」

我聽起來很急迫。盧伊茲不會跟我討價還價，他只會歪笑坐著，心想什麼詭計他沒看過。或者他很狡猾，想擠出我知道的所有消息。

「你跟我說過，你會收集各種資料，直到其中兩三件對上。好吧，我很努力想幫你，我想查出真相。」

隔了好久，盧伊茲打破沉默。「你想知道我有沒有問你的朋友歐文醫生跟凱薩琳·麥布萊的關係。有，我跟他談過，我問他那天晚上在哪裡。不像你，他有給我不在場證明。我該告訴你他跟誰在一起嗎？還是我讓你自己跌跌撞撞研究夠久，你就會踢到事實絆倒？教授，去問你太太。」

「跟她有什麼關係？」

「她是他的不在場證明。」

第十三章

黑頭計程車放我在櫻草花丘大街下車，我自己走完最後四百公尺。我的腦袋轉得飛快，強而有力的冰冷精力把倦意一掃而空。

我徒勞地試圖保護家人不受我不懂的事傷害，想想真是荒謬。現在有人正在某處嘲笑我，真蠢！這段期間，我一直誤以為明天會不同。蘇格蘭佬總是跟我說，「醒來聞聞玫瑰香。」好，現在我懂了——每天情況只會更糟。

我走到我家所在的馬路盡頭，停下來撫平衣服，迅速沿著人行道前進，小心注意高低不平的鋪路石板。我家二樓一片漆黑，只有主臥室和樓梯平台旁浴室的燈亮著。

我感到動靜，便停下來。馬路遠端懸鈴木下的漆黑陰影中微微閃過手錶靠到臉旁的閃光。光線熄滅，沒有人動。手錶的主人一定在等。

我蹲在路邊停的車後，從一台挪到一台，越過引擎蓋偷看。我勉強能看出陰影中的人影。還有一人坐在車上，香菸末端的火光照亮他的嘴唇。

盧伊茲派手下來了，他們在等我。

我躲在陰影中往回走，直到繞過馬路轉角，再順著街區走回去。來到下一條馬路，我認出我們家正後方的富蘭克林家。

我跳過側邊小門，橫越他們的花園，避開窗戶透出的方框光源。黛西．富蘭克林在廚房爐子攪拌食物，兩隻貓在她的裙子下若隱若現，搞不好下頭有一整家的貓呢。

我走向花園後方角落一棵扭曲的櫻桃樹，往上撐起身子，一腳跨過圍籬。然而我的另一腳卡住，不肯跟上。由於全身重量都在往前，我只抵抗地心引力短短一秒，慢動作般揮動手臂，接著便頭朝下跌進堆肥。

我咒罵一聲，跪著往前爬，手掌沿路壓到蝸牛，終於從吊鐘花後面爬出來。光線從落地玻璃門傾洩而出。茱麗安坐在餐桌旁，毛巾包著剛洗好的頭髮。

她的嘴唇在動，她在跟誰說話。我伸長脖子想看是誰——身體靠上一大瓶義大利橄欖油，結果瓶子開始傾倒，我趕忙熊抱救回來。

一隻手伸過桌面，與她十指交握。是蘇格蘭佬。我覺得想吐。她抽回手，打了他的手腕一把，彷彿他是不聽話的小孩。她橫越廚房，彎腰把咖啡杯放進洗碗機。蘇格蘭佬盯著她的每個動作，我想拿針戳瞎他的眼睛。

我向來不善妒，但我突然荒謬地想起過去一位病患，他偏執地擔心妻子會離開他。她身材姣好，他老是想像男人盯著她的胸部。在他眼中，她的胸部逐漸變大，上半身變得越小越緊實，她的每個動作都顯得挑逗。聽起來毫無道理，但他不認為。

蘇格蘭佬熱愛胸部，他的兩任妻子都動過醫美手術。只要付錢就能擁有一切，何必滿足於大自然微薄的贈禮？

茱麗安上樓去吹頭髮，蘇格蘭佬在皮夾克口袋翻找一陣。他的影子落在落地玻璃門之間，接著走出室外。小石子在他腳下嘎吱作響，打火機點燃，雪茄末端悶燒起來。

我掃過他的腿，害他踉蹌後退，重重倒在一陣火星中。

「喬！」

「滾出我家！」

「老天！要是這件毛衣留下焦痕——」

「還有離茱麗安遠一點！」

他挪到一旁，試著坐起身。

「不准起來！」

「你幹嘛在外頭鬼鬼祟祟？」

「因為警察在門口。」我講得一副理所當然。

他盯著雪茄，思索是否要重新點燃。

「你跟凱薩琳．麥布萊有外遇，你的名字在她該死的履歷上！」

「喬，冷靜點。我不知道你在——」

「你跟我說你不認識她。那天晚上你跟她見面。」

「沒有。」

「你約好要見她。」

「不予置評。」

「什麼叫『不予置評』？」

「就字面上的意思：不予置評。」

「胡扯！你約好要見她。」

「我沒去。」

「你騙人。」

「好吧，我騙人。」他諷刺地說，「你怎麼想都行，喬。」

「別胡鬧了。」

「你要我說什麼？她這一炮值得打。我約好要見她，但我沒去，就這樣。別跟我說教，你搞上妓女，早就沒機會做道德勸說了。」

我揮拳，但這回他準備好了。他晃到一旁，用鞋子踢中我的下體。痛楚猶如電擊，我的膝蓋一軟，額頭抵住他的胸口，他扶著沒讓我跌倒。

他用輕柔的聲音說，「喬，這些都不重要了。」

我大口喘氣，嘶聲說，「當然重要，警察覺得我殺了她。」

蘇格蘭佬扶我站直。我拍掉他的手，後退一步。

「他們覺得我跟她外遇，你可以告訴警方事實。」

蘇格蘭佬狡詐地看我一眼。「你搞不好也跟她有一腿啊。」

「聽你亂講，你自己也知道！」

「你得站在我的角度看，我不想牽扯進去。」

「所以你就把我推進火坑。」

「你有不在場證明，只是你不用。」

不在場證明，到頭來都靠這個。我應該在家陪太太——我懷孕的太太。她應該是**我的**不在場證明才對！

那天是星期三晚上，茱麗安有西班牙文課，通常要十點以後才會到家。

「為什麼你放凱薩琳鴿子？」

他眼中帶笑。「我有更好的邀約。」

他不會告訴我，他要我問。

「你跟茱麗安在一起。」

「對。」

我感到心頭一震。我現在怕了。「你們在哪裡見面？」

「喬，擔心你自己的不在場證明吧。」

「回答我的問題。」

「我們去吃晚餐，她想見我。她問了你的病況，她認為你不會告訴她事實。」

「晚餐之後呢？」

「我們回來這裡喝咖啡。」

「茱麗安懷孕了。」我講得像事實，不是提問。

我看他考慮再撒謊，但決定不要。我們現在達成共識了，平庸的小謊和半真半假的說詞貶低了他。

「對，她懷孕了。」他輕輕一笑。「可憐的喬，你不知道該高興還是難過。你不信任她嗎？你應該更了解她吧。」

「我也以為我了解**你**。」

樓上傳來沖馬桶的聲音。茱麗安準備要就寢了。

「凱薩琳寫的信——她是寫給你嗎？」

他探詢般打量我，但沒有回答。

「凱薩琳怎麼會寫信給我？」

他依然沒有回答，現在我該懂了。

他的沉默令我憤怒，我想拿他的網球拍砸碎他的膝蓋。我知道答案了！蘇格蘭佬和我的名字英文縮寫一樣——都是J.O。她在信中一定這樣叫他。她是寫信給蘇格蘭佬。

「你得告訴警察。」

「或許我應該跟他們說你在哪裡。」

他不是開玩笑。我心裡想殺了他，我受夠跟他競爭了。

「是因為茱麗安嗎？你覺得這些年我只是在替你暖床？別想了！即使我出事，她也不會投向你的懷抱。如果你背叛我就更別想了，你自己也永遠無法接受。」

「問題是我現在一個人了。」他的眼睛閃著淚光，雙簧管般低沉的聲音顫抖。「喬，你有這樣的家庭真的很幸運。我就總是行不通。」

「你跟哪個女人都待不久。」

「我還沒找到對的伴。」

他臉上刻滿挫折。我突然懂了，我看清蘇格蘭佬的人生真面目——一連串重複、苦悶的失望。由於他無法打破常規，導致錯誤和疏失一再重演。

「蘇格蘭佬，滾出我家，離茱麗安遠一點。」

他收拾東西——行李箱和外套——然後轉向我，舉起大門鑰匙放在廚房流理台。我看他瞥向樓上，似乎在思索要不要跟茱麗安道別。最後他決定不要，直接走了。

前門在他身後關上時，我感到空洞卻揮之不去的懷疑。警方就等在外面，他輕易就能告訴他們。

我還沒能合理分析相關風險，茱麗安就走下樓來。她的頭髮幾乎乾了，身穿睡褲和橄欖球套頭衫。我動也不動，從花園看她。她倒了一杯水，轉向落地玻璃門查看是否鎖好。她與我對上眼，沒有表露任何情緒。她彎腰拿起掛在椅背上的滑雪外套，披上肩膀走出室外。

「你怎麼了？」

「我從籬笆摔下來。」

「我是說你的耳朵。」

「我碰到不可靠的刺青師傅。」

她沒心情聽油嘴滑舌的玩笑。「你在監視我嗎？」

「沒有。妳為什麼問？」

她聳聳肩。「有人在監看我們家。」

「警方呀。」

「不是，還有別人。」

「蘇格蘭佬說有人試圖闖進來。」

「達約把他嚇跑了。」她講得一副他是看門狗。

她身後的燈光穿透髮絲，製造出柔美的光暈效果。她穿著「世上最醜的拖鞋」，我在農場紀念品店替她買的。我想不到能說什麼，只能站在原地，不知道能不能伸手碰她。時機過了。

她裹緊外套說，「查莉聖誕節想要養貓。」

「我以為那是去年的願望。」

「對，但現在她摸透完美策略了。如果她想要小貓，就說她想養馬。」

我笑出聲來。她露出微笑，視線一直盯著我。下個問題一如往常直接。

「你跟凱薩琳．麥布萊有外遇嗎？」

「沒有。」

「警方有她寫的情書。」

「她寫給蘇格蘭佬。」

她睜大眼睛。

「他們在馬斯登醫院共事的時候外遇，蘇格蘭佬就是她在交往的已婚男。」

「你什麼時候發現的？」

「今天晚上。」

她仍盯著我，不知道該不該相信我。

「為什麼蘇格蘭佬不跟警方說？」

「我也還在想。我不相信他，不希望他待在這兒。」

「為什麼？」

「因為他騙我，向警方隱瞞事實，還在凱薩琳過世當晚約她見面。」

「你在開玩笑吧！你講的是蘇格蘭佬耶，你最好的朋友——」

「而我太太是他的不在場證明。」我講得像在指控她。

她的眼睛瞇得跟縫衣針一樣細。「喬，哪件事的不在場證明？你是覺得他殺了人，還是覺得他搞上我？」

「我沒這樣說。」

「對，沒錯，你從來不說你的意思。你把每件事都藏在括號、引號和開放性問題裡面。」她說得來勁了。「如果你是這麼優秀的心理師，你應該開始看看自己的缺陷。我受夠要吹捧你的自尊了。要我再跟你說一次嗎？來吧。你一點都**不像**你的父親。你的老二大小**確實**剛剛好。你陪查莉的時間很夠了。你不需要忌妒蘇格蘭佬。我媽媽**真的**喜歡你。我不怪你把面紙忘在口袋裡，毀了我的黑色喀什米爾毛衣。滿意了嗎？」

可能要花十年的諮商濃縮成六個重點。老天，這個女人真厲害。鄰居的狗叫了起來，聽起來像歌隊悶悶地說，「沒錯，沒錯！」

她轉身要進屋。我不希望她走，於是我開始說話——告訴她我怎麼找到凱薩琳的履歷，搜索蘇格蘭佬的公寓。我盡量想講得合理，但我擔心聽起來像飢不擇食。

她美麗的臉龐顯得受傷。

「那天晚上妳跟蘇格蘭佬見面，去哪裡？」

「他帶我去貝斯沃特區吃飯。我知道你不會告訴我真的診斷結果，我想問他。」

「妳什麼時候打電話給他？」

「那天下午。」

「他幾點從這裡離開？」

她哀傷地搖頭。「我都認不出你了。你簡直喪心病狂！又不是我——」

我不想聽她說，於是脫口而出：「我知道寶寶的事。」

她微微顫抖，可能是因為天冷。這時我從她眼中看出，她意識到我們要失去彼此了，這段感情的脈搏越來越弱。她或許想要我，但她不需要我，她夠堅強，一個人也能應付。她撐過父親過世、查莉十八個月大的腦膜炎虛驚、她右胸的切片檢查。她比我堅強多了。

我吸著冰冷的空氣離開時，回頭看了房子背面一眼。茱麗安不在了，廚房陷入黑暗。我可以追蹤她的動靜，看她一面關燈一面上樓。

蘇格蘭佬不在了。即使他告訴盧伊茲真相，我懷疑誰會相信他，大家都會覺得他是朋友想救我一命。我橫越富蘭克林家的院子，溜過屋側小徑，朝西區走去，沿路看我的影子在路燈下忽隱忽現。

一輛黑頭計程車經過，慢下車速，司機瞥了我一眼。我伸手拉住門把。

伊萊莎不覺得她有遠見，她討厭記者描述她是拯救阻街女孩的傳教士，也不認為妓女是「墮落的女人」或殘酷社會的受害者。

我們都有未開發的潛能，但伊萊莎在她隱密的深處挖到鑽石。她在人生最低點——出獄後六個月——脫胎換骨。她突然在馬斯登醫院留了訊息，只給了她的地址，沒有其他資訊。我不知道她怎麼找到我。她幾乎脂粉未施，頭髮剪短，身穿深色裙子和外套，看起來像初階主管。她有個想法，想詢問我的意見。聽她描述，我感到風雲即將變色——不是室外天氣，而是她腦袋裡的世界。

她想替阻街少女開設公共諮詢中心——提供個人安全、健康、住宿的建議和戒毒計畫。她有一點存款，在王十字車站附近租了一棟老房子。

公共諮詢中心只是起頭，很快她就創立了「妓女也是人協會」。我總是訝於她能找哪些人給意見——法官、律師、記者、社工和餐廳老闆。偶爾我會猜測多少人是她的前顧客，不過我也在幫她……而且跟性完全無關。

「內裡朝外」的房子一片漆黑，都鐸風橫樑結霜閃爍。我按下門鈴，上方的小燈閃了閃。現在肯定過了半夜，我聽到鈴響在走廊迴盪。伊萊莎不在家。

我只需要躺下來幾小時，睡個覺。我知道伊萊莎把備用鑰匙藏在哪裡，她不會介意。我可以洗洗衣服，早上替她準備早餐，順便跟她說我還是需要她給不在場證明。

我用拇指和食指捏住鑰匙，插進鑰匙孔，轉了兩下。我換另一根鑰匙，打開下一道鎖。大門打開，信件散落在投信孔下方的地毯上。她好幾天不在家了。

我的腳步聲迴盪在打蠟的地板上。起居室擺放刺繡抱枕和印度地毯，有種精品店的氣氛。她的答錄機在閃燈，表示帶子錄滿了。

我先看到她的腿。她癱躺在伊麗莎白風的雙人沙發上，棕色封箱膠帶捆住腳踝。她上身往後仰，黑色塑膠垃圾袋罩住她的頭，用膠帶固定在脖子上。她的雙手綁在背後，壓在身下。她的裙子順著大腿推高，絲襪扯破有洞。

我馬上變回醫生身分，撕掉塑膠袋，摸索脈搏，把耳朵貼著她的胸口。她的嘴唇發青，身體冰冷僵硬，頭髮緊貼著額頭。她的眼睛張開，驚訝地盯著我。

我感到寒意輾過胸口，彷彿鑽孔機鑿過體內。我在眼前看到一切再現：她的掙扎和死亡，她如何奮鬥想掙脫。袋子裡有多少氧氣？頂多撐十分鐘。十分鐘讓她奮鬥，十分鐘讓她死亡。她扭動踢腿，吸得塑膠袋貼住嘴巴。地上散落CD殼，擱板桌翻了過來，一張裱框照片面朝下掉在地上，玻璃碎了一地。她的細金項鍊從扣環斷開。

可憐的伊萊莎。我們在餐廳告別時，她柔軟的嘴唇吻上我的臉頰，我仍感覺得到。她身穿同一件深藍色細肩帶上衣和相襯的迷你裙。案發時間一定是星期四，我們分開後不久。

我走過各個房間，尋找強行闖入的痕跡。大門從外面鎖上，他一定有鑰匙。

廚房流理台上放著馬克杯，裡頭有一匙咖啡粉，像深色太妃糖凝結在底部。熱水壺側躺著，有一張餐椅倒了。有個抽屜拉開，裡面是整齊摺好的茶巾、一個小工具箱、燈絲和一捲黑色垃圾袋。廚房垃圾桶空著，裡面裝了新的垃圾袋。

伊萊莎的外套掛在門邊，車鑰匙丟在桌上，旁邊是她的錢包、兩封未拆的信和她沒電的手機。她的圍巾呢？我沿原路折返，在椅子後面的地上找到圍巾，中間打了一個死結，做成絲製絞環。

伊萊莎非常謹慎，不可能替陌生人開門。要不她認識凶手，或者他早就在屋內了。他躲在哪裡？怎麼進來？露台門是強化玻璃，通向小小的鋪磚庭院，感應器會啟動防盜燈。

一樓書房東西多，但很整齊，沒有明顯掉東西，像DVD或伊萊莎的筆電。

我到樓上再檢查一次第二間臥房的窗戶。伊萊莎的衣服掛在衣架上，沒有動過。她的珠寶盒鑲嵌母貝，放在梳妝台的底層抽屜，想找很容易就能找到。

浴室的馬桶座放下，踏腳墊掛在曬衣桿上，下方還有一條藍色大浴巾。新牙膏放在下議院的紀念杯裡。我踩下垃圾桶的踏板，蓋子彈開，裡面是空的。

我正打算走開，卻注意到水槽下的白色磁磚有一抹深色粉末。我用手指擦過表面，捻起細緻的灰色塵埃，聞起來像玫瑰和薰衣草。

伊萊莎的窗台上有個彩色瓷碗，用來裝香氛乾燥花，或許她不小心打破了。她會把碎片掃進畚箕，倒進垃圾桶，接著可能把垃圾拿到樓下，但廚房垃圾桶什麼都沒有。

我仔細看著窗戶，注意到邊框光裸的木頭裂開，上頭的油漆掉了。窗戶本來上漆封死，卻給撬開了。我用手指撐著窗戶底部，咬緊牙關看膨脹的木頭擠壓窗框，成功打開窗戶。

我探出頭，看到排水管沿著外牆往下，洗衣房平坦的屋頂就在下方三公尺。紫藤爬滿庭院右側的磚牆，很容易攀爬。有人可以踩著水管構到窗戶。

我閉起眼睛，把事發場景投射到眼瞼上。我看到有人站在水管上撬開窗戶。他不是來偷東西或搞破壞。他擠進窗口時踢倒香氛乾燥花，必須清理乾淨。他不希望看起來像有人闖入。然後他靜靜等待。

樓梯下的櫥櫃裝有滑門，用來儲放抹布和掃把——空間足以讓人躲進去蹲下，從鉸鏈與門相接的縫隙往外看。

伊萊莎回到家，撿起地上的信件，拿到廚房。她把外套掛在門上，將東西丟在桌上。她替熱水壺裝滿水，舀了一匙咖啡到馬克杯。一個馬克杯。他從後方攻擊——用圍巾纏住她的脖子，確保繩結壓住她的氣管。等她失去意識，他把她拖到起居室，在地毯留下些微的痕跡。

他綁住她的手腳，小心翼翼剪斷膠帶，撿起落在地上的碎屑。接著他用塑膠垃圾袋罩住她的頭。後來她恢復意識，只看到一片黑暗。這時她已經要死了。

一股怒氣逼得我睜開眼睛。我在浴室鏡子看到自己的倒影——一張絕望的臉，困惑又恐懼。我跪下來朝馬桶吐了，下巴狠狠撞上馬桶座。接著我跌跌撞撞走出廁所，進到主臥室。窗簾拉上，床單起皺沒有鋪好。我的視線飄向垃圾桶，裡頭有五六張揉起的白色衛生紙。回憶浮上表面——伊萊莎的重量壓著我的大腿；我們身體交合；我每次動作都擦過她的子宮頸。

我突然翻起垃圾桶，撿起衛生紙。我的視線掃過房間。我碰過那盞燈嗎？還有牙刷、門、窗台、欄杆……？

太瘋狂了，我不可能清消整個犯罪現場。這棟房子到處都是我的痕跡。她梳過我的頭髮，我睡過她的床，上過她的廁所，用酒杯喝過酒，拿咖啡杯喝過咖啡。我碰過燈的開關、ＣＤ殼、餐椅。老天，我們在她的沙發上做過！

電話響起，我的心差點從胸口跳出來。我不能冒險接電話，不能讓人知道我在這兒。我等在一旁，聽電話響，竟有點期待伊萊莎會突然醒來說，「哪個人接一下電話好嗎？可能很重要。」

鈴聲終止，我恢復呼吸。我該怎麼辦？打電話報警？不行！我得離開。但我又不能留她在這裡，我得告訴誰。

我的手機響了起來。我急忙翻找外套口袋，用兩手才穩穩拿好手機。我不認識來電號碼。

「請問是喬瑟夫．歐盧林教授嗎？」

「請問您哪位？」

「倫敦警察廳。我們接獲來電通報，有人闖入拉德布魯克樹叢區的民宅。通報者留了這支號碼當作聯絡方式，請問正確嗎？」

我的喉嚨縮緊，幾乎連母音都發不出來。我喃喃說我離那個地址很遠。**不，不，這樣還不夠！**

「抱歉，我聽不清楚。」我喃喃說，「麻煩再打來吧。」我關掉手機，驚恐地盯著空白螢幕。我腦中響起狂吼，都聽不見自己的思緒。吼聲逐漸增強，在頭骨內震盪，像載貨火車開進隧道。

我得離開。快跑！我兩階併作一階跑下樓梯，在最後幾階絆倒。快跑！我撈起伊萊莎的車鑰匙，腦中只想到新鮮空氣、遙遠的地方和睡眠的恩賜。

第十四章

日出前一小時，雨水替馬路上了清漆，出現又散去的陣陣霧氣穿插在毛毛雨之間。偷伊萊莎的車不是我最擔心的問題，拿沒用的左腿踩離合器相較之下危險多了。

我開到雷克瑟姆附近，轉上泥濘的農場小路，倒頭睡著了。伊萊莎的樣子飄進我的腦袋，像定時掃過灌木樹籬的車頭燈。我看到她發青的嘴唇和睜大的眼睛；那雙眼睛仍跟著我。

問題和懷疑在我腦中團團轉，像卡住的唱片機唱針。可憐的伊萊莎。

蘇格蘭佬說，「擔心你自己的不在場證明吧。」他這話什麼意思？即使我能證明我沒殺凱薩琳——現在沒辦法了——警方也會把這起事件怪在我頭上，不會放過我。我腦中可以想像長長一排警察越過草地，牽著德國牧羊犬，騎馬追捕我。我跌進淺溝，努力爬上堤岸，刺藤撕扯我的衣服，狗兒越來越近。

有人叩、叩、叩敲車窗。我只看見刺眼的燈光，我的視線模糊，身體冷得僵硬。我摸索把手，搖下車窗。

「先生，不好意思吵醒你，不過你擋住路了。」白髮戴毛帽的頭透過車窗盯著我，一隻狗在他腳邊吠叫，我聽到停在後方的牽引機引擎不停震動。

「可別在外頭睡太久，太冷了。」

「謝謝。」

前方可見淺灰色的雲朵、低矮的樹和空曠的草地。太陽早已升起，卻難以溫暖氣溫。我倒車退出小徑，看牽引機穿越柵門，輾過水坑，開向一座半毀的穀倉。

引擎怠速運轉，我把暖氣開到最大，用手機打給茱麗安。她已經醒了，聲音因為運動有點喘。

「妳有把伊萊莎的地址給蘇格蘭佬嗎？」

「沒有。」

「妳跟他提過她的名字嗎？」

「喬，怎麼回事？你聽起來很害怕。」

「妳有說過什麼嗎？」

「……我不知道你在說什麼，別對我這樣疑神疑鬼……」

我朝她大叫，希望她聽我說，但她生氣了。

「別掛電話！別掛電話！」

來不及了。就在電話斷線前，我對話筒大喊，「伊萊莎死了！」

我按下重撥。我的手指僵硬，差點掉了手機。茱麗安馬上接起來。「你說什麼？」

「有人殺了她，警方會認為凶手是我。」

「為什麼？」

「我找到她的屍體。她的公寓到處都是我的指紋，天知道還有什麼——」

「你去了她的公寓！」她的口氣不可置信。「你去那裡做什麼？」

「聽我說，茱麗安。現在死了兩個人，有人想嫁禍給我。」

「為什麼？」

「我不知道，所以我才在努力研究。」

茱麗安深吸一口氣。「喬，你嚇到我了。你聽起來像瘋了。」

「妳沒聽見我說的嗎？」

「去找警察，告訴他們發生什麼事。」

「我沒有不在場證明，我是他們唯一的嫌疑犯。」

「好吧，那聯絡賽門。拜託，喬。」

她哭著掛斷電話，這次沒把話筒歸位，我打不進去了。

上帝未來的私人醫生穿著浴袍應門。他一手拿著報紙，臉上掛著用來嚇跑不速之客的憤怒臭臉。

「我以為你是該死的聖誕頌歌隊。」他嘟囔，「真受不了他們，沒一個音唱得準。」

「我以為威爾斯人應該很會唱頌歌。」

「也是該死的迷思。」他越過我的肩膀往外看。「你的車呢？」

我撒謊說，「我停在轉角。」我其實把伊萊莎的金龜車停在當地火車站，走了最後八百公尺過來。

他轉過身，我跟著他沿走廊走到廚房。破舊的室內拖鞋拍打他白如粉筆的腳跟。

「媽媽呢？」

「她很早就出去了，什麼抗議集會。她要變成該死的左派了——永遠都在抗議。」

「不錯呀。」

他哼了一聲，擺明不同意。

「花園看起來不錯。」

「你該看看後院，花了一大筆錢呢，你媽一定會給你仔細導覽。電視上那些該死的生活風格節目都該禁一禁，什麼花園『改造』和後院『突擊』——真想丟炸彈全炸了。」

我不請自來，他卻一點都不訝異。他八成以為媽媽跟他提過，他只是沒聽到。他把熱水壺裝滿水，倒掉茶壺裡的舊茶葉。

桌巾上擺放各次度假帶回來的小玩意兒，像是康瓦爾郡的聖馬可十字茶罐和果醬罐。女王繼位二十五週年時，他們受邀參加女王的花園派對，當時白金漢宮送的紀念湯匙也在這兒。

「你要吃蛋嗎？沒有培根了。」

「蛋就可以了。」

「如果想吃歐姆蛋，冰箱裡可能有火腿。」

他跟著我在廚房繞來繞去，試圖推測我需要什麼。他用流蘇繩把浴袍綁在腰部，眼鏡以金鍊子夾在口袋，免得弄丟。他知道我遭到逮捕，為什麼絲毫不提？他大可說，「我早就說了吧。」他可以怪罪我選的職涯，說我如果當上醫生，就不會碰上這些事了。

他坐在桌邊看我吃飯，偶爾啜飲他的茶，折起又攤開《泰晤士報》。我問他還打不打高爾夫球，他說三年沒打了。

「門口那台是新的賓士嗎？」

「不是。」

沉默似乎不斷延伸，但只有我感到不舒服。他坐著讀報紙頭條，偶爾越過報紙上緣瞥我一眼。早在我出生前，這座農舍就是我們家的，直到父親半退休前，大多當作度假小屋使用。他在倫敦和卡地夫還有其他房子，如果他接下其他地方的訪問學者邀約，那些教學醫院和大學會替他安排住宿。

當初他買下農舍時有九十英畝的土地，但他把大部分的地租給隔壁的酪農。主屋地基一百多年前就打好，房子用當地石材建成，天花板低矮，角度詭異。

我想在媽媽回家前梳洗乾淨。我問爸爸能不能借我一套上衣和褲子，他帶我去他的衣櫥。床尾整齊疊放著一套男性運動裝。

他發現我在看。「你媽媽和我會去散步。」

「我都不知道。」

「過去幾年才開始，天氣好我們就會早起。史諾多尼亞有一些不錯的步道。」

「我聽說過。」

「能維持我身體健康。」

「不錯呀。」

他清清喉嚨，去找乾淨毛巾。「我想你是要淋浴，不是泡澡吧。」他講得彷彿淋浴很新奇又不尊重傳統。真正的威爾斯人會在燒煤的火爐前用錫製澡盆泡澡。

我把臉湊到水柱下，聽水聲隆隆流過耳旁。我想洗去過去幾天的髒污，蓋掉腦中的聲音。一切都始於一場病；化學物質的不平衡；令人費解的神經系統失調。感覺更像癌症——一群發狂的細胞感染我生活的每個角落，每秒不斷增生，附身新的宿主。

我在客房床上躺下，閉起眼睛。我只想要休息幾分鐘。風敲打窗戶，我聞到潮濕的土壤和燃煤爐火。我隱約記得父親替我蓋上毛毯，也許是夢吧。我的髒衣服掛在他手臂上，他彎下身，撫摸我的額頭。

一會兒後，我聽到湯匙攪拌馬克杯的聲響，還有母親的聲音從廚房傳來。另一個聲音——幾乎同樣熟悉——是父親敲碎冰塊放進冰桶。

我拉開窗簾，看到遠方山丘上的雪，最後一抹冰霜逐漸從草地退去。或許今年能過白色聖誕節——就像查莉出生那一年。

我不能再待在這兒。警方一旦發現伊萊莎的屍體，馬上會拼湊出怎麼回事，前來找我，而不是等我在哪兒冒出來。他們首先會找的地方就包括這裡。

我把尿撒進馬桶。父親的褲子太大，但我束緊腰帶，讓布料擠在口袋上方。他們沒聽見我走過走廊，我站在門口看他們。

母親一如往常穿著完美，蜜桃色的喀什米爾毛衣搭配灰裙子。年過五十後，她的腰圍漸寬，一直甩不掉肥肉。

她將一杯茶放在父親面前，親吻他的頭頂，發出濕潤響亮的吻聲。「你看看，」她說，「我的絲襪破了，這週已經第二雙了。」他伸手環住她的腰，捏了一下。我有些害臊，我不記得看過他們如此親密的瞬間。

母親嚇得跳起來，斥責我「偷偷摸摸靠近她」。她開始碎念我的穿著，說幫我改小褲腰很容易。她沒有問我自己的衣服怎麼了。

「你怎麼沒說要來？」她問，「我們都擔心死了，尤其報紙報了那麼多可怕的**故事**。」她把八卦小報講得跟丟在地毯上的濕毛球一樣無趣。

「好吧，至少都結束了。」她嚴肅地說，彷彿決心要替整件事畫下句點。「當然我得暫時不去橋牌俱樂部，但我敢說大家很快就會忘了。葛妮絲．伊凡一定得意得要命，她會以為現在她逃過一劫了。她的大兒子歐文跟保母跑了，留下可憐的太太照顧兩個兒子，但現在那群女人有別的事可聊了。」

父親似乎沒聽見這段話。他在讀書，鼻子跟書頁靠得好近，看似想吸進紙頁的味道。

「來吧，我想帶你看看花園，看起來棒透了。不過你要保證春天花開的時候再來一次。我們有自己的溫室，馬廄屋頂也裝了新屋瓦，濕氣全都除掉了。你還記得以前的臭味嗎？原來牆壁後面住了老鼠，真討厭！」

她拿來兩雙雨鞋。「我記不得你的尺寸。」

「這雙就可以了。」

她要我穿爸爸的雨鞋，領頭走下後門階梯到小徑。池塘結凍成清湯的顏色，地景一片珍珠灰色。她指向乾石牆，我小時候牆面早已傾倒，現在卻紮實立起，像立體拼圖拼了起來。石牆前方用玻璃面板和新磨的松木結構打造出新溫室，擱板桌上擺滿一盤盤幼苗，長苔蘚的彈簧籃從天花板垂下來。她打開開關，細細的水霧灑向空中。

「過來看老馬廄，我們扔了所有的垃圾，可以重新裝修成老人套房。我帶你進去看。」

我們沿著菜圃和果園之間的小路走。媽媽還在說話，但我只聽進去一半。我可以在她分邊的灰髮下看到頭皮。

我問，「妳的抗議集會如何？」

「不錯，我們去了超過五十個人。」

「你們在抗議什麼？」

「我們想要阻止建造該死的風場，他們想蓋在山脊上。」她指向大略的方向。「你聽過風機的聲音嗎？噪音吵死了，扇葉轉來轉去，空氣痛得尖叫。」

她踮起腳尖，探到馬廄門上方，拿出藏起來的鑰匙。

我的胸口又緊繃起來。「妳剛才說什麼？」

「剛才？」

「就剛剛……『空氣痛得尖叫』。」

「喔，我是說風機的聲音很可怕。」

她手裡的鑰匙串著一小塊雕刻木頭。我下意識飛快伸出手，抓住她的手腕，翻過來，壓得她張開手指。

「誰給妳的？」我的聲音顫抖。

「喬，你弄痛我了。」她看著鑰匙圈。「巴比給我的。我跟你提過那個年輕人呀，他幫忙修好石牆和馬廄的屋瓦，建起溫室，種了植物，工作很認真。他帶我去看風機……」

短短一瞬間，我以為自己在墜落，但什麼都沒發生。彷彿有人傾倒了眼前的地景，我則緊抓門框，忍不住往前靠。

「什麼時候的事？」

「他夏天跟我們住了三個月——」

「他長什麼樣子？」

「該怎麼講才客氣？他非常高，但可能有點過重，骨架大，個性好得不得了。他只想要食宿。」

真相並不像刺眼的光線，或一桶冷水澆在臉上，反而像淺色地毯上的紅酒漬，或胸部X光片的深色陰影，慢慢滲進我的意識。巴比知道我的事，一些我斥之為巧合的事。老虎和獅子、查莉畫的鯨魚、葛蕾西姨婆……他知道凱薩琳，還有她怎麼死的。他會讀心，會跟蹤，像中世紀的魔術師，在一抹煙中消失又出現。

可是他怎麼知道伊萊莎？他看到我們一起吃中飯，跟蹤她回家。不對，那天下午我有見到他，他來看診。就是那天我在運河邊跟丟他——很靠近伊萊莎家。

「No comprenderas todavia lo que comprenderas en el futuro。」你最終會理解的事，現在還不了解……

我忽然動身，結果踉蹌笨拙地跌倒在小徑上。我手腳並用爬起來，跛腳跑向主屋，不管母親問我怎麼不看馬廄。

我衝進門，撞上洗衣間的牆，弄倒洗衣籃和架子上一盒洗衣粉，母親的一條內褲勾住我的雨靴腳尖。最近的電話在廚房。鈴響三聲後茱麗安接起來，我沒給她時間說話。

「妳說有人在監看房子。」

「喬，掛掉電話。警察在找你。」

「妳有看到是誰嗎？」

「掛掉電話，打給賽門。」

「拜託，茱麗安！」

她聽出我急迫的語氣，跟她自己一樣。

「妳有看到是誰嗎？」

「沒有。」

「達約從家裡趕出去的人呢——他有看清楚嗎？」

「沒有。」

「他總有說點什麼吧。那個人是不是又高又壯，體型過重？」

「達約沒靠那麼近。」

「妳的西班牙語班上有沒有學生叫巴比、羅伯或鮑伯？他很高，戴眼鏡。」

「**確實**有個巴比。」

「他姓什麼？」

「我不知道。有次我載他回家，他說他以前住在利物浦——」

「查莉在哪裡？帶她離開家！巴比想傷害妳們，他想懲罰我……」

我試著解釋，但她一直問巴比為什麼要做這種事？我就是無法回答這個問題。

「喬，沒有人會傷害我們。路上都是警察，其中一個今天還在超市跟著我，我只好恥笑他，逼他幫我拿購物袋……」

我突然意識到她應該沒說錯。她和查莉在家比別的地方都安全，因為警方在監看她們……等我出現。

茱麗安還在說話。「拜託，打給賽門。別做蠢事。」

「我不會。」

「保證喔。」

「我保證。」

賽門家的電話寫在他的名片背面。當他接起電話，我在背景聽到派翠西亞的聲音。他跟我姊姊在交往，為什麼我會覺得怪？

他壓低聲音悄聲說話，我可以聽出他把電話拿到較隱密的地方。他不希望派翠西亞聽到我們的對話。

「你星期四有跟誰一起吃午餐嗎？」

「伊莱莎．維拉斯科。」

「你有跟她回家嗎？」

「沒有。」

他深吸一口氣。我知道他要說什麼。

「警方發現伊萊莎陳屍在她的公寓，被垃圾袋勒住窒息而死。喬，他們要來抓你了。警方有搜索令，他們要控告你謀殺。」

我的聲音尖銳又顫抖。「我知道誰殺了她。他是我的病人——巴比．莫根。他一直在觀察我……」

賽門沒在聽。「我要你去最近的警局自首。到了打電話給我，我沒到之前什麼都別說——」

「可是巴比．莫根呢？」

賽門的聲音越發堅持。「你一**定**要照我說的做。喬，他們有DNA證據，你的殘留精液和幾根頭髮；臥房和浴室都有你的指紋。星期四下午，離案發現場不到一點五公里的地方，有一輛計程車接你上車。司機記得你，你在凱薩琳．麥布萊失蹤的那間酒吧門外招到他的車——」

「你想知道十三號晚上我在哪裡。我告訴你，我跟伊萊莎在一起。」

「好吧，你的不在場證明死了。」

他這句話唐突又誠實，讓我不再試圖說服他了。事實一條條攤在眼前，顯示我的狀況多麼無望，連我的否認聽起來都很空洞。

父親站在門口，穿著他的運動服。透過起居室拉開的窗簾，我在他身後看到兩台警車開上車道。

第三部

靈魂的漫漫黑夜中，每天都是凌晨三點。

法蘭西斯・史考特・費茲傑羅，《崩潰》

第一章

穿雨鞋跑將近五公里非常遠，我的襪子還滑下去，捲起來卡在足弓下面，害我跑得像企鵝，感覺更遠。

我手忙腳亂跑過羊群走出的泥濘小徑，在石塊間跳躍，順著部份結凍的小溪穿過草地。雖然腳踩雨靴，我跑得還算快，只會偶爾回頭看。現在我的動作都是自動反應，只要停下來，我就完了。

我的兒時假期都在探索這片草原。以前我熟知每一片灌木林和每一座小山丘，還有最棒的釣魚和躲藏地點。愛瑟雯．瓊斯十三歲生日當天，我在她叔叔穀倉裡存放稻草的閣樓吻了她。那是我第一次舌吻，下面馬上硬了。她剛好靠過來碰到，尖叫一聲，用力咬了我的下唇。她戴牙套，嘴巴就像〇〇七電影的大鋼牙。我的嘴唇出血起水泡整整兩週，但非常值得。

碰到A55高速公路時，我溜到高架橋的水泥柱下方，繼續沿小溪前進。河岸越發陡峭，我兩次滑進水裡，踩破邊緣的薄冰。

我來到高約三公尺的瀑布，抓著雜草和石頭當施力點往上爬。我的膝蓋都是泥巴，褲子全濕。十分鐘後，我彎腰鑽過圍籬，看到健行步道的標誌。

我的肺開始發疼，但頭腦清晰，如同冷冽的空氣。只要茱麗安和查莉安全，我不在乎我怎麼樣。我感覺像狗兒嘴中咬玩的抹布，有人在玩弄我，把我撕成碎片：我的家人、我的生活、我的工作……為什麼？整件事狗屁不通。我彷彿在讀鏡像文字——每個字都前後顛倒。

再走快一百公尺，穿過農場閘門，我來到通往蘭洛斯村的馬路。狹窄的柏油路兩側各有一排灌木樹籬，穿插農場閘門和坑坑巴巴的小路。我緊靠其中一側的水溝，走向遠方的教堂尖頂。薄霧聚集在低地上，像一灘灘弄倒的牛奶。我兩次聽到車子開來，趕忙跳離馬路。第二輛是警車，警犬在車窗的格柵後大聲吠叫。

村子感覺杳無人煙，有營業的店只有一家咖啡廳，還有門上掛著「十分鐘後回來」的房仲業者。有些窗子掛著彩色燈飾，廣場上的戰爭紀念碑對面有一棵聖誕樹。一名遛狗的男子點頭跟我打招呼，我緊咬著牙關，無法回答。

我找到一張長椅坐下。我的防水外套冒起蒸氣，膝蓋上都是泥巴和血。我的雙掌刮傷，指甲流血。我想閉上眼睛思考，但我必須保持警戒。

廣場周圍的房子都像故事書裡的小屋，有白色圍籬和鑄鐵棚架，大門旁都用華美字體寫上威爾斯屋名。教堂位在廣場頂端，圍欄上綁著白色飾帶，階梯上黏著濕濕的碎紙片。

威爾斯的婚禮就像威爾斯的葬禮，用同樣的車隊、花藝師和教堂，由同樣身穿寬鬆花洋裝和壓力襪的大胸部女子掌管古老茶桶。

隨著時間過去，寒意滲進我的四肢。這時一輛破舊的休旅車開進廣場，緩緩繞著公園前進。我等在一旁看，確定沒有人跟著車。我用僵硬的雙腿站起身，汗濕的上衣緊貼著後腰。

副駕駛座車門陳舊少用，打開時呻吟一聲。我滑進座位，泡棉大枕頭蓋住生鏽的彈簧和撕破的黑膠布。引擎狀況很差，父親努力想打到一檔時，還發出幾千次的碰撞叮噹聲。

「該死的爛機器！我好幾個月沒開了。」

「警察呢？」

「他們在搜索田地。我聽他們說在火車站找到一輛車。」

「你怎麼溜出來的？」

「我說我要去動手術。我開賓士出去，再換成休旅車。幸好車子發得動。」

每次我們開過水坑，積水就像噴泉從車底的洞噴上來。馬路迂迴轉彎，在河谷間起起伏伏。西邊的天空逐漸放晴，清新的風把雲的影子吹過地面。

「爸，我麻煩大了。」

「我知道。」

「我沒有殺人。」

「我也知道。賽門怎麼說？」

「他說我應該自首。」

「這個建議聽起來不錯。」

說這句話的同時，他也接受了我不會去投案，他說什麼都沒用。我們沿著康威河谷開向史諾多尼亞。田野變成稀疏的樹林，遠方的森林更為茂密。

馬路穿越林間。俯瞰河谷的山脊上有一棟大莊園，鐵閘門關著，掛上「出售中」的標誌。

「那間以前是飯店。」他繼續看著路說，「我帶你媽媽去那兒度蜜月。那時可豪華了，大家星期六下午都會去跳舞，飯店有自己的樂隊……」

媽媽跟我講過這個故事，但我沒聽父親講過。

「……我們借了你伯伯的跑車，出去玩了一個禮拜。我就是那時候找到現在住的農舍，當時還沒要賣，但我們停下來買蘋果。我們經常停車休息，因為你媽媽一直喊疼，路況比較差的路段她還得坐在枕頭上。」

他咯咯笑了起來，我才聽懂他的意思。我其實沒那麼需要知道母親的性啟蒙經過，但我也跟著笑了。接著我提起朋友史考特的故事，他在希臘辦婚禮的時候，在舞池上把新娘摔到昏迷。

「怎麼可能？」

「他想示範『翻一圈』的舞步給她看，結果沒接住她。她在醫院醒來，不知道自己在哪個國家。」

爸爸笑了，我也跟著笑，感覺不錯。等我們笑完，陷入沉默卻不顯尷尬，感覺更好了。爸爸用眼角餘光瞄我，他想跟我說什麼，但不知道如何開口。

我記得他怎麼跟我說明「轉大人」的事。他說他有大事要說，然後帶我去邱園散步。我們父子很少花時間相處，我因而感到胸口充滿驕傲。

爸爸試著開口好幾次，每次都張口結舌，步伐似乎也越跨越大。等他講到性交和避孕，我得小跑步跟在他旁邊，努力聽清楚他的話，同時小心別讓帽子飛了。

現在他緊張地用手指敲打方向盤，好像想用摩斯密碼傳訊息給我。他沒必要地清清喉嚨，開始拐彎抹腳跟我講起選擇、責任和機會。我不知道他打算說什麼。

最後他終於說到他在大學念醫科的時候。

「……之後我念了兩年的行為科學，我想專門研究教育心理學……」

等一下！行為科學？心理學？他狠狠瞪我一眼，我意識到他不是在開玩笑。

「……但父親發現我在念什麼。他是大學董事會成員，跟副校長是朋友。他特別到學校找我，威脅要砍我的生活費。」

「你怎麼辦？」

「我聽從他的打算，成了外科醫生。」

我還沒問下一個問題，他就舉起手。他不希望我打斷他。

「我的職涯都替我安排好了，實習工作、大學終身職和工作邀約得來都不費吹灰之力。機會之門自動打開，晉升都能獲得許可……」他低聲悄悄說，「我想我是要說，我很以你為傲。你堅持己見，走了你想要的路，靠自己努力成功。喬，我知道愛我這種父親很難，得不到任何回饋。可是我**真的**一直很愛你，也會永遠支持你。」

他開下馬路，停在路旁暫停區，讓引擎繼續運轉。他下車，從後座拿來一個包包。

「我只成功拿了這些。」他打開包包讓我看，裡面有乾淨的上衣、一些水果、一個保溫杯、我的鞋子，還有塞滿五十鎊鈔票的信封。

「我也拿了你的手機。」

「電池沒電了。」

「好吧，那拿我的，我從來不用那台爛東西。」

他等我滑進駕駛座，才把包包丟進副駕駛座。

「他們不會發現休旅車不在……至少還要好一陣子。這台車根本沒有登錄。」

我瞥向擋風玻璃的底部角落，玻璃上貼著啤酒瓶的標籤。他咧嘴一笑。「我只在田地附近開，好好跑一趟對車子也不錯。」

「你要怎麼回家？」

「搭便車。」

我懷疑他這輩子有沒有招過便車，不過我哪知道？他今天可是驚喜不斷。他仍長得像我的父親，但同時也不一樣了。

「祝你好運。」他透過車窗跟我握手。如果我們都站著，或許他會抱我。我希望我沒猜錯。

我使勁把休旅車打到前進檔，開上柏油路。我從後照鏡可以看到他站在路邊。我想起葛蕾西姨婆過世後，我心底很難受的時候，他跟我說過一句話。

「別忘了，喬瑟夫，你人生最黑暗的一小時也只有六十分鐘。」

警方會沿小溪徒步追蹤我，安排路障要花更久時間。運氣好的話，我不會困在他們設的封鎖範圍內。我不知道這樣爭取到多少時間。明天各大報紙和電視都會出現我的照片。

我的身體雖然慢下來，腦袋卻似乎在加速。我不能依照警方的預期行動，反而必須虛張聲勢，再加倍虛張聲勢。現在的情況是標準的「他認為我認為他認為是這樣」，每個人都在猜測對方的下一步。我得考慮兩個人的思路：一個是非常不爽的警察，認為我把他當傻子耍；另一個是變態殺手，知道怎麼找到我太太和女兒。

休旅車的引擎每幾秒就熄火，四檔幾乎沒辦法開，硬要開也得用手固定排檔。

我伸手到後座，摸索手機。我需要蘇格蘭佬幫忙。我知道我在冒險，他是滿口胡言的混蛋，但我能信任的人越來越少。

他接起電話，差點掉了手機。我聽到他咒罵，「為什麼大家老在我撇尿的時候打來？」我想像他試著用下巴夾住手機，拉起拉鍊。

「你跟警方解釋過那些信了嗎？」

「嗯，他們不相信我。」

「說服他們。你總該有凱薩琳的東西，能證明你們搞上了。」

「對啦，當然有，我都有留拍立得照片，才能給我太太的離婚律師看。」

老天，他真是得意的渾蛋。我沒時間跟他耗，但我仍逕自笑了。我看錯蘇格蘭佬了，他不是殺手。

「你轉介給我的病人，巴比。」

「他怎麼了？」

「你怎麼認識他？」

「我說過了——他的律師想找人做精神檢測。」

「誰推薦找我——你還是艾迪．巴略特？」

「艾迪推薦你的。」

雨開始傾盆而下。雨刷只有單一速度——慢速。

「利物浦有一間克萊特橋癌症醫院，我想知道他們有沒有布莉姬．莫根的病人紀錄。她可能用婚前的本姓，布莉姬．亞恩。她得了乳癌，據說是末期了。她可能是門診病人，或在安寧病房。我需要找到她。」

我不是在請他賣人情，他要是不幫我，我們長年的情誼就會破滅無法挽回。蘇格蘭佬支支吾吾想找藉口，卻找不到。他十之八九想躲起來。除非能靠體型嚇唬人，否則他向來很膽小。我不會給他機會退縮。我知道他對警方撒謊，他瞞著前妻藏起來的資產我也了解太多。

他的聲音尖銳。「喬，他們會抓到你。」

「他們會抓到我們每個人。」我說，「查到了就打這個號碼給我。」

第二章

三年級有一次放假回威爾斯，我從壁爐上的瓷碗拿了幾根火柴，想燃起營火。那年夏末天氣乾燥，草地乾枯發黃。我有提到還颱風嗎？

悶燒的幾根小樹枝引發草原大火，燒毀兩座圍籬、一條樹齡兩百年的灌木樹籬，還差點燒掉鄰居裝滿冬天飼料的穀倉。我用盡全力大聲尖叫示警，頂著焦黑的臉頰和冒煙的頭髮跑回家。

我爬到馬廄閣樓最遠的角落，縮在傾斜的屋頂下。我知道父親太高大，搆不到我。我靜靜躺著，吸進灰塵，傾聽消防車的警笛。我想像各種恐怖的情境，幻想整座農場和村子都燒了起來。警察會抓我去坐牢。凱莉．莫尼罕的哥哥就因為在火車車廂放火，被送去少年感化院，出來之後個性更兇悍了。

我在閣樓待了五小時，沒有人大叫或威脅我。爸爸說我應該自己下來，像個男人，接受懲罰。為什麼小男生要表現得像大男人？母親臉上失望的表情比父親抽皮帶的痛還傷人。鄰居會怎麼說？

比起當年，現在牢獄之災感覺逼近多了。我可以想像茱麗安隔著桌子舉起我們的寶寶。她會跟他（當然是兒子）說，「跟爸爸揮手。」同時她會侷促地往下拉裙子，因為十幾個囚犯都盯著她的腿。

我想像柏油地上的紅磚建築，鐵門鑰匙跟人的手掌一樣大。我看到鋼鐵平台、領餐隊伍、運動廣場、大搖大擺的獄卒、警棍、尿壺、低垂的眼睛、裝鐵窗的窗戶，以及幾張貼在牢房牆上的照片。

我這種人在獄中會怎麼樣？

賽門說的對，我跑不了。如同三年級學到的教訓，我也不能躲一輩子。巴比想毀了我，他不想要我死。他早有十幾次機會殺我，但他要我活著，我才能**看到**他做的好事，而且**知道**罪魁禍首是他。

警方會繼續監看我家，還是取消監視，轉去追查威爾斯的線索？我不希望這樣，我得知道茱麗安和查莉安全。

電話響了。蘇格蘭佬查到布莉姬．亞恩在蘭開夏郡一間安寧醫院的地址。

「我跟資深腫瘤科醫生談過了，他們說她只剩幾週能活。」

我聽到他拆開雪茄的塑膠包裝。時間還早，或許他在慶祝。我們都勉強接受停戰了。我們就像老夫老妻，會承認半真半假的事實，忽略不悅的情緒。

「今天報紙上有你的照片。」他說，「你看起來像銀行家，不像『萬惡通緝犯』。」

「我不太上相。」

「報導提到茱麗安，說『記者來訪時，她顯得神經緊張又情緒激動』。」

「她叫他們滾蛋吧。」

「嗯，我想也是。」

我聽到他在吐菸。「喬，我真的佩服你。我一直覺得你很無趣，算是討人喜歡，但自命清高。現在看看你！不但有兩個小三，還被通緝。」

「我沒跟凱薩琳．麥布萊睡過。」

「真可惜，她在床上很不錯。」他諷刺地笑了。

「蘇格蘭佬，偶爾你真該聽聽自己說的話。」

我居然曾經忌妒他。瞧他成了什麼德性：硬要裝成右傾、中產的沙豬兼偏執狂。我不再信任他，但我需要他再幫一個忙。

「我希望你去陪茱麗安和查莉——等我把事情搞定。」

「你叫我不要接近她。」

「我知道。」

「抱歉，我幫不了你。茱麗安不回我電話。我猜你一定告訴她凱薩琳和情書的事了，現在她看我們倆都不爽。」

「至少打給她，要她小心，不要讓任何人進門。」

第三章

休旅車最高車速只有四十，老是過度飄向路中央，比起真正的汽車，看起來更像博物館展品。別人超車時都會按我喇叭，好像我是為了做公益開這台車。史上大概沒有更完美的逃逸車輛，因為沒有人會料到通緝犯逃得這麼慢。

我開小路到蘭開夏郡。副駕駛座的儲藏箱裡有一張大概一九六五年的發霉地圖，讓我免於迷路。我行經叫布丁湖和木普頓的村莊，開到黑池近郊後，我到幾乎荒廢的加油站廁所梳洗。我搓掉褲子上的泥巴，拿去烘手機吹乾，接著換掉上衣，洗淨手上的割傷。

鄉紳門安寧醫院坐落在岩岸海角上，看似給海風吹到生鏽。角樓、拱頂窗和石板屋頂看來是愛德華時代風格，但加蓋的附屬建物比較新，也沒那麼嚇人。

車道繞過醫院前方通到停車場，兩側種滿楊樹。我跟著指標走到面海的安寧療護病房。走廊空無一人，樓梯還算乾淨。頭髮剃短的黑人護士坐在玻璃隔板後，盯著螢幕玩電腦遊戲。

「你們有個病人叫布莉姬．亞恩。」

他低頭看我的膝蓋，褲子那塊的顏色跟其他地方不一樣。

「你是家屬嗎？」

「不是，我是心理師，我需要跟她談談她兒子。」

他挑起眉毛。「我不知道她有兒子，不常有人來看她。」

我跟著他平順起伏的步伐走過走廊，他在樓梯下方轉彎，帶我穿過兩扇門到室外。鬆散的碎石小徑切過草地，一臉無聊的兩名護士坐在花園長椅上共享三明治。

我們走進更靠近懸崖的單層別館，來到一間長長的多人病房，大概有十幾張床，一半都是空的。一名頭顱光滑的纖瘦女子背靠枕頭坐著，看兩名幼童在床尾拿圖畫紙畫畫。另一名單腳女子身穿黃色洋裝，坐在電視機前的輪椅上，大腿蓋著鉤織毛毯。

我們走到病房盡頭，穿過兩扇門，來到個人病房。他連門都沒敲。房內很暗，起初我只注意到機器。螢幕和旋鈕營造出醫學奇蹟的假象：彷彿只要調整機器，按下正確的按鈕，什麼都辦得到。

密密麻麻的管子和導線中央躺著一名臉頰凹陷的中年女子。她頭戴金色假髮，胸部下垂，脖子上有焦油色的傷痕。她上身穿著粉色無袖上衣，肩上披著破舊的紅色開襟毛衣。管子在她身體進進出出，滴著一袋溶劑。她的手腕和腳踝上可見黑色線條——要說是刺青不夠黑，要說是瘀青又太整齊。

「別給她菸。她清不了肺，每次咳嗽都會弄鬆管子。」

「我不抽菸。」

「真不錯。」他從耳後拿下一根菸，用嘴巴叼著。「你就自己走回來吧。」

窗簾拉上，某處傳來樂音，我一會兒才發現床頭櫃上的收音機在柔聲播送。收音機旁邊放著空花瓶和一本聖經。

她在睡覺，打了鎮靜劑，可能是嗎啡。一根管子從鼻子伸出來，另一根來自肚子附近。她的臉轉向呼吸器。

我肩膀靠牆，歪頭休息。

她沒有張開眼便說，「這裡很令人毛骨悚然吧。」

「沒錯。」

我拉椅子坐下，讓她不用轉頭也能看到我。她緩緩睜開眼睛，臉比牆壁還蒼白。我們在半黑的房內看著彼此。

「你去過茂宜島嗎？」

「在夏威夷。」

「我當然知道在哪裡。」她咳了幾聲，床跟著晃動。「我現在應該在那兒。我應該在美國，我應該生在美國。」

「為什麼？」

「因為老美知道怎麼過活，那裡什麼都比較大，比較好。大家都笑他們，說他們傲慢無知，但老美只是誠實罷了。他們能把這種小國當早餐吃，午餐前就拉出來。」

「妳去過美國嗎？」

她轉變話題。她的眼睛浮腫，嘴角漏出口水。「你是醫生還是神父？」

「我是心理師。」

她諷刺一笑。「沒必要了解我，除非你喜歡葬禮。」

癌症一定發病得很快，她的身體還來不及消瘦。她臉色蒼白，下巴削尖，脖子優雅，鼻孔大張。要不是周遭環境和她粗魯的聲音，她仍非常誘人。

「我跟你說，癌症的問題就是感覺不像癌症。感冒感覺就像感冒，斷腿感覺就像斷腿。可是得了癌症，不做X光和其他掃描，你根本不知道。當然腫塊除外，怎麼能忘了腫塊呢？摸摸看！」

「不用了。」

「別大驚小怪，你人都這麼大了。摸摸看吧。你八成在想是不是真的，大部分男人都會想。」

她猛然伸出手，扣住我的手腕，力道意外強勁，我忍住想抽手的衝動。她把我的手塞到上衣下方，我的手指陷進她柔軟的胸部。「就在那兒，你摸得到嗎？以前跟豆子一樣大，又小又圓，現在跟橘子一樣大了。六個月前擴散到骨頭，現在轉移到肺了。」

我的手還在她胸部上。她讓手撫過乳頭，我感到乳尖在手掌下硬了。「如果你想要，可以跟我做。」她很認真。「我想有點別的感受，不是這種……衰敗感。」

我哀憐的表情惹怒了她。她推開我的手，拉緊開襟毛衣蓋住胸口。她不肯看我。

「我得問妳幾個問題。」

「別想了！我不需要聽你說大話要我振作。我沒有否認事實，也不再跟上帝討價還價了。」

「我是來問巴比的事。」

「他怎麼了？」

我沒有想過要問她什麼，甚至不確定我想知道什麼。

「妳上次見到他是什麼時候？」

「大概六、七年前。他老在惹事，誰的話都不聽，至少不聽我的話。我把人生最精華的時間都給了孩子，但他永遠不知感恩。」她的句子簡短又斷斷續續。「他又做了什麼好事？」

「他把一個女生踹到昏迷，被判嚴重傷害罪。」

「女朋友？」

「不是，陌生人。」

她的表情柔和下來。「你跟他談過，他還好嗎？」

「他很生氣。」

她嘆了一口氣。「以前我總覺得他們在醫院抱錯小孩，他感覺不像我的孩子。他長得像父親，真是可惜。除了眼睛，我在他身上完全看不到自己。他雙腳不協調，臉圓得像餅，老是弄得髒兮兮。他非得動手拆開東西，看怎麼運作。有一次他毀了一台很好的收音機，滴得我最好的地毯都是電池液。他跟他父親一樣……」

她沒有把話說完，卻又重新開始。「我從來沒有母親該有的感覺。我猜我沒母性，但不表示我很冷淡吧？我不想懷孕，也不想當繼母。老天，當時我才二十一歲！」

她挑起細如鉛筆的眉毛。「你急著想鑽進我的腦袋吧？沒有多少人有興趣知道別人在想什麼，或他們要說什麼。有些人裝作在聽，其實只是在等輪到他們，或準備要插嘴。佛洛伊德先生，你等著要說什麼？」

「我想了解。」

「李尼也是這樣，老是問問題，想知道我要去哪裡，什麼時候回家。」她模仿他哀求的聲音。「『小花瓣，妳跟誰在一起？拜託，回家吧。我會等妳。』有夠可悲！難怪我會懷疑沒有更好的選擇嗎？我可不要一輩子都睡在他汗濕的背後。」

「他自殺了。」

「我沒想到他有這等膽量。」

「妳知道為什麼嗎？」

她似乎沒聽見，反而盯著窗簾。窗戶一定直接俯瞰大海。

「妳不喜歡窗外的風景？」

她聳聳肩。「謠傳他們懶得埋葬病人，都直接把屍體丟下懸崖。」

「妳先生呢？」

她沒有看我。「他自稱是發明家，笑死人！你知道他如果賺到錢——先別說根本不可能——他打算捐出去嗎？他說要『豐富世界』。他就是這樣：老是嚷嚷要賦權工人，助長無產革命，到處演講說教。共產份子不相信天堂或地獄，你覺得現在他在哪裡？」

「我不信教。」

「但你覺得他可能去哪裡嗎？」

「我不會知道。」

她冷漠的外殼出現弱點。「也許我們都在地獄，只是不自知而已。」她停下來，半閉上眼。「我想離婚，他不肯。我叫他去交女朋友，但他不肯放我走。大家說我冷淡，但我的**感受**比他們豐富。我知道怎麼追求快感，怎麼利用我的天生資質，所以我就是蕩婦嗎？有些人一輩子都在否認事實，讓別人開心，或收集點數，以為可以到來生兌換。我可不會。」

「妳指控丈夫性侵巴比。」

她聳聳肩。「我只是裝了子彈，可沒有開槍。是你們這些人開的槍，醫生、社工、老師、律師、好心人……」

「我們搞錯了嗎？」

「法官不這麼想。」

「妳怎麼想呢？」

「我覺得謊話聽太多次，偶爾會忘記事實是什麼。」她伸手按下頭上的按鈴。

我還不能走。「妳兒子為什麼恨妳？」

「大家到頭來都會恨自己的父母。」

「妳覺得愧疚。」

她握緊拳頭，啞聲笑了。吊著嗎啡點滴的鉻金屬架前後搖晃。「我四十三歲，快要死了。我在為我做的一切付出代價，你有嗎？」

護士走進來，看來很不高興她召喚他。有台螢幕的導線鬆了，布莉姬舉起手臂，讓他把線接回去。她同時輕蔑地揮揮手，示意我們講完了。

外頭天黑了，我順著林間步道燈走回停車場。我拿出包包裡的保溫瓶，貪婪地大口喝。威士忌嘗起來又烈又暖，我想要一直喝，直到不再覺得冷，或注意到我的手臂顫抖。

第四章

梅琳達・柯西默不情願地應門。對社工來說，訪客這麼晚來很少有好事，尤其又是星期日。家中的緊繃情緒往往會在週末升溫，點燃怒火。先生毒打太太，小孩逃家。社工都希望星期一趕快來。

我不給她時間說話。「警方在找我，我需要妳幫忙。」

她睜大眼睛朝我眨眨眼，但看來還算冷靜。她的頭髮往上梳，用玳瑁大夾子高高夾在頭上，幾縷髮絲掉出來，輕觸她的臉頰和脖子。她關上門，示意我往前走，要我直接上樓到浴室。她等在門外，我把衣服交給她。

我抗議沒有時間，但她對我急迫的口氣毫無反應。她說洗幾件衣服不用多久。

我盯著鏡中裸體的陌生人。他瘦了，不吃飯就會這樣。我知道茱麗安會說什麼：「為什麼我沒辦法這麼容易瘦？」鏡中的陌生人對我微笑。

我穿著浴袍下樓，聽到小梅掛掉電話。等我走進廚房，她已經開了一瓶酒，倒進兩個酒杯。

「妳打給誰？」

「不重要。」

她蜷縮在大扶手椅上，張開手掌用食指和中指夾住杯腳。一本書攤開朝下擱在扶手上，她把另一手放在書背上。上方的閱讀燈在她眼睛下照出陰影，替她的嘴巴畫出往下的嚴厲弧線。

這棟房子向來令我聯想到歡笑和美好時光，但現在感覺太安靜了。博伊德的一幅畫掛在壁爐上，另一幅掛在對面牆上，還有一張他和機車在曼島旅客盃賽道上的照片。

「你做了什麼好事？」

「警方認為我殺了凱薩琳・麥布萊，還有其他人。」

「還有其他人？」她的一邊眉毛像牛軛挑起來。

「好吧，只有『其他』一**個**人，我之前的病患。」

「你要跟我說你沒做錯事。」

「除非耍蠢現在犯法了。」

「你為什麼要逃跑？」

「因為有人想栽贓給我。」

「巴比・莫根。」

「對。」

她舉起一隻手。「我不想知道更多了。光給你看檔案，我就惹上夠多麻煩了。」

「我們搞錯了。」

「什麼意思？」

「我剛去找布莉姬・莫根。我不認為巴比的父親侵犯他。」

「她跟你說的！」

「她想逃離婚姻，但他不肯跟她離婚。」

「他留了自殺留言。」

「三個字而已。」

「他道歉了。」

「對，但他為什麼道歉？」

小梅的聲音冰冷。「喬，這些都是陳年歷史，別管了。你也知道不成文的規矩——絕不回頭，絕不重啟案件。已經夠多律師盯著我的一舉一動，我不需要再來一場該死的訴訟……」

「厄斯金的筆記去哪兒了？檔案裡沒有。」

她遲疑了一下。「他可能要求移除筆記了。」

「為什麼？」

「也許巴比申請想看他的檔案，被監護人可以看緊急待命社工的報告和一些會議紀錄。醫生筆記和心理報告這些第三方提供的資料就不同了，我們需要取得專家許可才能公開。」

「妳是說巴比看過他的檔案？」

「有可能。」她馬上駁斥自己的說法。「檔案很舊了，東西可能放錯地方。」

「巴比可能拿走筆記嗎？」

她憤怒地悄聲說，「喬，別開玩笑了！你擔心自己吧。」

「巴比可能看過影片嗎？」

她搖搖頭，拒絕多說。我不能放棄。少了她的幫忙，我不大可能的脆弱理論會分崩離析。我像是害怕她會阻止我，趕忙飛快說出氯仿、鯨魚和風機的事；我告訴她巴比跟蹤我好幾個月，滲透我周遭每個人的生活。

講到一半，她把洗好的衣服放進烘衣機，重新斟滿我的酒杯。我跟著她到廚房，看她絞碎溫熱的鷹嘴豆，我得大叫才能蓋過攪拌機的聲音。她把一小團鷹嘴豆泥塗在吐司上，佐以黑胡椒調味。

「所以我得找到魯伯．厄斯金，我需要他的筆記或記憶。」

「我不能再幫你了，我做得夠多了。」她瞥向爐子上的時鐘。

「妳在等人嗎？」

「沒有。」

「妳剛才打電話給誰？」

「朋友。」

「妳報警了嗎？」

她遲疑一下。「沒有。我給了秘書指示，如果一個小時內我沒有回電，她就要聯絡警方。」

我瞥向同一個時鐘，往回倒數。「天哪，小梅！」

「抱歉，我也要考慮我的工作。」

「真謝謝妳啊。」我的衣服還沒全乾，但我還是硬穿上褲子和上衣。她抓住我的袖子。「去自首吧。」

我推開她的手。「妳不懂。」

我盡量迅速動作，左腿來回晃動。我伸手抓住大門。

「厄斯金，你想找他。」她脫口而出。「他十年前退休了，上次聽說他住在切斯特附近。前陣子部門有人聯絡他，我們聊了一下……更新近況。」

她記得他的地址——哈奇米爾村的牧師宅小屋。我靠著走廊的桌子，草草在紙上記下資訊。我的左手拒絕合作，只能靠右手了。

整個早上都該晴空萬里。陽光從休旅車破裂的後車窗斜角照進來，碎裂成宛如迪斯可閃光球的光束。我雙手抓住把手，硬把側車窗搖下來，探頭往外看。有人把世界漆成白色，把彩色變成單色。

我咒罵僵硬的車門，用力推開門，把腿晃到車外。空氣聞起來像泥土和燒木材的煙。我舀起一把雪，往臉上搓，努力想清醒過來。接著我拉下褲子拉鍊，朝樹根尿尿，把木頭染成更深的褐色。昨晚我開了多遠？我想繼續開，但休旅車的頭燈一直熄滅，害我陷入黑暗。我差點掉進路旁水溝兩次。

巴比晚上怎麼過夜？我猜測他是否在找我，還是在監看茱麗安和查莉？他不會等我想通一切，我得趕快。

哈奇米爾湖周圍長滿蘆葦，水面反射湛藍的天空。我停在一棟紅白相間的小屋前問路，仍穿著睡袍的老太太來應門，把我誤認成觀光客。她開始跟我講哈奇米爾村的歷史，再很順地接到她自己的人生故事，包括她在倫敦工作的兒子，還有一年才見一次的孫兒。

我一面感謝她，一面往後退。她站在大門口，看我努力想發動休旅車。太好了，她八成是紙牌、填字遊戲和記車牌號碼的專家。她一定會流暢地把號碼告訴警察，同時說，「我什麼數字都不會忘。」

引擎終於旋轉發動，從排氣管吐出廢氣。我朝她揮手微笑，她看起來很替我擔心。

牧師宅小屋的窗戶和大門掛著聖誕燈飾。門前小徑上停著幾輛玩具車，像貨運火車繞著一個舊牛奶箱。沾上鏽屑的床單斜跨過小徑，兩端綁在樹上。有個男孩蹲在下頭，頭上戴著塑膠冰淇淋桶。他舉起木棒指著我的胸口。

他有點口齒不清地說，「你是史萊哲林學院嗎？」

「什麼？」

「你一定要是葛萊芬多學院才可以進來。」他鼻子上的雀斑是烤玉米的顏色。

一名年輕女子出現在門口，一頭金髮睡得亂糟糟，看來感冒了。她腰間抱的小嬰兒在啃一小塊吐司。

「布蘭登，別煩人家。」她疲憊地朝我笑。

我繞過玩具走向大門。我在她身後看到架好的燙衣板。

「很抱歉，他以為他是哈利．波特。你需要什麼嗎？」

「妳能幫忙就太好了。我在找魯伯．厄斯金。」

她表情一暗。「他不住在這裡了。」

「妳知道我能去哪兒找他嗎？」

她把小嬰兒挪到另一邊腰上，扣起襯衫鬆掉的釦子。「我建議你去問別人。」

「他的鄰居會知道嗎？我非得找到他。」

她咬著下唇，越過我看向教堂。「好吧，如果你想找他，去那邊就找得到了。」

我轉頭去看。

「他埋在墓園。」她意識到這句話多唐突，又補上一句，「如果你們認識，我很遺憾。」

我沒刻意決定，下意識就在門前階梯坐了下來。「我們以前是同事，」我解釋，「很久以前了。」

她回頭看了一眼。「你要進來坐一下嗎？」

「謝謝。」

廚房充滿消毒過的奶瓶和粥的味道，桌椅上都是蠟筆和圖畫紙。她為混亂的房間向我道歉。

「厄斯金先生怎麼了？」

「我只知道鄰居跟我說的。村裡每個人都很震驚，沒有人料到會發生這種事——在這兒很少見。」

「哪種事？」

「大家說他撞見有人來搶劫，但我不覺得這是合理的解釋。哪種小偷會把老人家綁在椅子上，拿膠帶封住他的嘴巴？他活了兩個禮拜。有人說他心臟病發，但我聽說他是脫水而死。當時剛好是整年最熱的兩週……」

「什麼時候的事？」

「今年八月。我猜有些人覺得愧疚，因為沒有人注意到他失蹤了。他老是在花園閒蕩，到湖邊散步。那段期間，教堂唱詩班有去敲門，還有人去抄瓦斯電表。大門沒鎖，但沒有人想到要進去。」小嬰兒在她懷中扭動。「你確定不喝杯茶嗎?你看起來不太舒服。」

我可以看到她的嘴唇在動，也聽到她的問題，但我沒有真的在聽。我腳下的地面像墜落的電梯消失了。她還在說話。「……大家都說他人真的很好。他太太過世了，不過你應該早就知道了。聽說他沒有其他家人……」

我跟她借用電話。我用雙手才好不容易握住話筒，號碼幾乎看不清楚。露易絲・艾伍德接起電話，我得忍住不要大叫。

「聖瑪莉學校的副校長——妳說她因為家庭因素辭職。」

「對，她叫愛莉森・葛斯基。」

「什麼時候的事?」

「大概十八個月前。房子失火導致她母親喪生，父親嚴重灼傷。她搬去倫敦照料他，我記得他好像坐輪椅了。」

「怎麼會失火?」

「警方認為是搞錯人了，有人從郵箱口丟汽油彈進去。報紙說可能是反猶太犯罪，但沒有多說什麼。」

一陣恐懼逼我的皮膚冒出冷汗。我緊盯著年輕女子，她在爐子旁擔心地看我。她很怕我，我把邪惡帶進她的家。

我又打了一通電話。小梅馬上接起來，我不給她機會說話。「那台撞上博伊德的車：駕駛怎麼了?」我的聲音聽起來尖銳單薄。

「喬，警察來過了。有個叫盧伊茲的警探——」

「告訴我駕駛怎麼樣就好。」

「肇事逃逸，警方在幾條路外找到那台四輪驅動車。」

「駕駛呢？」

「他們覺得可能是青少年偷車。方向盤上有拇指紋，但不符合資料庫的檔案。」

「一五一十告訴我發生什麼事。」

「為什麼？有什麼關——」

「拜託，小梅。」

她起頭講得斷斷續續，努力想記起博伊德當晚是七點半還是八點半出去。她很難過自己竟然忘記這些細節，擔心博伊德可能從她的記憶逐漸淡去。

那天是篝火之夜，空氣瀰漫火藥和硫磺味。小田地和廢地燃起碎木塊搭的營火，鄰居小孩都興沖沖聚集過來。博伊德經常晚上出去抽菸。他去附近酒吧喝了一杯，路上順便在酒類專賣店買了他最喜歡的牌子。他穿戴螢光背心和金絲雀黃色安全帽，灰白的馬尾垂在背後。他停在大荷馬街的十字路口。

或許他聽到車聲時，最後一刻有轉身，甚至可能瞬間看到駕駛的臉，才消失在防撞架下。他的身體卡在機車扭曲的機身中，在車子底盤下拖行了九十公尺。

小梅問，「怎麼了？」我想像她張大的泛紅嘴巴和擔憂的灰色眼睛。

「魯卡斯・道頓：現在他在哪裡？」

小梅用冷靜的聲音顫抖著回答，「他在政府諮詢部門處理少年吸毒問題。」

我記得魯卡斯。他染了頭髮，打高爾夫球會稍微讓分，還收集火柴冊和威士忌。他太太是戲劇老師。他們開斯柯達轎車，會去博格諾的宿營拖車園區度假。他們有一對雙胞胎女兒……

小梅要我解釋，但我打斷她。「雙胞胎怎麼了？」

「喬，你嚇到我了。」

「她們怎麼了？」

「其中一個去年復活節吸毒過量過世了。」

我搶在她之前唸出一串名字：麥布萊法官、梅琳達・柯西默、魯伯・厄斯金、魯卡斯・道頓、愛莉森・葛斯基——他們都跟同一起兒童照護案件有關。厄斯金死了，其他人都痛失至親。這跟我有什麼關係？我只訪談巴比一次，不足以解釋風機、西班牙文課、老虎和獅子……為什麼他花了好幾個月住在威爾斯，替我父母整理花園，修理老馬廄？

小梅威脅要掛我電話，但我不能放她走。「誰負責統整照護令的申請文件？」

「當然是我。」

「妳說厄斯金當時休假，那誰簽核心理評估報告？」

她遲疑一下，呼吸頻率變了。她打算撒謊。「我不記得了。」

這回我更堅持：「誰簽核心理評估報告？」

她直接穿過我，對著過去說，「你簽的。」

「怎麼可能？什麼時候？」

「我把表格放在你面前，你就簽了。你以為是寄養父母的授權書。就是你在利物浦的最後一天，我們在颱風酒吧喝酒替你餞行。」

我仍抓著話筒，忍不住呻吟出聲。「我的名字在巴比的檔案裡？」

「對。」

「妳給我看之前從檔案抽掉了？」

「那麼久以前的事，我以為不重要。」

我無法回答她，只能讓話筒從手中滑落。年輕母親把寶寶緊抱在懷中，上下搖動安撫他別哭。我回頭走下階梯，聽到她叫大兒子進來。沒有人想靠近我。我就像傳染病、瘟疫。

第五章

作家喬治．伍德考克說滴答響的鐘是機械霸君，逼我們臣服於自己創造的機器。我們懼怕自己製造的怪物——就像做出科學怪人的伯爵。

我有一位病患是獨居的鰥夫，他深信餐桌上的時鐘響聲聽起來像人話。時鐘會給他簡短的指令，「去睡覺！」「洗碗！」「關燈！」起初他忽略聲音，但時鐘不斷重複指令，總是用同樣的字眼。最後他開始聽從指令，時鐘便掌控了他的生活，告訴他晚餐吃什麼，看什麼電視，何時洗衣服，回哪些電話……

他第一次到我的診療室時，我問他要喝茶還是咖啡。起初他沒有回答，只是漫不經心晃到壁鐘旁，一會兒後轉過身，說他喝水就好。

說來奇怪，他不想治好這個問題。他大可丟掉家中所有的時鐘，或換成電子鐘，但他覺得時鐘的聲音令他放心，甚至能安撫他。大家都說他太太個性挑剔，一板一眼，總是催促他做事，寫清單給他，替他挑選衣服，基本上幫他做所有決定。

他不想要我止住聲音，反而要帶著聲音走。家裡每個房間都有時鐘，可是出了門怎麼辦？

我建議他戴手錶，但不知為何，手錶發出的聲音不夠大，或都說些不通順的胡言亂語。幾經思考，我們去葛雷骨董市集逛街。他花了超過一小時聽老式懷錶的聲音，直到找到真正對他說話的錶。

我聽到滴答響的鐘聲可能是休旅車碰撞的引擎，或是末日之鐘——距離午夜還剩七分鐘。我美好的過去遁入歷史，我停不下時鐘。

我離開哈奇米爾村時看到兩輛警車往反方向開。看來小梅終於交出厄斯金的地址，但他們不知道我開休旅車——現在還不知道，過目不忘的老太太會告訴他們。運氣好的話，她會先分享她的人生故事，給我時間逃跑。

我不斷瞥向後照鏡，有點擔心會看到閃爍的藍燈。不會發生高速警匪追逐，除非我能開到四檔，否則他們騎腳踏車都能超過我。或許我們會像辛普森案一樣，讓新聞台直升機拍到追捕車隊慢動作前進。

我記得《虎豹小霸王》的結尾，勞勃．瑞福和保羅．紐曼邊開玩笑，邊走出去面對墨西哥軍隊。要是問我，我面對死亡沒那麼無懼，也不覺得槍林彈雨和封棺葬禮有什麼光榮。

***

魯卡斯．道頓住的紅磚屋位在城郊，街角商店早已關門大吉，被毒販和妓院佔據。每一片空白的牆面都噴上塗鴉，連民間藝術和天主教壁畫都無法倖免。塗鴉毫無色彩或創意可言，完全是無腦惡意的破壞。

魯卡斯站在車道梯子上，想鬆開牆上籃球框的螺絲。他的髮色更深了，但腰圍也變粗，額頭滿滿的皺紋消失在濃密的眉毛下。

「需要幫忙嗎？」

他往下看，花了一陣子才把我的臉對上名字。

「這東西都生鏽了。」他拍拍螺絲，爬下梯子，用衣服前襟擦擦手，跟我握手。同時他瞥向大門，洩漏了他其實很緊張。他太太一定在裡面，他們應該看過新聞，或聽過收音機報導了。

我聽到樓上窗戶傳來音樂：很多重低音和轉動唱盤的聲音。魯卡斯順著我的視線看去。

「我叫她轉小聲一點，但她說音樂就是要大聲。我猜是年齡到了吧。」

我記得他的雙胞胎。索妮雅很會游泳——不管在泳池還是海裡，她划起水來都很優雅。她大概九歲的時候，有個週末我受邀來烤肉，當時她宣布有一天她要泳渡英吉利海峽。

我告訴她，「走海底隧道快多了。」

大家都笑了。索妮雅翻了個白眼，之後就不喜歡我了。

她的雙胞胎姊妹克萊兒愛讀書，弱視的眼睛戴金屬框眼鏡。那次烤肉，她大半時間都在房間，抱怨大家在外面「像猴子吵吵鬧鬧」，害她聽不見電視的聲音。

魯卡斯收起梯子，解釋「女兒們不用籃球框了」。

我說，「索妮雅的事真的很遺憾。」

他表現得像沒聽見，把工具收進工具箱。我正要問發生什麼事，他卻開始說索妮雅剛在全美游泳錦標賽贏了兩個獎牌，還破了距離紀錄。

「然而即使她努力練習，趕早游了一趟又一趟，她知道她還是不夠好。表現好跟表現優異之間有一線之隔……」

我讓他說，因為我意識到他有重點想講。故事繼續下去。索妮雅．道頓還不滿二十三歲，有天她盛裝打扮，跟克萊兒和一群大學的朋友去聽搖滾演唱會。她向來對用藥和健康補品很小心。她跳了整晚的舞，直到心跳狂飆，血壓飆升。她感到頭暈焦慮，在廁所昏倒了。

魯卡斯還蹲在工具箱旁，像是忘了東西。他肩膀顫抖，啞聲描述索妮雅昏迷了三週，一直沒有恢復意識。魯卡斯和妻子爭論是否要關掉人工呼吸器。他很務實，想記得她優雅滑過水中的樣子。妻子批評他放棄希望，只考慮自己，沒有努力禱告祈求奇蹟。

「之後她對我沒說過超過十幾個字——加起來連一個句子都不到。昨天晚上，她說她在新聞上看到你的照片。我問她問題，她也回答了。好久以來第一次……」

「誰給索妮雅藥？警方有抓到人嗎？」

魯卡斯搖搖頭。克萊兒給了警方描述，也看了嫌犯照片和指認人牆。

「她說他長什麼樣子？」

「又高又瘦，曬得很黑……頭髮抹油往後梳。」

「幾歲？」

「三十五歲上下。」

他關上工具箱，扣上鐵扣環，然後消沉地看著房子，還不打算進去。拆卸籃框這種雜務現在很重要，因為他能有事忙，又不會礙事。

「你記得巴比．莫根嗎？」

「嗯。」

「你上次見到他是什麼時候？」

「十四……十五年前了，他還是個小孩。」

「之後都沒再見過？」

他搖搖頭，接著瞇起眼，彷彿突然想到什麼。「索妮雅認識一個巴比．莫根，可能是同一個人。他在游泳中心工作。」

「你沒見過他？」

「沒有。」他看到起居室的窗簾在動。「是我就不會逗留，」他說，「她看到你會報警。」

工具箱沉沉拖著他的右手，他換到另一手，抬頭看著籃框。「看來得再留在上頭一陣子了。」

我跟他道謝，他趕忙進屋。大門關上，寂靜中我離開的腳步更顯大聲。我以前覺得道頓自大武斷，每次個案研究都不願意聽取意見或更改看法。他就是那種專橫又鑽牛角尖的公務人員，要確保火車準點絕對沒問題，可是跟人互動卻失敗得可以。他的下屬最好都跟他的斯柯達轎車一樣可靠——酷寒的早晨能一次發動，每次轉動方向盤都立刻有反應。現在大環境重重打擊他，把他變得渺小匱乏。

聽起來不像是巴比把有問題的白藥丸給索妮雅，但目擊者證詞出了名的不可靠。壓力和震驚的情緒都可能更動觀感，記憶並不完美。巴比是變色龍，能改變顏色偽裝自己，前後移動，永遠都能融入。

葛蕾西姨婆唸過一首詩給我聽——政治不正確的打油詩，名叫〈十個印第安小男生〉。一開始十個印第安小男生出門吃飯，但其中一個噎死，於是只剩九個。九個印第安小男生熬夜，但其中一個睡過頭，於是只剩八個……

印地安小男生給蜜蜂螫，被魚吃，慘遭熊抱，被砍成一半，直到最後只剩孤單一人。我的感覺就像最後一個印第安小男生。

現在我知道巴比在做什麼了。他想奪走我們每個人的珍寶——孩子的愛、伴侶的親密陪伴、歸屬感。他想要我們跟他一樣受苦，失去至愛，體驗**他的**損失。

小梅和博伊德是靈魂伴侶，認識他們的人都看得出來。葛斯基夫婦澤西和愛絲特躲過納粹毒氣室，在北倫敦安居，養大獨生女愛莉森。她長大成為老師，搬到利物浦。消防隊在樓梯底部找到澤西，他雖然嚴重燒傷，但還活著。愛絲特在睡夢中窒息。

凱薩琳．麥布萊是有權有勢大家族的受寵孫女——任性、驕縱、備受溺愛，一直深得爺爺歡心。爺爺總是寵她，原諒她的踰矩。

魯伯．厄斯金沒有妻小。或許巴比找不到他最珍愛的事物，或者他一直都很清楚。厄斯金是碎唸不休的討厭老人，跟地毯上的焦痕一樣惹人嫌。我們會替他找藉口，畢竟他照顧太太這麼多年，必然不容易。巴比可沒給他一點寬恕，他讓厄斯金活得夠久——綁在椅子上——足以為他的缺陷後悔。

也許還有其他受害者，我沒有時間一一找出來。伊萊莎的死是我的疏失，我沒能及時發現巴比的秘密。每殺一個人，巴比便越來越老練，但最終的大獎是我。他大可帶走茱麗安或查莉，卻選擇奪走一切——我的家人、朋友、工作、名譽，最後還有我的自由。而且他希望我**知道**罪魁禍首是他。

分析的目的就是要了解，不是把事情的本質簡化成別的。巴比曾指控我扮演上帝，他說我這種人忍不住要探究別人的心靈，更改他們看世界的方式。

他說的可能沒錯。或許我犯了錯，落入陷阱，沒有好好思考前因後果。我知道事後檢討找藉口說「我是出於好意」並不夠。他們帶走葛蕾西的寶寶時也這麼說，我也說過同樣的話，像是「我們的意圖絕對是好的……」還有「我們是秉持全世界的善意……」

我在利物浦看的頭幾個案例中，我必須判斷住在療養院一輩子的二十一歲弱智少女在沒有家庭協助下能否留下肚子裡的孩子。

我仍記得莎朗的洋裝緊包著她隆起的肚子。她知道這次訪談對她的未來很重要，還悉心梳洗了頭髮。然而她再怎麼努力，仍忘了不少小事。她的襪子同色，但長度不同。洋裝側邊的拉鍊壞了。她的臉頰沾到一點口紅。

「莎朗，妳知道妳來做什麼嗎？」

「知道，醫生。」

「我們需要決定妳是否能照顧妳的寶寶，這是重責大任。」

「我可以，我可以。我會是好媽媽，我會愛我的寶寶。」

「妳知道寶寶從哪裡來嗎？」

「她在我的肚子裡長大，上帝放進去的。」她口氣恭敬，撫摸肚子。

我無法質疑她的邏輯。「我們來玩『如果』遊戲吧？想像妳在替寶寶洗澡，這時電話響了。寶寶全身又濕又滑，妳會怎麼辦？」

「我……我……我……會用毛巾包住寶寶，放在地上。」

「妳在講電話的時候，有人敲大門。妳會去應門嗎？」

她一時顯得不確定。「可能是消防隊，」我補充，「或是妳的社工。」

「我會去應門。」她用力點頭回答。

「原來是妳的鄰居來敲門。幾個小男生丟石頭砸破了她的窗戶，但她必須去工作。她希望妳能去她家，等修玻璃工人來。」

「那些小混蛋──老是亂丟石頭。」莎朗握緊拳頭。

「妳的鄰居有衛星電視：電影、卡通、午間連續劇都能看。妳在等的時候要看什麼？」

「卡通。」

「妳會喝茶嗎？」

「可能會。」

「鄰居留了五十鎊給妳付給修玻璃工人。施工只要四十五鎊，但她說零錢妳可以留著。」

她眼睛一亮。「我可以留著錢？」

「對，妳會買什麼？」

「巧克力。」

「妳要去哪裡買？」

「路上的商店。」

「妳去商店通常會帶什麼？」

「我的鑰匙和錢包。」

「還有什麼？」

她搖搖頭。

「莎朗，妳的寶寶在哪裡？」

她臉上閃過一陣恐慌，下唇開始顫抖。正當我以為她要哭了，她突然宣布，「巴尼會照顧她。」

「巴尼是誰？」

「我的狗。」

幾個月後，我坐在產房外，聽莎朗哭著讓護士拿毛毯包住她的小男嬰帶走。我要負責把寶寶送到另一間醫院。我把他放進後座的手提嬰兒床，低頭看著熟睡的嬰兒，心想多年後他會怎麼看我替他做的決定？他會感謝我救了他，還是怪我毀了他的人生？

另一個孩子確實回來找我們了。他的意思很清楚，我們辜負了巴比，辜負了他的父親——警方逮捕這名無辜的男子，連續數小時質問他的性生活和陰莖長度，搜索他的家和工作場所，尋找不存在的兒童色情片。即使他從未遭到起訴，更別說定罪，他的名字仍在中央政府的性侵罪犯名單上。無法抹滅的汙點會永遠玷汙他的人生，染指他未來所有的關係。他必須告知妻子和伴侶，養育小孩成了風險，指導孩子的足球隊更是不負責任。這些理由肯定足以驅使他自殺。

最聰明的希臘人蘇格拉底被冠上莫須有罪名，說他帶壞雅典的年輕人，判他死刑。他大可逃走，卻選擇喝下毒藥。蘇格拉底認為我們的身體沒有靈魂重要，或許他得了帕金森氏症。

巴比的下場我也要負責。我是體制的一部分，代表了默許的懦弱。我沒有出聲反對，反而跟從多數的看法。當時我還年輕，初入職場，但這不構成藉口。我表現得像觀眾，不是裁判。

茱麗安把我趕出家門時罵我膽小，現在我懂她的意思了。我選擇坐在看台上，不想捲入我的婚姻或疾病。我保持距離，畏懼可能發生的事，任我的精神狀態吞噬自己。我太擔心搖晃船身，結果沒看見冰山。

第六章

三小時前，我想好了計畫。這不是我想到的第一個計畫，我想了十幾個版本，檢視所有基本設計，但每個計畫都有致命的問題，而我不需要更多致命問題了。我的創意發想得還配合肢體限制，也就是說需要掛繩索爬下大樓、擊倒守衛、短路保全系統或撬開保險箱的方法都不用想了。

我也放棄沒有退場機制的方案。大部分的計畫都敗在這兒，考慮得不夠長遠。終局總是無聊，收尾工作沒有主要挑戰來得華麗刺激，因此大家往往感到挫折，便放棄規劃。他們認為屆時隨機應變就好，深信自己退場的能力跟進攻一樣精贊。

我為什麼這麼清楚？因為找我諮商的人有些靠詐欺、偷竊和貪汙過活。他們坐擁好房，送孩子上私立學校，打高爾夫球差點都是個位數。他們票投保守黨，認為法律法治很重要，因為街頭再也不安全了。這些人很少被抓，幾乎不會坐牢。為什麼？因為他們替各種可能都做好規劃。

我坐在利物浦一個停車場最暗的角落，旁邊椅子上放著打摺繩把手的蠟紙購物袋，裡面裝了我的舊衣服。我現在身穿全新的炭灰色褲子、羊毛衣和大衣外套，頭髮整齊修過，鬍子刮得乾淨。我的雙腿間擱著拐杖，既然我現在走起路像瘸子，不如搏點同情算了。

手機響了，我不認得螢幕上的號碼。一瞬間我以為巴比找到我了。我早該知道會是盧伊茲。

「歐盧林教授，我很意外呢。」他的聲音粗啞，聽起來都是痰。「我以為你會帶一群律師和公關出現在最近的警局。」

「不好意思讓你失望了。」

「我輸了二十鎊。沒關係——我們開了新賭盤，這次賭你會不會中槍。」

「賠率如何？」

「你如果躲過子彈，我可以賺三倍。」

我聽到背景的車流聲。他在公路上。

他說，「我知道你在哪裡。」

「你在猜吧。」

「不是，而且我知道你想做什麼。」

「說來聽聽吧。」

「你先說為什麼你殺了伊萊莎。」

「我沒有殺她。」盧伊茲深吸一口菸。他又開始抽菸了，我意外感到很有成就。「為什麼我要殺伊萊莎？十一月十三號晚上我跟她在一起，她是我的不在場證明。」

「真不幸啊。」

「她想去警局做筆錄，但我知道你不會相信她，你會扯出她的過去，羞辱她。我不想要她重新經歷一次……」

他笑得像蘇格蘭佬，彷彿我腦袋壞了。

「我們找到鏟子了。」他說，「埋在一堆落葉下面。」

他在說什麼？快想！葛蕾西的墓碑旁靠著一把鏟子。

「實驗室的小朋友又立了大功。他們發現鏟子上的土壤樣本符合凱薩琳埋屍處的土壤，握把上的指紋與你相符。」

這種事什麼時候才會結束？我不想知道了。於是我打斷盧伊茲，努力控制口氣不要顯得絕望。我要他回到起點，去查紅邊檔。

「他叫巴比．莫根——不是莫蘭。去讀檔案筆記，所有線索都在裡面，只要拼湊起來……」

他沒在聽我說。事件規模太大，他無法理解。

「如果狀況不同，我可能會欽佩你積極的態度，但我手上的證據夠了。」他說，「我有動機、機會和物證。你就算在每個角落撒尿，也不會把你的領地標得這麼清楚。」

「我可以解釋——」

「好啊！去跟陪審團解釋！我們的司法體系就是這麼美好——你有很多機會替自己辯解。如果陪審團不相信你，你可以一路上訴到高等法院、上議院和該死的歐洲人權法院。你可以花一輩子上訴，如果是無期徒刑，剛好可以用來殺時間。」

我按下「結束通話」按鍵，關掉手機。

我離開停車場，下樓梯到地面層。我把舊衣服和鞋子丟進垃圾桶，一併丟掉小行李箱和飯店房間濕答答的碎紙。我沿著路走，用希望看來輕鬆愉悅的方式搖晃拐杖。逛街人潮傾巢而出，每間店面都掛滿閃光飾條，播放聖誕頌歌。我有點想家。查莉最愛這些東西了——百貨公司的聖誕老人，櫥窗擺飾，還有場景設在佛蒙特的賓．克羅斯比主演老電影。

我正要過街，卻瞥見一輛送報車側面的海報。「**追捕凱薩琳的凶手**。」文字下方是我的臉，卡在塑膠綁帶下面。我馬上覺得頭上像戴了巨大的霓虹燈指標，箭頭往下指。

艾德菲飯店在我前方，我推開旋轉門，橫越大廳，忍住衝動不要加快步伐。我要自己別走太快，別彎腰駝背。抬起頭，直視前方。

這棟老式大飯店位於火車站附近，歷史可回溯到蒸汽火車從倫敦開來、蒸汽船開往紐約的年代。現在飯店看來跟某些女侍一樣疲憊，她們真該待在家替頭髮上髮捲。

商務中心在二樓。秘書名叫南茜，身材纖細，頂著燙捲的紅髮，脖子上綁著紅領巾，搭配口紅的顏色。她沒有跟我要名片，也沒有確認我的房號。
「有問題就問吧。」她很積極想幫忙。
「沒關係，我只是要收電子郵件。」我坐在電腦前，背對她。
「對了，南茜，妳確實能幫我一個忙。可以查查今天下午有沒有去都柏林的航班嗎？」
幾分鐘後，她唸出一串名單。我選了傍晚的航班，給了她信用卡資訊。
我問，「能順便看看去愛丁堡的狀況嗎？」
她挑起一邊眉毛。
「妳也知道公司總部的德性，」我解釋，「永遠做不了決定。」
她點頭微笑。
「也看看曼島渡輪還有沒有臥鋪位子。」
「票訂了都不能退款喔。」
「沒關係。」
我同時搜尋所有主要報社的電子郵件信箱，記下新聞編輯、首席記者和警方記者的名字。我用右手開始輸入郵件，一次按一個鍵。我把左手壓在大腿下，免得顫抖。
我從證明我的身分寫起——列出我的名字、地址、國家保險號碼和工作資訊。大家不能認為這是惡作劇，他們必須相信我是喬瑟夫·歐盧林——殺了凱薩琳·麥布萊和伊莱莎·維拉斯科的凶手。
時間剛過下午四點，編輯正在決定頭版報導的排版順序。我必須改變明天的頭條，我需要打亂巴比的節奏——讓他不斷猜測。
目前為止，他總是超前我兩、三、四步。他的復仇計畫構想出色，執行精準。他不只一一究責，還把過程變成一門藝術。然而他再怎麼聰明也會犯錯，沒有人是完美的。那名女子讓他想起母親，他就把她踹到昏迷。

敬啟者：

這是我的自白和證詞。我，喬瑟夫．威廉．歐盧林，在此真心誠意確實承認我謀殺了凱薩琳．麥布萊和伊萊莎．維拉斯科。我向哀悼她們逝去的各位致上歉意。相信我清白的各位，我真的非常抱歉。

我計畫在二十四小時內向警方投案。屆時我不會躲在律師背後，也不會為我造成的苦難辯解。我不會宣稱腦中聽到聲音，我沒有嗑藥，也沒有聽從撒旦的指示。我錯失機會阻止這一切，無辜的人因此而死，我時時刻刻都心生愧疚。

我列出受害者的名字，從凱薩琳．麥布萊開始，我寫下對這起謀殺案的所有了解。接著是博伊德．柯西默。我描述魯伯．厄斯金的生命末尾；索妮雅．道頓的用藥過度；殺死愛絲特．葛斯基、令她丈夫殘廢的大火。伊萊莎是最後一個。

我不會尋求減刑。有些人可能想進一步了解我的罪行，那就請重溫我的腳步，或尋找走過同一條路的人。確實有這個人，他叫巴比．莫蘭（又名巴比．莫根），明天早上他會前往倫敦的中央刑事法院。比起任何人，他最了解同時身為受害者和加害者的感受。

敬啟

喬瑟夫．歐盧林

我什麼都顧到了，唯獨沒顧到對查莉的影響。超出巴比掌控的決定使他成了受害者，我也要對女兒做出同樣的事。我的手指懸在傳送鍵上。我別無選擇。電子郵件消失在電子郵局的迷宮中。

南茜覺得我瘋了，不過她仍幫我安排行程，訂了到都柏林、愛丁堡、倫敦、巴黎和法蘭克福的航班，還有到伯明罕、紐卡索、格拉斯哥、倫敦、斯旺西和里茲的頭等艙火車票。她也租了一台白色福賀轎車，在樓下等我。

我用簽帳卡付款，不需要銀行授權。簽帳卡連到我父親設立的信託帳號，因為他也很討厭遺產稅。我推測盧伊茲早已凍結我所有的帳戶，但他動不到這裡。

電梯門打開，我橫越大廳，直視前方。走一走我撞上一盆棕櫚樹，才發現我一直往旁邊飄。現在我走路必須不斷調整糾正方向，像降落飛機。

租來的車停在門外。我走下飯店門口階梯，一直覺得有人會伸手拍我的肩膀，或聽到認出我的示警叫聲。我的手指差點弄掉車鑰匙。幾台黑頭計程車排在我的車前面，不過有一台挪開讓路。我跟著車流走，瞥看後照鏡，努力記起出城最快的路線。

我在紅燈停下，越過如織的行人看向多層停車場。三輛警車擋住入口斜坡，另一輛停在路上。盧伊茲靠著打開的車門，對無線電說話。他的表情怒氣沖沖。

燈號轉綠時，我想像他抬起頭，而我像一戰時開破爛飛機的超級飛官朝他敬禮，活著再戰一天。

廣播在播我最喜歡的一首歌——〈跳吧傑克閃電〉。大學時代，我在名叫「尖叫吧迪克・尼克森」的樂團擔任貝斯手，我們沒有滾石樂團厲害，但唱起來絕對比較大聲。我完全不會彈貝斯，但要裝會非常容易。我的主要目的是想把妹上床，但只有主唱莫里斯・懷特賽有嚐過甜頭。當年他留一頭長髮，身上紋了耶穌受難像的刺青。現在他是德意志銀行的資深會計師。

我往西開向托克斯泰斯區，把轎車停在都是煤渣和雜草的空地。關閉的里民中心旁籠罩著陰影，幾名青少年從中盯著我看。他們通常只在偷車現場看過我開的時髦車。

我打電話回家。茱麗安接起電話，她的聲音聽起來很近很清楚，但已開始顫抖。「謝天謝地！你去哪兒了？記者一直按門鈴，說你很危險，警察會對你開槍。」

我試著把話題轉離武器。「我知道幕後黑手是誰。巴比為了很久以前的事想懲罰我。不只我，他有一張名單——」

「什麼名單？」

「博伊德死了。」

「怎麼會？」

「謀殺，厄斯金也是。」

「天哪！」

「警察還在監看我們家嗎？」

「我不知道。昨天有人開白色休旅車來，起初我以為是達約來替中央暖氣工程收尾，但他要明天才會來。」

我聽到查莉在背景唱歌。我的喉頭湧上一陣暖意。

警方會想追蹤這通電話。手機通話必須經過回推，找出傳遞訊號的幾座基地台。利物浦到倫敦之間大概有五、六座發射站，每查一個，搜索範圍就會變小。

「茱麗安，不要掛電話。就算我沒回來，也不要掛斷。這很重要。」我把手機塞到駕駛座下。車鑰匙還插在鑰匙孔。我關上門，低頭走開，遁入黑暗，心想他是否還在看我。

二十分鐘後，我站在看似燒毀棄用的火車月台上，心懷感激踏上城郊列車。車廂幾乎沒人。

盧伊茲現在應該知道我訂的船票、火車票和機票了。他會發現我想消耗他的資源，但他還是得一一查核。

開往倫敦的快車從萊姆街火車站出發，警方會搜索每一節車廂，但我希望他們不會待在車上。邊山是下一站，剛過晚上十點半，我從這兒搭上前往曼徹斯特的火車。過了半夜，我轉搭另一台開往約克的火車。我得等三小時，大東北快車才會出發前往倫敦，於是我坐在燈光昏暗的候車室，看清潔工互比誰做的事最少。

我用現金買票，挑了人最多的車廂。我喝醉似的沿走道踉蹌前進，不時撞到人，喃喃道歉。只有小孩會盯著醉漢看，大人會避開視線，希望我繼續往前，挑別的地方坐。當我靠著車窗睡著，全車廂一齊發出無聲的嘆息。

第七章

年輕時，我只有往來寄宿學校會搭火車。我會在車上狂吃查特豪斯公學禁止的甜食和口香糖。有時我覺得比起口香糖，學校更能接受炸藥。據說彼得・卡維爾學長吞了太多口香糖，塞住腸子，醫生只得從直腸移除卡住的異物。不用說了，之後口香糖在學校就不太受歡迎。

父親在返校前的精神喊話通常能濃縮成七字警告：「別讓校長聯絡我。」查莉開始上學時，我發誓我會當不一樣的父親。我請她坐下，講了一段更適合中學生的演說，搞不好還應該留到大學。茱麗安笑個不停，害查莉也笑了。

最後我說，「不要害怕數學。」

「為什麼？」

「因為很多女生都怕數字，因而說服自己很多事不在行。」

查莉回答，「好。」她完全不知道我在說什麼。

我心想不知道能不能看到她上中學。過去幾週，我都在擔心這場病奪走我的機會。現在跟謀殺指控一起比較，生病顯得微不足道。

火車開進王十字車站，我緩緩走過車廂，查看月台上有沒有警察的身影。我跟著拖大行李箱的年邁女子前進。走到剪票口時，我出聲問她需不需要幫忙，她感激地點頭。來到票亭，我轉向她，「太太，您的車票呢？」

她眼睛眨都沒眨，就把票交給我。我把兩張票交給警衛，露出疲憊的笑。

他說，「這麼早趕車很討厭吧？」

「怎麼樣都不習慣呢。」我接過他給我的票根。

我穿越擁擠的大廳，停在書店門口。早報並排疊成一落一落，《太陽報》的頭條大聲驚呼「**凶手自白——『我殺了凱薩琳』**」。

主流大報頭版報導利率攀升，以及郵局員工威脅罷工。凱薩琳的報導——我的報導——在摺頁之下。路人越過我拿起報紙，沒有人跟我對上眼。這裡是倫敦，行人會挺直身體正色走路，彷彿準備好面對一切，避開一切。大家都有地方要去，不要打擾人，繼續走就好。

我找到走路的節奏，穿越科芬園的餐廳和昂貴精品店。我走到河岸街左轉，沿弗利特街前進，直到中央刑事法院的歌德風牆面映入眼簾。

法院落腳此處已將近五百年，在更早的中古世紀，每週一早上也在這兒公開處刑犯人。

我在對街就定位，倚靠通往泰晤士河的小巷牆壁站好。幾乎每扇門上都有黃銅門牌。我偶爾瞥向手錶，裝出在等人的樣子。身穿黑西裝和長袍的男男女女行經我身旁，抓著盒裝檔案和綁起的紙張。

九點半第一組報導團隊到了——一對攝影師和錄音師。其他人也陸續抵達。有些平面攝影師帶了踏梯和牛奶箱，記者在後方聚成一團，啜飲外帶咖啡，分享八卦和假消息。

快要十點時，我注意到一輛計程車在我這側的路邊停下來。艾迪．巴略特先下車，看起來像有頭髮的演員丹尼．德維托。巴比跟在後頭，至少比他高了兩個頭，卻仍有辦法穿著看來太大的西裝。

兩人離我都不到五公尺。我低下頭，朝雙手呼氣。巴比的大衣口袋塞滿紙，雙眼藍得水汪汪。車上的暖氣碰上冰冷空氣，讓他的眼鏡起霧了。他停下來擦眼鏡，雙手很穩。記者看到艾迪，架好相機和攝影機光源等著他。

我看到巴比低下頭，但他太高，藏不住臉。記者連珠炮向他丟出問題。艾迪．巴略特把手放在巴比手臂上，巴比像燙到似的抽手。一台攝影機直對著他的臉，閃光燈閃個不停。他沒有料到這番陣仗，他沒有計畫。

巴略特想趕他走上石階，穿過拱廊。攝影師彼此推擠，其中一人突然踉蹌往後倒。巴比跨站在他上頭，高舉拳頭。周圍的人抓住他的肩膀，艾迪把公事包當鐮刀揮舞，清出前方一條路。最後我看到巴比高出群眾的頭，接著大門便關上了。

我只允許自己短暫一笑，就這樣。我不能懷抱太高的期待。附近禮品店的櫥窗塞滿棉花糖做的聖誕老人和紅綠色的聖誕拉炮，麋鹿時鐘的鼻子會在黑暗中發光。我利用玻璃的反光查看法院門口的階梯。

我可以想像裡頭的景象。記者席會完全坐滿，民眾聽審席只剩下站位。艾迪熱愛煽動群眾的情緒，他會拿我不專業的行為開刀，要求休庭，宣稱我的惡意指控剝奪他的客戶公正受審的權利。他們必須重做精神分析，得花好幾週。有的沒的，有的沒的……

法官仍可能拒絕，當場對巴比判刑。不過他比較可能同意休庭，巴比會獲釋——變得比先前更加危險。

我站著前後搖晃，提醒自己遵守規則。雙腳不要靠太近，記得刻意抬腳，避免拖腳扭腳，不要下意識轉身。「避免原地不動」的方法中，我最喜歡踏過面前虛構的障礙物。我可以想像自己看起來像小丑馬歇．馬叟。

我走到下個路口，轉頭又走回來，沿路仍緊盯群聚在法院門外的攝影師。他們突然往前衝，高舉相機。艾迪一定備好了車。巴比半蹲著出來，擠過混亂的群眾，跌進後座。車門關上，閃光燈仍繼續閃。

我早該料到，早該準備好的。我跛腳走到路邊，朝一輛黑頭計程車揮動雙臂和拐杖。車子急轉避開我繼續開，逼一整條車線緊急剎車。第二輛計程車亮著可載客的橘燈，駕駛要不停車，不然就會撞倒我。

當我要他跟著那輛車走，他眼睛眨都沒眨。或許計程車司機常聽到這句話。載著巴比的銀色轎車開在我們前面，夾在兩輛公車和一排汽車之間。我的司機成功鑽過縫隙，在車道間游移，從未跟丟。我注意到他同時從後照鏡偷看我，當我們對上眼，他趕忙撇開頭。他很年輕，大概二十幾歲出頭，頂著鐵鏽色的頭髮，後頸長滿雀斑，雙手顫抖著輕輕抓住方向盤。

「你知道我是誰。」

他點頭。

「我不危險。」

他看向我的雙眼，想尋求一點保證。他從我臉上什麼都看不出來，帕金森氏症面具臉就像冰冷的雕刻石頭。

第八章

大聯盟運河的這一段雜亂無章，柏油曳船道破損滿是坑洞。生鏽的鐵柵欄危險歪斜，隔開房子的後院和河道。一台畫滿塗鴉的拖車架在磚塊上，缺了門也少了輪子。菜園露出半埋在土裡的兒童三輪車。

巴比在聖潘克拉斯火車站後方的卡姆利街下車後就沒有回頭。現在我很熟悉他走路的節奏了。他經過鑰匙管理員的小屋，繼續前進。瓦斯工廠的陰影籠罩運河南岸的廢棄工廠，重新開發的宣傳看板宣告即將興建新的工業園區。

河道彎處的石牆旁停了四艘窄船。三艘漆成亮麗的紅色綠色，第四艘有拖曳式船頭，船身漆黑，船艙畫上褐紅色邊框。

巴比輕巧踏上船，看似敲敲甲板。他等了幾秒，然後解開鎖，把活板門往前推，打開下方的門，往下走進床艙不見了。我待在曳船道邊緣，躲在試圖吞噬圍欄的刺藤後方。一名身穿灰色大衣的女子拉拉狗鍊，快速拖著狗走過我身旁。

五分鐘後，巴比重新出現，瞥向我的方向。他滑上活板門，踏上岸。他探進口袋，數數手中的零錢，然後沿著小路離開。我保持距離跟在後頭，看他爬上階梯上橋，往南朝加油站走去。

我回到船上，我得看看裡面。上漆的門關著，但沒有上鎖。船艙一片漆黑，窗簾拉起遮住窗戶和舷窗。往下走兩階就是廚房，不鏽鋼水槽很乾淨，一個杯子放在茶巾上瀝乾。

再走六步就到了休息區，其中一側裝了工作桌，看來更像作業區。我的眼睛適應光線後，看到掛板牆上都是工具——鑿子、螺旋鉗、扳手、螺絲起子、金屬切割鋸、鉋子和銼刀。層架上擺了一盒盒的管子、墊片、鑽頭和防水膠帶。部分地面堆滿油漆桶、防鏽材、環氧樹脂、蠟、潤滑油和機油。工作桌下放著移動式發電機，老式收音機用電線吊在天花板上。每樣東西都有該放的位置。

對面牆上有另一面掛板牆，不過空無一物，只有四個皮革手銬——兩個靠近地面，另一組靠近天花板。我的視線轉向地面，我不想看。光裸的木板和踢腳板都染上比黑夜還深的顏色。

我往後退，撞到艙壁，跌進另一間船艙。房內每樣東西都顯得有些歪斜，床墊比床框大，燈跟桌子相比也太大。牆上貼滿一張張的紙，但室內太暗，看不清楚。我打開燈，眼睛花了一會兒適應。

忽然我坐下來。牆上滿滿都是報紙剪報、照片、地圖、圖表和繪畫。我看到許多查莉的照片，包括她在上學路上、踢足球、在學校合唱團唱歌、跟奶奶出門逛街、搭旋轉木馬、餵鴨子。其他照片則是茱麗安在上瑜珈課、在超級市場、油漆花園家具、開門應門……仔細一看，我認出收據、票根、足球通訊報、名片、銀行對帳單和電話帳單影本、市街地圖、圖書證、學校雜費催繳單、停車繳費單、車子的註冊文件……

小小的床頭櫃堆著高高一疊線圈筆記本。我拿起最上面一本翻開，每一頁都寫滿整齊精簡的字跡。左側頁緣記下日期和時間，旁邊則是我的詳細行蹤，包括地點、會議、時間長短、交通方式、關聯性。這是我的生活「操作」指南，記錄怎麼當我！

頭上甲板傳來動靜，有人在拖倒東西。我關掉燈，坐在黑暗中，努力安靜呼吸。有人跳下活板門，進到休息區，走到廚房打開櫃子。我躺在地上，擠在艙壁和床尾間，感到我下巴底部的脈搏跳動。

引擎發動了，活塞起起伏伏，接著轉為穩定的節奏。我透過舷窗看到巴比的腿，他走過船側，解開船纜，我感到船身隨之傾斜。

我瞥向廚房和休息區。假如我動作快，或許可以趕在他回到駕駛室前上岸。我試著站起來，卻撞倒靠牆的方形畫框，我趕忙勉強用單手抓住。畫作短暫靜止在窗簾滲進來的陽光中：畫布上畫了沙灘沐浴小屋、冰淇淋攤和摩天輪，天際線上可以看到查莉畫的結實灰色鯨魚。

我呻吟著往後倒，無法叫雙腿聽話。我的腿屬於別人。

窄船再次搖晃，腳步聲重新響起。他解開稱人結了。引擎打到前進檔，我們晃著離開泊船口。河水順著船身滑過。我撐起身子，拉開窗簾幾公分，把臉湊到舷窗旁。我只能看到樹梢。

這時傳來新的聲音──呼呼響的雜音，像颳強風。空氣中的氧氣似乎全消失了。燃油流過地面，浸濕我的褲子，上漆的木板燒得劈啪作響。濃煙刺痛我的雙眼和喉嚨深處，我跪著爬過船身，進入聚集的煙霧。

我拖著身子穿過U型廚房，來到休息區。引擎就在附近，我可以聽到機器在艙壁的遠端震動。我的頭撞到階梯，我往上爬，卻發現活板門從外頭鎖上了。我拿肩膀用力一撞，但一點反應都沒有。我的手摸到門板發熱。我得另找出口。

吸進肺裡的空氣感覺像熔化的玻璃。我什麼都看不見，只能摸索前進。我的手指抓住工作台上的鐵鎚和尖銳的平鑿子。我順著船身往回走，遠離火源，在牆壁間跌跌撞撞，拿鐵鎚猛砸舷窗。窗戶是強化玻璃。

船艙艙壁上有一扇儲藏室的小門。我擠進去，像擱淺的魚扭來扭去，直到腿跟著通過。油膩的油布和繩索在我身下滑動。我一定在船頭了。我探向頭上，摸到活板門的形狀。我用手指撫摸邊緣，尋找門閂，然後試著把鑿子卡進角落，拿鐵鎚敲，但角度都不對。

船開始傾斜，水從船尾灌進來了。我躺下來，雙腳抵住活板門下方，用力往外踢……一次，兩次，三次。我放聲尖叫咒罵。木頭碎裂斷開，一塊刺眼的光線照亮貨艙。我回過頭，剛好看到船艙的汽油點燃，一團橘色火焰朝我衝來。我趕忙拖著身子往上爬進日光，滾了好幾圈。新鮮空氣一瞬間擁抱我，接著水裹住我全身。我無可避免地緩緩下沉，腦中不斷尖叫，直到我沉坐在淤泥之間。我沒有去想溺水的事，只是要在又涼又暗又綠的水底待一陣子。

等我的肺開始發疼，我往上游，掙扎著想呼吸。我的頭衝出水面，我翻身仰躺，貪婪地吸氣。船尾已經沉了，工作區的油桶像手榴彈一樣爆炸。引擎停了，但船緩緩轉動離我而去。

泥巴黏著我的腳趾，我涉水朝岸邊走去，抓著蘆葦爬上岸。我忽視朝我伸出的手，只想躺下來休息。我的身體抽動，雙腿撞到運河邊緣。我坐上廢棄的曳船道，烏雲前映著巨大起重機的剪影。

我認出巴比的鞋子。他伸手穿過我的腋下，抱住我的胸口，把我拉起來。他扛著我，下巴抵著我的頭頂。我在他的衣服上聞到汽油味，還是我的衣服？我沒有大叫。現實感覺好遙遠。

我們在一間廢棄工廠的庭院。牆邊疊著木頭棧板，暴風雨吹掉好幾片鐵屋頂，牆壁漏水，畫出一圍巾纏住我的脖子，拉緊用結壓住我的氣管，另一端綁在我的上方某處，逼我踮腳站。我的雙腿像牽繩木偶抽動，因為我無法站穩在地上，避免自己窒息。我把手指塞進圍巾，將布料扯離喉嚨。

張黑綠色黏液的織毯。巴比滿臉是汗，抽身離開我。

我說，「我知道你為什麼做這些事。」

他沒有回答，只是脫掉西裝外套，捲起襯衫袖子，像有事要搞定。他坐在包裝木箱上，拿出白手帕擦眼鏡。他冷靜的程度令人敬佩。

「你殺了我可逃不掉。」

「為什麼你覺得我想殺你？」他把眼鏡掛回耳朵上，看著我。「警方通緝你，他們搞不好會獎勵我呢。」但他的聲音露了餡，他並不確定。我聽到遠方傳來警笛，消防隊要來了。

巴比一定讀過早報，他**知道**我為什麼自白。警方肯定重啟了每個案子，檢查所有細節，互相比對時間、日期和地點，把我的名字納入考量。他們會發現什麼？我不可能殺了每個人。接著警方會開始思索我為何自白。或許——只是或許——他們會一併考量巴比的名字。他能準備多少不在場證明？他把自己的足跡掩蓋得多好？

我必須繼續擾亂他。「昨天我去拜訪你媽媽，她有問起你。」

巴比微微一僵，呼吸節奏加快。

「我不記得見過布莉姬，但她以前一定很漂亮。菸酒對皮膚不太好。我想我也沒見過你爸爸，不過我猜我會喜歡他。」

他忿忿吐出，「你才不懂他。」

「未必喔，我覺得我跟李尼有點相似……跟你也是。我需要拆開東西，才能了解如何運作。所以我來找你，我想你能幫我釐清一些事。」

他沒有回答。

「我知道大部分的事發經過了——我知道厄斯金和魯卡斯．道頓，麥布萊法官和小梅．柯西默。但我無法理解為什麼你懲罰了每個人，卻獨留你最恨的那位。」

巴比站起身，像有毒刺的魚鼓起身體。他把臉湊到我面前，我看到一條淺藍色血管在他的左眼皮上抽動。

「你連她的名字都說不出口吧？她說你長得像爸爸，但其實不然。每次你照鏡子，都會看到媽媽的眼睛……」

他手握刀子，拿刀尖抵住我的下唇。我要是張嘴就會流血，但我不能現在停下來。

「巴比，我跟你說我目前的發現吧。我看到這個小男孩沉浸在父親的夢想中，卻遭到母親的暴力玷汙……」刀鋒好尖，我什麼感覺都沒有。血流下我的下巴，滴到仍貼著脖子的手指。「……他怪罪自己，大部分家暴受害者都是。他覺得自己懦弱——老是逃跑、跌倒、喃喃找藉口；永遠不夠好，老是遲到，生來就讓人失望。他覺得他應該要拯救父親，但等他了解怎麼回事，已經太遲了。」

「給我閉嘴！你也是其中一個，**你**殺了他！亂搞別人腦袋的傢伙！」

「我不認識他。」

「對啊，沒錯，你懲罰了你不認識的人，有多隨便？至少我有挑過。你一點概念都沒有，你沒有心。」

巴比的臉離我仍只有幾公分，我在他眼中看到傷痛，從他翹起的嘴唇看到憤恨。

「於是男孩怪罪自己。他長得太快，變得笨拙又不協調，溫柔又害羞，憤怒又怨懟——他無法梳理這些情緒，他沒有能力原諒。他恨世界，但更恨自己。他割自己的手臂，想排出體內的毒。他緊抓著父親的回憶和過往的一切，雖不完美，但還過得去。至少他們在一起。

「他怎麼做呢？他疏離周遭世界，變得孤獨，把自己縮小，住在腦袋裡，希望大家忘記他。巴比，跟我說說你的幻想世界吧，有個地方能逃去一定不錯。」

「說了只會被你搞砸。」他漲紅了臉。他不想跟我說話，卻又以他的成就為傲。那是**他**打造的世界，他確實有些想拉我進入他的世界——分享他的欣喜。

刀鋒仍壓著我的嘴唇，他挪開刀，在我眼前揮舞。他試圖裝得熟練，但失敗了。他不習慣用刀。為了拉著圍巾遠離氣管，我的手指快麻了。我踮著腳站，小腿也逐漸累積乳酸。我撐不了多久。

「巴比，無所不能的感覺如何？擔任法官、陪審團和行刑者，懲罰所有該懲罰的人？你一定花了很多年預演準備，真了不起。但你做這些到底是為了誰？」

巴比彎腰撿起一塊木板，喃喃要我閉嘴。

「喔，沒錯，是為了你爸爸，一個你幾乎不記得的人。我敢打賭你不知道他最喜歡的歌、他喜歡的電影類型，也不知道他崇拜的英雄是誰。他口袋裡通常裝什麼？他是左撇子還是右撇子？他的頭髮往哪邊分？」

「我叫你**給我閉嘴！**」

木板畫出大大的弧形，打中我的胸口。肺部的空氣一湧而出，我的身體一轉，把圍巾像止血帶扭緊。我踢著雙腿，試圖轉回來。我的嘴巴像擱淺的魚鰓拍動。

巴比把木板丟到一旁，看著我，彷彿在說，「我不是警告你了。」

我的肋骨感覺斷了，但肺又能呼吸了。「巴比，我還有一個問題。你為什麼這麼膽小？我是說，這堆恨意該發洩在誰身上很明顯。你看看她做的好事，她羞辱凌虐你爸爸，她跟其他男人上床，害他連在朋友面前都抬不起頭。不只這樣，她竟然還指控他侵害自己的兒子……」

巴比撇開頭，但沉默都開始對他說話了。

「她撕掉他寫給你的信，我打賭她甚至找到你留下的照片，全部丟掉。她想要李尼滾出她和你的人生，她怨恨聽到他的名字……」

巴比越縮越小，彷彿由內崩潰。他的怒火轉為悲傷。

「我猜猜怎麼回事吧。她本來是第一個。你去找她，很容易就找到了。布莉姬向來不害羞，不會離群索居，她的高跟鞋留下的鞋印夠大了。」

「你觀察她，靜靜等待。你全都規劃好了……所有細節。時候到了。毀了你一生的女人就在咫尺，近到你可以掐住她的喉嚨。她就在那兒，**就在那兒**，但你遲疑了。你下不了手。你比她高大多了，她沒有武器，你大可輕易擊敗她。」

我停了一下，讓回憶在他腦中甦醒。「什麼都沒發生，你下不了手。你知道為什麼嗎？你怕了。當你再見到她，你變回那個小男孩，下唇顫抖，說話結巴。當年她令你害怕，現在也一樣。」

巴比的臉因為自我厭惡而扭曲。同時他也想把我從他的世界除掉。

「總有人要受罰，於是你找到你的兒童照護檔案，還有那一串名單。你開始懲罰所有負責的人，奪走每個人的最愛。可是你從未擺脫對母親的恐懼，你生來膽小，就一輩子膽小。你發現她要死的時候怎麼想?癌症幫你下了手，還是奪走你的機會?」

「奪走我的機會。」

「她會死得很淒慘，我看過她。」

他突然爆發。「還不夠，她是**怪物！**」他把鐵桶踢飛到院子另一端。「她毀了我的人生，她**逼**我變成這樣。」

他的唇上掛著口水。他看著我，尋求肯定，希望我說，「可憐的傢伙，**的確**都是她的錯，難怪你這麼難受。」我不能稱他的意。如果我認同他的恨，就無法回頭了。

「巴比，我不會給你任何狗屁藉口。你的經歷很淒慘，我也希望當年不是這樣。可是看看你周遭的世界——非洲每天都有小孩餓死，飛機撞進高樓大廈，炸彈炸死平民，人們染疫而死，囚犯遭到凌虐，女人被強暴……有些事我們可以改變，但有些沒辦法。有時我們只能接受現況，繼續過活。」

他苦澀地笑了。「你怎麼能這樣說?」

「因為我講的是事實，你也知道。」

「我跟你講什麼是事實吧。」他眼睛眨也不眨盯著我，低沉的聲音隆隆響。「穿越大克羅斯比區的沿岸道路有一段停車區——大概在利物浦往北十二多公里處。停車區在雙線道旁，從馬路岔出去。如果晚上十點過去，有時會看到另一輛車停在那兒。你打燈號——依照需求打左轉或右轉燈——等前方的車用同樣的燈號回應，然後跟上去。」

他的聲音沙啞。「她第一次帶我去停車區時，我才六歲。第一次我只在旁邊看，應該在某個穀倉吧。她像瑞典自助餐躺在桌上，裸著身體，十幾隻手在她身上游移，大家想做什麼都行，她足以讓所有人享用。痛苦，歡愉，對她來說都一樣。每次她張開眼睛，都直直看著我。『巴比，別自私。』她像在說，『學著分享。』」

他微微前後搖晃，盯著前方，在腦中想像畫面。「私人俱樂部和性交酒吧對我母親來說太中產了，她喜歡雜交派對要匿名又簡單。我數不清多少人享用過她的身體，男人女人都有。我就是這樣學會分享。起初他們對我予取予求，但後來換我掠奪他們。痛苦和歡愉——這就是母親留給我的禮物。」

他的雙眼盈滿淚水。我不知道該說什麼，舌頭感覺肥厚刺痛。由於送到腦部的氧氣不夠，我的眼角餘光開始發黑。

我想說點什麼。我想跟他說他不孤單，很多人也煩憂同樣的夢境，朝同樣的虛無大喊，走過同樣敞開的窗戶，思索要不要跳下去。我知道他迷失又受創，但他還有選擇。不是每個受虐兒長大都一樣。

「巴比，放我下來。我沒辦法好好呼吸了。」

我可以看到他方正的後頸和剪得很糟的頭髮。他緩緩轉身，一直避著我的臉。刀鋒劃過我頭上，我往前倒，仍抓著剩下的圍巾。我的雙腿肌肉抽搐，嘴裡嘗到混著血的水泥粉塵。一面牆邊靠著更多單片木板，另一面牆上裝了工業用水槽。從這兒怎麼到運河？我得離開。

我跪起身，開始爬。巴比不見了。鐵屑卡進我的手掌，破碎的水泥塊和生鏽的鐵桶像障礙賽的路障。我爬到入口，看到消防車停在運河旁，一輛警車亮著警燈。我想大叫，但發不出聲音。

哪裡不對勁。我無法前進了。我轉頭，看到巴比踩著我的外套。

「你自大的程度真讓我開了眼界。」他抓住我的領子，拎著我站起來。「你以為我會信你騙小孩的那套心理學。我看過的治療師、諮商師和精神科醫師比你收過的爛生日禮物還多。我接受過佛洛伊德、榮格、阿德勒、羅格斯學派的治療——隨你挑——連冷天撒泡尿給他們取暖都不值得。」他又把臉湊到我面前。「你不懂我。你以為你進到我的腦袋，屁！你還差得遠咧！」他把刀子抵住我耳朵下方，我們吸著同樣的空氣。

他只要一挑手腕，我的喉嚨就會像落地的甜瓜破開。他會動手，我可以感到金屬貼著脖子。他現在要結束一切了。

這一刻，我想像茱麗安枕著睡亂的頭髮，躺在她的枕頭上看我。我看到查莉穿著睡衣，渾身聞起來像洗髮精和牙膏。我心想能不能數清楚她鼻子上的雀斑，沒有試過就死了是不是很可惜？

巴比溫暖的吐息吹在我脖子上——刀鋒很冰。他伸出舌頭，舔濕嘴唇。他遲疑了一下——我不知道為什麼。

「我想我們都小看了彼此。」我慢慢把手探進外套口袋。「我知道你不會放我走。你的復仇沒有商議空間，你投入太多，這成了你每天起床的原因。所以我必須掙脫那面牆。」

他躊躇起來，試圖判斷他沒料到什麼。我的手指握住鑿子的握把。

「巴比，我生病了，有時候走路都有困難。我的右手沒事，但你看我的左手臂都在顫抖。」我舉起感覺不再屬於我的手臂，吸引他的目光，就像臉上的胎記或扭曲的燙傷。

我用右手隔著外套把鑿子插進巴比的肚子。鑿子戳中他的髖骨，一扭又刺穿橫結腸。念了三年醫學院絕對沒有白費。

他跪倒在地，仍揪著我的領子。我瞄準他的下頜，盡可能用力揮拳揍他。他舉起手臂阻擋，但我仍成功打中他的頭側，害他往後倒。一切都慢了下來。巴比試圖站起來，但我往前一步，笨拙但有效地踢中他的下巴，他的頭猛然往後仰。

他癱躺在地上，我盯著他好一會兒，才像螃蟹趕忙溜過庭院。一旦動起來，我的雙腿還是能跑的，雖然動作可能不好看，但我本來就不是羅傑．班尼斯特那種著名跑者。

一名訓狗師帶警犬沿著河岸搜尋氣味，他看到我，退後一步。我繼續前進。他們得動用兩個人才抓住我，即便如此，我仍想繼續跑。

盧伊茲抓住我的肩膀。「他在哪裡？」他大叫，「巴比在哪裡？」

第九章

葛蕾西姨婆泡的奶茶最好喝了，她會在茶壺多加一匙茶葉，我的杯子多加一點牛奶。我不知道盧伊茲從哪兒弄來這壺茶，不過至少洗掉了我嘴裡的血和汽油味。

我坐在警車前座，雙手捧著杯子，努力想叫手別再抖，但沒什麼效。

盧伊茲說，「你真的應該給醫生看一下。」我的下唇還在流血，我用舌頭輕碰一下。

盧伊茲拆掉一包菸的玻璃紙包裝，遞給我。

我搖搖頭。「我以為你戒菸了。」

「都怪你啦。我們追那輛被偷的死租賃車追了快八十公里，結果在車上找到兩個十四歲和一個十一歲的小鬼。我們也在火車站、機場、客運站盯哨……全國西北部的警員都在找你。」

「等你收到我的帳單再抱怨吧。」

他用愛憐又厭惡的表情看著他的菸。「你自白那招不錯，很有創意。媒體豺狼到我這兒聞東聞西，只差沒真的聞我的屁股——到處問問題，訪談家屬，攪亂一池春水。你害我別無選擇。」

「你找到了紅邊檔？」

「對啊。」

「名單上的其他名字呢？」

「我們還在查。」

他靠著敞開的車門，若有所思打量我。運河水面反射的陽光照亮他的比薩斜塔造型領帶夾，他冷淡的藍眼緊盯停在三十幾公尺外工廠牆邊的救護車。

我的胸口和喉嚨發疼，害我頭暈。我拉起粗糙的灰毛毯裹住肩膀，不禁皺起眉頭。盧伊茲跟我說他花了整晚檢查兒童照護檔案的細節，用電腦檢查所有名字，撈出未結的死亡案例。

直到魯伯．厄斯金過世前幾週，巴比都在哈奇米爾村擔任小鎮園丁。九零年代中期，他和凱薩琳．麥布萊在西柯爾比一間門診診所參加過同樣的自殘患者團體治療課程。

我問，「索妮雅．道頓呢？」

「沒查到什麼。他不符合賣藥給她的毒販長相。」

「他在她的游泳中心工作。」

「我會去查。」

「他怎麼讓凱薩琳來倫敦？」

「她來參加工作面試呀，你寫信給她。」

「我沒有。」

「巴比替你寫的，他從你的辦公室偷了文具用品。」

「怎麼會？什麼時候？」

盧伊茲看得出來我掙扎著想跟上狀況。「你提過巴比的衣服上繡了涅瓦泉這個字，那家法國公司負責送飲水機到辦公室。我們在看醫院的監視錄影帶。」

「他配送——」

「肩上扛著一桶水就能直接通過警衛。」

「難怪好幾次他約診晚到都還是能進大樓。」

在廢地另一端，越過破敗的柵欄可以看到巴比躺在擔架上，急救人員把輸血袋舉在他頭上。

我問，「他還好嗎？」

「如果你是問他的案子，你沒替納稅人省下開庭的錢。」
「我不是問這個。」
「你不會在可憐他吧？」
我搖搖頭。或許有一天——距離現在很久以後——我會想起巴比，一個受創的孩子長大成為有缺陷的大人。不過現在，鑒於他對伊萊莎和其他人做的好事，我很高興能把這個混蛋打得半死。
盧伊茲看兩名警探爬上救護車，坐在巴比兩側。「你說凱薩琳的凶手年紀會比較大……比較有經驗。」
「我以為會這樣。」
「而且你說跟性有關。」
「我說她的痛苦會使他性奮，但動機不明確，復仇是一種可能。你知道嗎？說來奇怪，即使我很肯定是巴比，我還是無法想像他人在現場，逼她割傷自己。那種施虐法太複雜了。不過他確實滲透了那麼多人的生活——包括我。他就像沒有人注意到的背景，因為我們都專注在看前景。」
「你比其他人都早看到他。」
「我是在黑暗中絆到他。」
救護車開走。水鳥從蘆葦中飛起，在蒼白的空中扭轉飛翔。光禿的樹枝往上延展，彷彿想從空中抓下鳥兒。
盧伊茲載我去醫院，巴比動完手術時他想在場。我們跟著救護車開過聖潘克拉斯大道，轉進急診室入口。現在少了腎上腺素，我的雙腿幾乎完全僵住，連下車都有困難。盧伊茲弄來輪椅，把我推進公立醫院熟悉的白瓷磚牆候診室。
可想而知，督察長一出手就搞砸，先是叫急診護士「美女」，又要她「搞清楚優先順序」。她把不悅都發洩在我身上，故意拿手指超級用力戳在我的肋骨之間，我差點以為要昏倒了。

替我縫合嘴唇的年輕醫生染了淺色頭髮，剪傳統的羽毛剪髮型，戴著貝殼碎片項鍊。她剛去某個溫暖國度渡假，鼻子上的皮膚泛紅脫皮。

盧伊茲上樓去盯著巴比，手術室外的武裝警衛加上全身麻醉都不足以讓他放心。或許他想彌補當初沒有更早相信我吧，不過我很懷疑。

我躺在擔架上，努力穩住頭，感到針滑進嘴唇，縫線拉扯皮膚。剪刀剪斷線尾，醫生後退一步，欣賞她的手藝。

「我媽還說我永遠學不會縫紉呢。」

「看起來怎麼樣？」

「你應該等整形外科，不過我縫得還行。你會留一點疤，這裡。」她指向下唇下方的凹陷處。「應該跟你的耳朵很搭。」她把乳膠手套丟進垃圾桶。「你還是要照X光，麻煩去樓上。需要誰幫你推輪椅，還是你可以自己走？」

「我用走的。」

她指向電梯，要我到五樓沿著綠線走去放射科。半小時後，盧伊茲在候診室找到我。我在等放射科醫生看完X光，確認我早知道的狀況：兩根肋骨斷裂，但沒有內出血。

「你什麼時候能來做筆錄？」

「等醫生幫我包紮好。」

「明天再來也行。來吧，我載你回家。」

一絲愧疚讓我暫時忘了痛。家是哪裡？我還沒有時間思考今晚要睡哪裡，更別說以後了。盧伊茲感到我的猶豫，喃喃說，「你就聽聽她說吧？你應該很擅長這種事才對。」他又馬上補上一句，「我家沒有空房喔！」

回到樓下，他繼續到處指使人，直到我的胸口包紮好，吞了滿肚的止痛藥和抗發炎藥。我飄過走廊，跟著盧伊茲搭上他的車。

我們往北開向肯頓鎮。「有一件事我還是不懂。」我說，「巴比大可殺了我，他都拿刀抵住我的喉嚨，卻猶豫了。感覺他似乎無法跨過那條線。」

「你說他殺不了他的母親。」

「那不一樣，他很怕她。他殺其他人就沒問題。」

「喔，他不用擔心布莉姬了，她今天早上八點過世了。」

「結束了，他沒有家人了。」

「未必，我們找到他同父異母的哥哥。我留了訊息給他，告訴他巴比在醫院。」

一陣不安襲來，像漲潮的潮水逐漸攀高。「你們在哪兒找到他？」

「他在北倫敦當水電工。達維・約翰・莫根。」

盧伊茲朝雙向對講機大叫，要他們派警車去我家。我也在大叫，試圖用手機聯絡茱麗安，但電話在通話中。我們只剩五分鐘路程，但路況糟透了。一輛卡車在五線交會的路口闖紅燈，擋住了肯頓路。

盧伊茲鑽上人行道，逼行人四散逃竄。他從車窗探出頭。「蠢豬！混蛋！閃開，閃開！給我滾開！」

我們太慢了。他早已進過我家——看過我的牆內。我可以看到他站在我家地下室，嘲笑我。我記得他看警察挖開花園的眼神，帶著慵懶的無禮，臉上半掛著笑。

一切都合理了。在利物浦跟蹤我的白色休旅車，他拿掉門上的磁吸墊，讓人看不出是水電工的工作車。遭竊的四輪驅動車上找到的不是巴比的指紋。給索妮雅・道頓問題搖頭丸的人符合達約的長相。達約，達維──他們是同一個人。

稍早在窄船上，巴比敲敲甲板才打開活板門。船不是他的，工作區都是工具和水電設備。那些都是達約的日記和筆記，巴比燒船是為了銷毀證據。

我不能坐在這兒乾等，距離我家只剩不到四百公尺。盧伊茲要我等，但我推開車門，沿路狂奔，閃避行人、跑者、帶小孩的媽媽、推嬰兒車的保母。視線所及範圍內，馬路雙向都塞住了。我按下手機的「重撥」鍵，但電話仍在通話中。

凶手一定有兩個人，一個人怎麼做得到？巴比鶴立雞群，太容易被認出來。達約有控制人的魄力和力量，不會退縮。

到了見真章的瞬間，巴比殺不了我。他跨不出這一步，因為他從來沒試過。巴比可以負責規劃，但執行的小兵是達約。他年紀較長，更有經驗，更加無情。

我朝垃圾桶吐了，接著繼續跑，經過附近的酒類專賣店、投注站、披薩餐廳、折價商店、當鋪、麵包店和破布小酒桶酒吧。兩旁景物動得不夠快，我的雙腿慢下來了。

我繞過最後一個轉角，看到房子出現在眼前。四下沒有警車。一輛白色休旅車停在門口，車側滑門打開，車內地上鋪著粗麻袋……

我幾乎是跌進大門，跑上樓梯。電話話筒沒有掛上。

我尖叫查莉的名字，出口卻成了低聲呻吟。她坐在客廳，身穿牛仔褲和運動衫，額頭上貼著一張黃色便利貼。她像新生小狗撲向我，把頭埋進我的胸口。我痛得差點昏倒。

「我們在玩『我是誰？』的遊戲。」她向我解釋，「達約得猜出他是荷馬・辛普森。他替我選了誰？」

她朝我抬起臉。便利貼邊緣捲起來，但我認出細小工整的字跡。

你死定了

我吸進足夠的空氣，開口說，「媽媽呢？」

我急迫的口氣嚇到她。她後退一步，看到我衣服上的血跡和發亮的汗水。我的下唇腫起，縫線沾滿了血。

「她在地下室。達約要我在這裡等。」

「他在哪裡？」

「他說等一下就回來，但已經過好久了。」

我把她推向大門。「查莉，快跑！」

「為什麼？」

「**快跑！馬上！**不要停！」

地下室的門關著，門柱縫隙塞了濕紙巾。鑰匙孔裡沒有鑰匙，我轉動把手，輕輕拉開門。空中飄盪著灰塵——表示瓦斯漏氣了。我無法同時閉氣又大叫。我往下走到樓梯中段，停下來讓眼睛適應光線。茱麗安癱倒在新鍋爐旁的地上，她身體側躺，右手臂枕在頭下，左手往前伸，好像在指什麼。一撮深色瀏海蓋住她的一邊眼睛。

我在她身旁蹲下，伸手探到她雙臂下方，把她往後拉。我的胸口痛得要命，白色小點像憤怒的昆蟲在我眼前飛舞。我還在閉氣，但是快忍不住了。我一階一階爬上樓梯，拖著茱麗安上樓，每施力一次就得重重做下。一步、兩步、三步……

我聽到查莉在我身後咳嗽。她抓住我的領子，搭配我拉的節奏，試著幫我一起拉。

四步、五步……

我們來到廚房。我放下茱麗安，她的頭撞到地面；我晚點再跟她道歉。我把她扛上肩膀，不禁痛得大吼。我跌跌撞撞跑過走廊，查莉跑在我前面。

引爆器是什麼？計時器或溫度調節器，中央暖氣，冰箱，保全照明？

「快跑，查莉，快跑！」

什麼時候天黑了？街上停滿閃燈的警車。這次我沒有停下來，只是不斷重複大叫一個字。我越過馬路，躲開來車，跑到馬路盡頭，膝蓋才終於一軟。茱麗安跌落在泥濘的草地上，我在她旁邊跪下。

她的眼睛張著，起初爆炸只是深褐色角膜中央的微小火花。聲音一秒後傳來，一併帶來震波。查莉給震得往後飛，我試著護住她們倆。電影裡看到的橘色火球沒有出現，只有一陣濃煙和灰塵。殘骸如雨落下，我感到火舌溫熱的吐息烤乾我脖子上的汗。

焦黑的休旅車翻倒在路中央，一塊塊屋頂建材和一條條排水溝掛在樹上，整條路上都是碎石和碎木頭。

查莉坐起身，看著眼前的荒蕪。便利貼仍黏在她額頭上，邊緣燒黑了，但還看得清楚。我將她擁入懷中，緊抱著她。我的手指抓住黃色方形紙塊，握拳揉爛。

尾聲

近來我做惡夢還是在跑——逃離同樣的怪物、瘋狗和形似尼安德塔人的二排前鋒——但現在他們感覺更真實了。蘇格蘭佬說是我吃新藥左旋多巴的副作用。

過去兩個月，我的藥量減了一半。他說我一定是壓力變小了，真搞笑！他每天都打電話來，問我要不要去打網球。我說不要，他就講了一個笑話。「懷孕九個月的女人和《花花公子》雜誌的摺頁女郎哪裡不同？」

「我不知道。」

「沒有不同，如果她先生好自為之的話。」

這個笑話比較不黃，於是我冒險跟茱麗安說。她也笑了，但沒我笑得大聲。

我們決定要重建還是買新屋之前，暫住在蘇格蘭佬的公寓。蘇格蘭佬想藉此賠罪，但我們還沒原諒他。這段期間他搬進新女友凱莉的家，她希望成為下一位歐文太太，不過她需要魚叉槍或鐵打的婚前協議書，才可能拖他靠近結婚殿堂。

茱麗安丟掉他所有的小玩意和冰箱過期的冷凍食品，接著買了新床單和毛巾。

謝天謝地她不再害喜了，身體也日益膨脹（膀胱除外）。她深信她懷的是兒子，因為只有男生會給她惹這麼多麻煩。每次她說這句話都看著我，然後笑出聲來，但沒有我笑得大聲。

我知道她在密切觀察我，我們在觀察彼此。她可能是在關注我的病，或者她不完全信任我。我們昨天吵了一架——修復關係後第一次。我們要去威爾斯一週，她抱怨我總是拖到最後一刻才打包行李。

「我從來沒忘過東西。」

「這不是重點。」

「不然是什麼？」

「你應該早一點打包，壓力比較小。」

「對誰？」

「對你。」

「可是我沒有覺得壓力大。」

為了感謝她原諒我，過去五個月我都小心翼翼對待她，現在我決定要劃清界線了。我問她：「為什麼女人愛上男人後，都會想要改變他？」

「因為男人需要幫忙。」她答得一副這是常識。

「可是如果我變成妳想要的人，我就不是自己了。」

她翻了個白眼，沒說什麼，不過那天以來，她就沒那麼易怒了。今天早上，她過來坐在我的大腿上，摟住我的脖子，用婚姻應該會扼殺的熱情吻我。查莉大叫「噁！」，遮住眼睛。

「有問題嗎？」

「你們在舌吻。」

「妳哪懂什麼叫舌吻？」

「就是你們往對方臉上流口水的動作。」

我揉揉茱麗安的肚子，悄聲說，「我希望我們的孩子永遠不要長大。」

我們的建築師跟我約在地上的大洞旁見面。唯一還在的建物只剩樓梯，哪兒都去不了。爆炸的威力把廚房的水泥地板炸穿屋頂，鍋爐炸飛到兩條街外的院子，震波幾乎震碎這個街區每一戶的窗戶，有三棟房子必須拆除。

查莉說爆炸之前，她在二樓窗口看到人影。專家說二樓的人都會當場蒸發，或許可以解釋為何警方連指甲、纖維或牙齒都沒找到。不過我一直自問，達約打開瓦斯，設好計時器準備燒掉鍋爐後，何必留下來？他有充分的時間離開，除非他真的照字面上的意思，把這當作「最後」一案？

查莉無法理解他能做出這些事。有天她問我是否覺得他在天堂，我很想說，「我只希望他死了。」他的銀行帳戶兩個月沒有動靜，也沒有人看到他。沒有紀錄顯示他出國、應徵工作、租房子、買車或兌現支票。

盧伊茲拼湊出他早年的背景。達約在黑池出生，母親是縫紉工，在六零年代末期嫁給李尼。達約七歲時，她出車禍過世。他的外祖父母（她的父母）養他長大，直到李尼再婚，接著他便落入布莉姬的魔爪。

我推測他的經歷跟巴比完全一樣，但每個小孩面對性侵或虐待的反應都不同。李尼是兄弟倆人生中最重要的人物，他的死成了一切的重心。

達約在利物浦完成學徒修習，成為專業水電工。他加入當地一家公司，員工提到他都不怎麼開心，反而一臉恐懼。據說有天晚上，他在酒吧拿破酒瓶砸了一個女人的臉，因為她聽了他的笑話沒有笑。

八零年代末期，他銷聲匿跡，隨後出現在泰國，經營酒吧兼妓院。試圖從曼谷走私一公斤海洛因的兩名少年毒蟲說他們在達約的酒吧認識藥頭，但警方還沒把他跟案子連上，他就離開泰國了。

接著他到澳洲，在東部沿海的建案一路往南工作。他在墨爾本結識一名英國國教會牧師，當起街友庇護所的管理員。有一陣子他看似改邪歸正，不再揍人、打斷別人的鼻子，或用靴子踩斷別人的肋骨。

表象可能誤導人。現在維多利亞省警方在調查四年間從庇護所失蹤的六個人。十八個月前，達約在英國重新出現前，好幾個人都還有支領社福支票。

我不知道他怎麼找到巴比，但應該不難。達約離家時兩人年齡差距頗大，形同是陌生人，但他們發現彼此有共同的渴望。

巴比對復仇的幻想只是幻想，但達約既有經驗，又缺乏同情，可以替他實現夢想。他們一個是建築師，另一個是施工工人。巴比有創意與遠見，達約有工具。兩人相加，便成了有計畫的神經病。

凱薩琳應該是在窄船上慘遭凌虐殺害。巴比觀察我很久，知道該把屍體埋在哪裡。他也知道十天後我會去墓園，他們其中一人一定從大門附近的電話亭報警。把鏟子靠著葛蕾西的墓碑算是恐怖的神來一筆，還造成嚴重後果。

隨著時間過去，其他小細節也逐漸明朗。是我母親告訴巴比我們家的管線問題。她出了名喜歡拿兒孫的故事煩人，甚至還給他看家庭相簿，以及我們提交給市政會的房屋整修平面圖。

達約在我們家路上每一戶的信箱都投了傳單，每份小工作都成了鄰居的推薦函，說服茱麗安雇用他。一旦進家門就容易了，不過有天下午茱麗安在我的書房逮到他，差點壞了計畫。於是他胡謅說撞見有人闖入，並且把人趕出去了。他進書房是為了檢查有沒有東西被偷。

巴比下個月底要出庭。他還沒回應指控，但警方認為他會堅持「無罪」。案子雖然證據充足，但都是間接證據。沒有實際物證證明他拿過凶器——凱薩琳、伊莱莎、博伊德、厄斯金、索妮雅．道頓或愛絲特．葛斯基都是。

盧伊茲說庭審後事件就結束了，但他錯了。這個案子永遠不會結束。多年前，我們試圖裝作風平浪靜，結果你看發生什麼事。只要我們忽視過錯，就必然會再犯。我們必須一直記得白熊。

聖誕節前夕的事件幾乎成了超現實的一片模糊。我們很少談起那段時光，不過依照經驗，我知道總有一天會談到的。有時夜深人靜，我聽到車門甩上或人行道上沉重的腳步聲，腦袋都靜不下來。我感到悲傷、憂鬱、挫折又焦慮，很容易嚇到。我想像有人從門口和停著的車上看我。我只要看到白色休旅車，就會想看清楚駕駛的臉。

這些都是受驚受創的常見反應。幸好我了解這些理論，但我希望不用再分析自己了。

當然我的病還在。我加入研究醫院的研究計畫，芬威要我去的。每個月我開車去醫院一次，在上衣口袋別上名牌，一邊等輪到我，一邊翻閱《鄉村生活》雜誌。

首席技師總是開朗地問我，「今天感覺如何？」

「嗯，既然你都問了，我有帕金森氏症。」

他疲憊一笑，給我打一針，測試幾項我的肢體協調狀況，用攝影機量測我顫抖的程度和頻率。

我知道病情會惡化，不過管他的！我很幸運。帕金森氏症患者很多，但不是每個人都有美麗的妻子、可愛的女兒和即將出生的新生兒可以期待。

臉譜小說選 FR6595

非常嫌疑犯

The Suspect

原著作者	邁可・洛勃森 Michael Robotham
譯者	蘇雅薇
書封設計	朱陳毅
責任編輯	廖培穎
行銷企畫	陳彩玉、林詩玟
業務	陳紫晴、林佩瑜、葉晉源
出版	臉譜出版
發行人	涂玉雲
總經理	陳逸瑛
編輯總監	劉麗真
	城邦文化事業股份有限公司
	台北市民生東路二段141號5樓
	電話：886-2-25007696　傳真：886-2-25001952
發行	英屬蓋曼群島商家庭傳媒股份有限公司城邦分公司
	台北市中山區民生東路141號11樓
	客服專線：02-25007718；25007719
	24小時傳真專線：02-25001990；25001991
	服務時間：週一至週五上午09:30-12:00；下午13:30-17:00
	劃撥帳號：19863813　戶名：書虫股份有限公司
	讀者服務信箱：service@readingclub.com.tw
	城邦網址：http://www.cite.com.tw
香港發行所	城邦（香港）出版集團有限公司
	香港灣仔駱克道193號東超商業中心1樓
	電話：852-25086231　傳真：852-25789337
馬新發行所	城邦（馬新）出版集團 Cite（M）Sdn. Bhd.
	41, Jalan Radin Anum, Bandar Baru Sri Petaling,
	57000 Kuala Lumpur, Malaysia.
	電話：603-90563833　傳真：603-90576622
	電子信箱：services@cite.my
初版一刷	2023年4月
ISBN	978-626-315-270-0

售價：450元
（本書如有缺頁、破損、倒裝，請寄回更換）

城邦讀書花園
www.cite.com.tw

國家圖書館出版品預行編目資料

非常嫌疑犯／邁可・洛勃森（Michael Robotham）著；蘇雅薇譯. -- 初版. -- 臺北市：臉譜出版：英屬蓋曼群島商家庭傳媒股份有限公司城邦分公司發行, 2023.04
面；　公分. --（臉譜小說選；FR6595）
譯自：The suspect.
ISBN 978-626-315-270-0（平裝）

887.157　　112001814